国家出版基金项目
NATIONAL PUBLICATION FOUNDATION

国家出版基金资助项目

项目编号：2019I~157

"一带一路"大型系列丛书

总策划　戴佩丽
主　编　孙春光

新疆是个好地方

郝贵平 ◎ 编

西 部 地 火

中央民族大学出版社
China Minzu University Press

图书在版编目（CIP）数据

西部地火 / 郝贵平编 . —北京：中央民族大学出版社，2019.12

（"一带一路"大型系列丛书 . 新疆是个好地方 . 第二辑）

ISBN 978-7-5660-1754-3

Ⅰ.①西… Ⅱ.①郝… Ⅲ.①报告文学—作品集—中国—当代 Ⅳ.①I25

中国版本图书馆 CIP 数据核字（2019）第 235880 号

西部地火

选 编 者	郝贵平
责任编辑	戴佩丽
封面设计	舒刚卫
出 版 者	中央民族大学出版社
	北京市海淀区中关村南大街 27 号　　邮编：100081
	电话：（010）68472815（发行部）　传真：（010）68933757（发行部）
	（010）68932218（总编室）　　　　（010）68932447（办公室）
发 行 者	全国各地新华书店
印 刷 厂	北京君升印刷有限公司
开 本	787×1092　1/16　印张：19
字 数	240 千字
版 次	2019 年 12 月第 1 版　2019 年 12 月第 1 次印刷
书 号	ISBN 978-7-5660-1754-3
定 价	98.00 元

前　言

"一带一路"倡议中，新疆定位于丝绸之路经济带核心区，并以日益凸显的区位优势和辐射效应，与21世纪海上丝绸之路逐步衔接。

在第二次中央新疆工作座谈会上，习近平总书记强调，要在各族群众中牢固树立正确的祖国观、民族观，弘扬社会主义核心价值体系和社会主义核心价值观，增强各族群众对伟大祖国的认同、对中华民族的认同、对中华文化的认同、对中国特色社会主义道路的认同。近年来，在以习近平同志为核心的党中央坚强领导下，新疆文化事业得到长足发展，对经济社会发展的引领作用不断增强，特别是随着稳定红利持续释放，文化创新呈现快速增长。实践充分证明，以习近平同志为核心的党中央治疆方略高瞻远瞩、英明睿智，只要坚定不移地贯彻落实党中央治疆方略，新疆形势就能朝着全面稳定的方向发展、就能实现社会稳定和长治久安，新疆经济就一定能够贯彻好新发展理念、推动高质量的发展。

"一带一路"倡议的实施是新疆地区走向现代化、融入现代化潮流、发展现代文化的一次新机遇。在这一背景下，《一带一路大型文化系列丛书——新疆是个好地方》出版项目正式推出，其目的就是要围绕中心、服务大局，弘扬主旋律，传播正能量，为推进新疆稳定发展提供了强有力的文化支撑。

丛书坚持党性与人民性相统一，不断增强中国特色社会主义道路自信、理论自信、制度自信、文化自信；坚持正确文化导向，团结、稳定、鼓劲，弘扬正能量；紧紧围绕社会稳定和长治久安总目标，使文学作品服务大局，形成文化艺术的强大合力。丛书作品内容注重创新意识、创新观念、创新内容、创新形式，切实提高文学作品的传播力、引导力、影响力和公信力；坚持"高举旗帜、引领导向、围绕中心、服务大局、团结人民、鼓舞士气、成风化人、凝心聚力、澄清谬误、明辨是非、联接中外、沟通世界"。

丛书的出版发行，将对发展新疆区域文化产生积极的正面效应。基于此，我们遴选了疆内的数十位知名作家，通过报告文学、散文、诗歌、小说等形式，从不同的角度反映新疆现代文化发展，展示各民族同胞践行社会主义核心价值观以及逐步形成的进步、文明、开放、包容、科学的理念，讴歌各民族同胞团结互助的精神风貌和浓厚氛围，进一步增强各民族同胞之间的认同感，更好地维护新疆地区的长久稳定和繁荣助一臂之力。丛书视角独特、文字量浩繁、信息量巨大，让新疆人民可以真正全面地知道自己，让疆外的读者可以全面地认知新疆，也让世界客观地了解新疆、了解中国。

丛书得到了中共中央宣传部新闻出版署、中共新疆维吾尔自治区党委宣传部审读处、国家出版基金的大力支持，使得这部丛书得以顺利出版。

编者

目 录

"一带一路"大型系列丛书
——新疆是个好地方

大漠深处家国情

申尊敬

上篇　荒漠上的精神高地

苍凉的胡杨林中，浩瀚的"死亡之海"上，他们红色的身影在悄然跃动，近看像一把把火炬，远望像一团团祥云。

他从长江南北来，他从黄河上下来，他从白山黑水来，还有他和他，他们从全国各地来到这黄沙漫漫、断崖林立、寸草也难生的新疆塔里木。

他们来自五湖四海，生于不同时代，他们因石油天然气勘探开发走到一起。在他们心中，这里是播撒希望的田野，这里是斩获荣誉的殿堂，这里是梦想起飞的地方，每个人都怀着梦想，要在这里创造辉煌。

国旗红的工装映衬下，男人们那一张张无数次被风沙打磨的脸庞更显刚毅，女人们的妩媚别样美，男人们夸她们是"瀚海玫瑰"。

他们自称"塔里木人"。有人称他们是"油鬼子"，做生意的人背地里叫他们"油大头"，意思是"钱多、人傻"，买东西不会砍价。当地人统称其为"穿红衣服的"，因为他们在前线个个都戴一顶红帽子，穿一身国旗色的工作服。

这一群人很普通，却也很特殊。他们有一个共同的心愿：在这荒荒大漠上为国家抱出个"大金娃娃"。我们的国家大，人口多，现在已经是全球最大的能源消费国，天上飞的，地上跑的，每天以不可思议的速度在增加，仅一个北京城，机动车就有600多万辆，哪一个不是天天要喝油啊！千家万户的厨房呼唤天然气这个清洁能源，谁家也不愿在烟熏火燎中做饭炒菜，他们的心里能不急吗？

为了多出油，多出气，来自五湖四海的石油人在塔里木的荒荒大漠上只争朝夕！

一支在极其艰苦的环境里长期共同拼搏的队伍，必定有共同的人生观和价值观，这是维系他们的精神纽带。没有共同的理念和追求，很难在塔里木这样严酷的环境里几十年如一日地并肩奋战。

我走进大漠深处的帐篷和井场，走进山地队的营地和工地，走进远离人烟的作业区，我看见了这些石油人在干什么，但我更想知道他们在想什么，我很想走进他们的心灵，倾听他们的心语。

这是一些什么样的人？头戴红帽子身穿红衣服的他们，有怎样的情怀，怎样的人生观、价值观？

从基地到前线，从城市到大漠，我结识了无数个塔里木石油人。我和他们在帐篷里，在沙漠中，在山地里，在井场上，在雪山下，在各种环境里长谈，听他们讲述自己和塔里木的故事，倾诉对亲人炽烈的思念之情，请他们畅言自己的喜怒哀乐，看他们在荒荒大漠和断崖林立的片石山区挥汗劳作。

好多次，我听得鼻子发酸，两眼含泪。许多回，我看得心里五味杂陈，感慨万端。如果不是亲眼所见，很难相信在这个物欲横流的年代，还有这样一群人，在这样荒凉得让人绝望的地方，这样为国家民族日夜大干苦干，如此执着地坚守着我们民族的精神高地。

渐渐地，我从这些故事中读懂了他们的心，了解了他们独特的家国情怀，也发现了他们共有的精神世界。

物质的人心只有拳头大，而人的精神世界却上比天高，下比地大。塔里木人的内心世界阔大无比，他们的心里有国家，也有亲人。他们身在大漠，心怀家国。

塔里木是个大熔炉，许多人在这里化铁为钢，有些人成为钢中之钢。这里的中青年员工，多是石油院校毕业的农家子弟，出自寒门，"草根"而已。当初投身塔里木时，当然不乏"我为祖国献石油"的理想主义者，但更多的人都打着各种"小算盘"，初到塔里木时，并非人人心怀崇高，只是想找一份稳定的工作，有个较好的收入，尽快摆脱生存困境，甚至是为了早日还清读大学时的贷款，减轻父母的经济压力。许多家在内地的莘莘学子毕业时选择遥远的塔里木，就是看中这里是勘探开发的新区，自己有良好的发展前景，他们至今也不隐瞒自己当初的这个原始动机。

当他们加入了这支队伍后，也有人曾经被这里极其恶劣的环境折磨得心旌摇荡，有人甚至因为太苦太累一度想当"逃兵"。但是，经历了一次次血与火的考验，看到了原油和天然气从几千米的地下呼啸而出，成就感和自豪感一次次油然而生。看到老一代石油人在大漠上为了找油找气顽强拼搏，看到井场抢险时争先恐后报名加入"敢死队"的壮烈场景，看到那些塔里木勘探开发事业的先烈们的坟茔，他们的人生观和价值观渐渐地就起了变化，精神境界便在不知不觉中升华了。

曾经动摇的人坚定了，曾想逃离的选择了留下，更多的人自觉地把老一辈石油人视为榜样。他们再也不是那个只为了养家糊口而工作的毛小伙和小丫头，血脉里悄然融入了老一代石油人的精神基因。他们知道了这不是为自己搞油搞气，而是为国家为民族争油争气，心胸间便有了浩然之气、国家意识，脑子里也有了石油人为国担当的使命感和责任心。

这种变化，很像当年参加红军投八路的许多农村青年。为了求生存，他们参加了红军八路军，到了革命队伍，经过一次次血与火的考验和历练，才真正知道为谁扛枪，为谁打仗，成了真正的革命战士，人生观和价值观发生了凤凰涅槃式的嬗变。

许许多多的塔里木石油人，从"60后"到"90后"，都有过这样由小我变大我、在成长中成熟的心路历程。

他们也许无意成为英雄，但塔里木的风沙和他们的敬业精神，把这些石油人塑造成了一个英雄色彩很浓重的群体。

塔里木石油人的工作服是国旗般的红色，许多年轻人对塔里木的石油勘探事业的热爱，就始于穿上这身工作服的那一刻。2006年毕业的女博士袁文芳特别喜欢这身红色工作服，即使不上前线，她也爱穿着这套红衣服来上班。袁博士说，我特别喜欢我们的工作服，红得像火，亮得像火，穿上它，浑身就有了正能量和自豪感，它代表了石油人的精神，激励人拼搏向上。

在油田的基地大院，我一遍遍重放录音，一次次整理笔记，一回回用心梳理，仔细辨识他们精神世界的经纬脉理。

一张张青春勃发的脸，饱经沧桑的脸，又在眼前飘动；一句句平实却动人的话，又在耳边回响；平凡与伟大，也在脑海中交替闪动。

时代不同了，他们没有喊出"铁人"王进喜式的豪言壮语。我们也不该苛求他们，时代毕竟不同了，即使在那个激情燃烧的年代，王铁人也是百万石油大军中的杰出代表。塔里木石油人的语言也不"高大上"，即使荣誉满身的先进模范，也只是用平实的语言讲述在他们看来"没啥好说"的故事，故事里有拼搏奉献，也有儿女情长。这些人物故事里，分明散发着王进喜和那一代石油人的气息，也喷发着当今社会已难寻觅的正能量。

我常常陶醉其中，仿佛沉浸在一部激越雄浑的交响乐里，那是塔里木石油人用平凡的身躯与博大的胸怀谱写的壮美交响，闻之令人热血沸腾。

我知道，这豪情勃发的伟大交响，每日每时都在56万平方公里的塔里木大漠上激情上演，这动人的乐曲，藏在大漠深处，感动了无数来访者，每个"演奏者"也互相感染着。来自大漠外的访客们来到沙漠腹地的塔中作业区，觉得这里的员工们工作生活都很艰苦，艰苦得令人心痛，塔中作业区的领导们则经常教育员工说，我们和山地勘探队的员工比，应该感到很幸福了。

我终于发现，在那一身身火红的工服里，藏着被许多当代人丢失了的可贵的人生观和价值观，这是他们的精神之根，也是我们的民族之魂。

每当这种时候，我的脑海里便会响起一支歌。我说不出歌词，也唱不出旋律，只觉得那一定是散发着浓浓大漠油香味的时代壮歌，豪迈的歌词，铿锵的节奏，优美的旋律 …… 一支民族脊梁的颂歌在大漠上久久飞扬。

在塔里木油田的前线和基地，只能看到两种人，一种人很忙碌，一种人非常忙。没有人抱怨自己干多了，只有人怕自己干少了。

工作与生活，在大漠石油人的身上往往难分难解。

勘探开发研究院被称为油田的"总参谋部"，前线勘探开发的成功率，一大半取决于这些专家的意见。他们在图纸上画一个圈，很可能就成了大漠里的一个井位。他们在电脑上画一条线，很可能就是断崖上的一条测线，几千万甚至几个亿的钱就花出去了，他们也深知手中的鼠标分量有多重，肩上的责任有多大。

一年四季，坐落在孔雀河边的研究院大楼，灯光总是很晚很晚才熄灭。一天晚上，碳酸盐研究室主任张丽娟从家里来加班，走到楼下，仰头一看，只见许多办公室灯光灿烂。她也是常来加班的一个，但这位工作狂还是被感动了。她举起手机，拍下几张珍贵的照片。她对我说："在我们这里，加班是正常现象，不加班是不正常现象。"副院长杨文静为了加班方便，分房子时主动放弃了新楼，选择了旧楼。新楼的条件当然好，但她选择旧楼的原因只有一个，就是住在旧楼，离研究院的办公楼近，方便加班。

双休日、节假日和八小时工作制，是油田许多中层干部和业务骨干没福享受的奢侈品。测井中心主任肖承文星期天经常和年轻人研究图纸，他对我说："我们一年到头只有一个字，就是忙。谁不想有劳有逸？可就是闲不下来，每天都被前线后方各种各样的急事难事推着走，想停都停不下来。我也想带着家人去度假旅游，享受那种快乐，可是不行啊！看来，只有等我退休后，再去过清闲日子了。说实话，有时想想，也挺悲哀的。"

中年专家如此加班，年轻的科研人员纷纷加入了这支队伍。2002年毕业的杨宪彰，已经"加班成习，工作上瘾"了。有一个休息日，他吃完早饭，跟爱人说："我出去转转。"下楼后，他骑着自行车在油田基地大院里漫无目的地慢悠悠走，走着走着，不知不觉地就到了研究院的办公楼下。

　　杨宪彰抬头望着这座已经熟悉得不能再熟悉的大楼，先自笑了。他在心里说，看来这个大楼勾着我的魂呢！

　　放下自行车，他就上了楼。走进办公室，坐在电脑前，他突然产生一个大胆的想法：我来牵头，组建一个库车南缘项目部，向秋里塔格进军！

　　上班后，杨宪彰向研究院的领导汇报了自己的设想，很快就得到支持。2013年底，他找来几个志同道合的年轻人，对他们说，秋里塔格是塔里木最难啃的骨头，几十年来没有大突破，我们要站在油田老总的位置想问题，在这里寻求突破点。

　　2015年春，杨宪彰和几个年轻人组成的项目组，在秋里塔格提出的佳木1井和秋探1井，已经被列为中石油当年的重点探井。

　　前线没有休息日，这里的人，不论甲方乙方，一天到晚都在忙。在塔北的哈拉哈塘，甲方监督韩松陪我来到一个井队，安排好采访事宜后，就把我撂在了值班室，独自跑到井场检查工作去了。半个多小时后，他向乙方井队下达了"整改通知书"。

　　在天山第一高峰托木尔峰脚下，川庆山地公司4队的书记杨豪勇每天早早就起了床，匆匆吃点饭就去了工地。晚上回来吃罢饭，放下碗又坐上车出发了。他要赶到几十公里外的一个工地，给民工做思想政治工作。有几个晚上，他就和民工们住在一起。我在这个山地队采访了几天，杨豪勇一直没有时间接受我的采访。川庆山地公司博孜三维地震项目部经理曾涛手里总是拿着一个小计算器，在小院里散步时还在算账，我问他在算什么，他笑着说，时间紧，任务重，工区山大沟深，这任务量、效益账，都得精打细算啊！

　　四勘公司的平台经理胡剑每天就长在井场上，工人们干活时，他在井场；工人们休息了，他还在井场。他说："我们今年要'创指标'。我在现场，心里踏实，有事了随时可以处理。回到宿舍，反而睡不踏实了。"

四勘70592队平台经理李敏也要在塔克拉玛干沙漠里"创指标"，每天也吃住在井场上，但一场大病把他逼回了天津，做完手术后正在家里休息，听说井队钻井时井下发生了溢流，他火急火燎地坐上飞机就从天津往新疆赶，凌晨2点多钟到了塔克拉玛干沙漠腹地的井场，立即组织指挥处理故障，一直干到早晨8点多钟。这一天，他天上地下，辗转奔袭上万里。我见到李敏时，他正用手捂着肚子，走路还直不起腰，两眼发红，说话时声音已经嘶哑了。2013年，李敏要与另外两个公司的钻井队在"死亡之海"里进行"三国演义"，看谁先取得年进尺2万米的业绩，大战正酣，他一刻也不敢懈怠。

在这个"没有钱寸步难行"的时代，这么玩命干，是不是收入特别高？谈起这个问题，许多人有美好的回忆，也有现实的无奈。20世纪90年代，塔里木油田职工的收入确实比当地许多单位高，高出的那一块主要是"前线补贴"，俗称"沙贴"或"野贴"。那时大家感到很自豪，但进入21世纪以来，巴州的高收入单位和行业纷纷出现，油田职工收入在巴州的排位每况愈下。

有一次，油田一位职工和当地的朋友在一起聚餐，席间谈起各自的收入，他惊讶地发现，同职级的油田职工收入，在巴州已经跌到第八位以外了。有朋友不无同情地说："前些年你们还行，现在已经落伍了！"

这几年，塔里木油田职工的收入，说低也不算太低，说高也不算很高，若和付出的辛苦比，实在不能说高。有一年，东方物探的247队在沙漠里施工时，请和田地区一家医院的医生进沙漠，给员工们体检。体检结束后，队长一片好心，安排医生们坐上沙漠车，到沙漠深处玩一玩，开开眼。没想到这些医生们玩了一阵后，纷纷喊着让赶快把他们送回去。他们说："这种鬼地方，根本就不是人待的地方，一天给我一万块钱我都不来。"

同样是石油专业，为塔里木油田搞技术服务的民营企业员工，收入就比中石油的职工高出一大块。油田职工在塔克拉玛干沙漠腹地工作一天的"沙贴"是73元，在轮南等荒漠地区工作的就更低了。北京一家为塔里木油田服务的民营企业，给在库尔勒市工作的员工每天的"出差补助"，却有200多元。一位油田职工的爱人就在这家民营企业工作，他苦笑着说，我专业上比她高半头，收入上比她矮一头，在家里的地位就差一截。

在中石油各大油田里，塔里木的人均效益排第一，但职工的人均收入却不是最高。近两年，巴州的一家民营钻探企业招聘人，平台经理的年薪高达100万元。这个收入水平，在中石油系统的许多平台经理看来，那是一个天文数字，做梦都不敢想。

这些信息传到油田职工耳朵里，难免会产生这样那样的反应。但也不过像飞鸟的翅膀在湖面上滑了一下，很快又归于平静。没有人因为收入问题影响工作情绪和热情，没有人因此消极萎靡，更没有人争收入、争待遇。几句牢骚，一声叹息后，该干吗还干吗，该怎么干还怎么干。

牙哈作业区的管生活管家冯秀丽几乎每天都从天不亮干到大半夜，月收入不到3000元，这与她的付出显得很不协调，但她没有因为收入低而发牢骚。有人说她傻，她的回答是："我就是喜欢这份工作。"

中原油田塔里木钻井公司的陈迎伟在塔里木成长为颇有知名度的钻井液专家后，十多家国内外的钻井公司要高薪聘请他，有几家公司的老总邀请他用技术入股，除了高额年薪，还有可观的分红，他都一一谢绝了。陈迎伟说："塔里木是我的根，塔里木钻井公司是我的家，是他们培养了我，给了我锻炼的机会，我热爱他们，我离不开他们。"

在"没有钱万万不行的"当今社会，他们要养家糊口，当然会有收入高低的计较，也有柴米油盐的考量。走进市场，他们也是普通消费者，也要面对物价不断上涨的现实，也会有各种牢骚和抱怨。但是，这些生活琐事的烦恼，绝不影响他们在工作中的一丝不苟，技术上的精益求精。

在塔里木油田的许多职工心中，悠悠万事，油气为大，个人的得失多寡，虽然不会全不在乎，但不能也不是他们价值判断的唯一标准。他们更看重的是对国家的贡献大小多少。在塔里木，无论过去还是现在，只要前线有事，哪怕是组织"敢死队"抢险，只有争先恐后，没有退缩躲闪。2013年10月的一天下午，牙哈作业区处理厂的油气管线突然发生刺漏，这是一个作业区最危险的时候。接到报告，经理、书记和许多员工如同战士听到了冲锋号，拔腿就往事故点跟前跑。这时候，没有人考虑自己的安危，只想着处理厂的安全。

在前线的餐厅里，领导和员工们三句话不离老本行，餐桌上谈论的中心话题，永远与石油天然气有关。在库尔勒的油田基地，朋友聚会时，热议的话题十之八九还是石油天然气。石油和天然气，已经融入他们的体液，化为他们的气息，对于收入的高低多少，他们的心态平和多于纠结。

中国的植物中，数塔里木胡杨、红柳和芦苇的命最苦，这些生在塔里木盆地的植物，饱受风沙侵袭、极热极冷、干旱缺水之苦。

中国石油人中，塔里木人工作生活的环境最恶劣。一位业余诗人在一首打油诗中这样描绘塔里木："春秋风沙满天跑，夏天酷热蚊子咬，只有冬天日头好，可惜冷得受不了。"环境苦，工作更苦。两苦叠合，加上远离城镇人烟，产生的是苦的乘数效应，真可谓苦上加苦。

山地勘探队的工作生活状态，上帝看了也会掉眼泪。有一年，《中国石油报》一位记者到川庆山地队采访，听说工人做地震测线的环境非常艰苦，一定要亲自去体验。他来到秋里塔格山的工区，仰头一看，先惊出了一身冷汗。这山的嘴脸无比狰狞，锯齿狼牙般交错的嶙峋怪石满目皆是，工人们正在天和山相连的地方打眼放炮。上山没有路，工人们将他从距地200多米的悬崖下吊到了山顶上，他定睛一看，魂都要吓飞了。工人施工的地方根本没有路，最窄的地方像刀片，只有不到一脚宽，脚一挪动，风化了的土渣就簌簌地往山下掉。脚下是几百米的悬崖，看一眼就心惊胆战，可工人们每天就是在这么危险的地方打眼放炮啊！山地队的工人太苦了，这位记者说不清自己被吓着了还是感动了，他坐在山上哭，下山时哭，回去的路上还在哭。在库车县城吃饭时，他又伤感地哭起来了。

东方和川庆两家物探公司的几个山地队，这几年在塔里木盆地周边的山区吃了多少苦，没人说得清。山地队的员工长年在野外工作生活，戏称自己是"野人野马野队伍"，他们曾经的"三大梦想"是：吃上热饭，喝上热水，睡上床板。在无数城里人看来，这显然很可笑，这能算事吗？但对于2007年前的石油物探人，这些梦想只是梦想而已。他们白天干活时只能背着馒头咸菜和矿泉水，晚上经常在沙地上铺一块塑料布就睡了。如今，这"三大梦想"都实现了，他们已经感到很满足。虽然晚上经常睡在只有60公分高的小帐篷里，只能爬着进去，爬着出来，但毕竟可以在床板上睡觉了。

东方物探公司219队的帐篷营地设在托木尔峰下的一片戈壁滩上，为了让员工能与几千里外的家人通电话，队领导特意与温宿县的联通公司协调，在营地旁架了一条简易天线，把信号放大了好多倍，但信号还是时好时差。247队的一位工人说："这比前几年好多了，那时手机在我们手里就是个废物。队上为了让大家能和家人通个信儿，装了一部电话，我们每天收工后，排队给家里打电话，每人只能说一分钟。"前几年，在各钻井队这也是经常的事。2013年12月，在塔克拉玛干沙漠腹地，川庆钻井公司70545队一位工人爬到离井场600多米的一座沙山上，扯着嗓子给四川的亲人打电话。手机在井场上没有信号，他只能选择这种方式，向远方的家人报个平安，说说家事。

在塔克拉玛干沙漠，甲乙方的近万名员工每天都活在沙海里。粉尘状的沙子在这里"抬头见低头见无处不见，这也入那也入无孔不入"，这里虽然海拔不高，但由于极度缺少绿色和水，空气里的负氧离子含量也明显不足，中年以上的人在里面待久了就容易犯困。可是，塔中勘探开发项目经理部和乙方几十个队伍承担着400万吨产能建设的重任，工作中谁也不敢懈怠。2013年8月末的一天晚饭后，塔中经理部总工程师李怀仲被兄弟单位请到几十公里外去处理钻井事故，一直干到早上6点多。早上10点多钟，他又红着眼睛出现在项目部的早会上，给大家安排工作。沙运司的一位副大队长和我谈完已是夜里12点多了，他又要开车去十几公里外的一个工作点去忙活。他对我说，那里还有许多事情等着我呢。李总和这位副大队长都是中年人，他们就这样常年在"死亡之海"里"连轴转"。

寂寞是人生最难忍受的一种痛苦，各作业区的员工们却要常年面对和忍受这种人生大痛。塔中、克拉、英买、哈得、大北等作业区的员工，就生活在荒漠里的一个个孤岛上，几乎与世隔绝了。每天，员工们面对的是同样的工作同样的人，单调加枯燥。闲暇时，该聊的话都聊尽了，该开的玩笑也开过了，彼此见面时几乎没有什么新话可以再说，大家经常相对无话，下班后最难耐的就是寂寞。作业区里大多数员工是年轻人，领导们为了排解年轻人的寂寞，千方百计组织各种文体活动，但还是难以覆盖大家的全部业余时间。

环境这么差，工作这么苦，发发牢骚，说点怪话，甚至骂骂娘，其实也正常，但在塔里木，几乎听不到谁喊苦怨苦。在托木尔峰下，我问川庆物探公司山地队一位来自四川的民工："在这里干活苦不苦?"他嘿嘿一笑，有些腼腆地说："说不苦是假话，苦惯了，也无所谓。就是想家，想娃儿。这里的山太大了，手机信号质量太差，想给家里打个电话太难了。"东方物探公司247队队长董刚说："说不苦是假的。但是，选择了物探，就选择了吃苦。只要为国家找到了石油天然气，我们的这些苦就没白吃。"

8月中旬的一个清晨，东方物探219队在天山脚下的主营地里，一辆奔驰牌山地越野卡车上，一位穿着棉衣的中年民工，正在笑眯眯地摆放几盘鸡蛋，几捆蔬菜，几袋粮食。他们将要在天山托木尔峰的雪线上工作一个多月。金灿灿的晨光中，他笑得从容而淡定。车下，他的女人正在悠闲地梳头。20多分钟后，那辆奔驰车迎着洒满金光的天山雪峰，轰隆隆驶出营地，驶进天山深处。等待他们的是雪线上的断崖和艰苦异常的劳作，但这对夫妇出发时，满脸都是笑。

吃遍大漠苦却不言苦的塔里木石油人，人人闻油乐开怀。他们最高兴的事，就是勘探又有新发现，哪个区块又有井出油了。听到这种事，个个高兴得就像媳妇给自己生了个大胖小子。2013年5月初，金跃1井喷油了，油田总地质师王招明激动地带着几个人驱车近千公里，亲自前往井队祝贺慰问。还是这个5月，阿瓦3井获得日产13万方天然气，研究院的年轻人周鹏闻讯心潮难平，写下一首激情飞扬的《阿瓦3"告白"》。

那一年，二勘的70533队在塔里木盆地东部的若羌县境内打米兰1井时，王金峰他们曾经连续20多天没洗澡。那是一个极度干旱的地方，他们每天上班时用军用水壶背水喝，水比油还贵重。沙尘暴来袭时，在营房车里看不到200多米外的井架，他们上班时只好用手摸着电缆线往井场走。

4个多月后，王金峰和一批队友从荒漠深处的井队出来休假。当汽车走到柏油路上时，他们让司机停车，纷纷从车上跳下来，要在柏油路上走一走。

王金峰说，脚踩在柏油路上，感觉好极了，简直是一种享受，就像影视明星走在红地毯上，只想多走一截路。

那一年，这个队在塔克拉玛干沙漠打井，提钻时水眼堵住了，泥浆咕嘟咕嘟往上返，正在钻井平台上的冰勇被喷成了泥人。有位工友用手机给冰勇照了张相，说是做个纪念，就把这张照片传到QQ上了。冰勇的女朋友在四川南充，这位在青山绿水间长大的姑娘从来没见过这么吓人的场景，她在QQ上看到照片后，心疼地哭着给冰勇打电话说："你在那边咋个苦成这样子了？"冰勇哈哈一笑对女朋友说："这有啥子嘛，偶然的，洗洗就好喽！"

2013年10月底，塔北经理部负责修建的哈拉哈塘100万吨油气联合处理站即将投产，这是塔里木本年度的一个重点工程。为了按期完成这项工程，地面工程部副主任方传卓和负责地面建设的甲方员工，在这里没日没夜地拼搏了两年。在即将撤离的前几天，方新破例给自己和同事们放了半天假，跑到附近的鱼塘里钓鱼。晚上的鱼宴上，大家笑谈建设这个联合站一年多来的艰辛，说到即将交付乙方运行的这个联合站，既十分自豪，又无限留恋。方传卓说："就像看到自己的女儿要出嫁，很高兴，又有些伤感，舍不得啊！"另一位说，再过十来年，我退休后，就带着老婆、儿子、媳妇和孙子，到这儿来旅游，给他们讲讲老汉我建设哈六联合站的故事，也看看这里的新变化。

在克拉作业区，一天晚饭后，总地质师刘峰望着群山间的中央处理厂对我说："我们这个作业区的甲方员工只有70多个人，一年的产值就是近百亿元人民币啊！"自豪之情，溢于言表。这些年来在克拉受的苦和累，此刻已经化为淡淡的云烟，只有快乐之心在奔腾。

2004年，曾毅大学毕业时，毅然来到即将投产的克拉这个全国最大的气田。8年后的2012年，回到四川和同学们聚会时，他自豪地对老同学们说："奥运火炬用的就是我们克拉的天然气。"

中石油的徽标是一朵红黄两色的宝石花，与国旗的主色完全一致，宝石花也是塔里木人的最爱。油田一位员工说："选择了宝石花，就要让它灿烂，也要在它的映照下实现我们的人生价值。"

大漠上的几万名塔里木石油人，每日每时都在用他们的心血和汗水，为宝石花增光辉，让自己的人生更灿烂。

塔里木盆地给石油人出了个世界级系列难题。这个盆地在世界石油地质界的知名度很高，最重要的原因是石油天然气蕴含量可能很多，但勘探开发难度极大，大得超过了人们的想象力甚至承受力。著名的"两弹"元勋朱光亚听过塔里木油气勘探历程的汇报后，曾经感慨道："原以为我们搞航天'上天'很难，没想到你们搞石油钻井'入地'也很难啊！"

　　这里的油气运移规律扑朔迷离，很难认识和把握。大庆是个罕见的整装油田，油区范围内的油源满覆盖，塔里木油气资源的成藏和运移规律却很难认识和把握。有专家形象地说，塔里木的油气资源像一个大盘子摔碎了，又被人狠狠地踢了几脚，撒在这个大盆地上了，怎么找分布规律呢？这里的油气蕴藏超深、超高温、超高压。一般油田的油气资源藏在地下三四千米，而这里一般在地下五千多米甚至八千多米；一般油田的油层温度为100摄氏度左右，这里则有180多度；由于油气埋藏深，井口压力也特别高。许多钻井队长说："在塔里木打井，天天都会碰到遭遇战。"

　　塔里木石油人破解世界级系列难题的第一武器是现代科技。塔里木油田与世界顶尖的美国斯伦贝谢、哈里伯顿和贝克休斯等大公司合作，与国内一流大学和科研院所、重点企业协作，向一道道世界级系列难题进军。当今世界最先进的三维数字地震勘探设备和技术、钻井设备和技术、测井技术工艺等等纷纷到塔里木"紧急集合"，各展其长。塔里木勘探开发中遇到的许多难题，即使像美国斯伦贝谢等世界顶尖公司也未曾遇到，塔里木的专家就给这些公司出题目、出思路，请他们组织专家攻关。这些新设备、新技术、新工艺，无疑对加快塔里木油气勘探开发的效率和效益产生了大作用。

　　有了这些新式武器，塔里木的那些世界级系列难题并不会自动"投降"，更大的问题是怎样利用这些"先进武器"，攻克勘探开发中的一道道世界级难题。"工欲善其事，必先利其器"，然而，有了"利器"，没有"利人"，"其事"何成？

　　唯武器论者不会战无不胜，决定战争胜负的是人而不是武器，科技攻关能否成功的决定因素也是人而不单是技术和设备。一位钻井专家不无幽默地说，再先进的钻机，它不能自己打井。

塔里木是世界上地质构造最独特的一个盆地，地面情况复杂，地下情况更复杂。碳酸盐岩是全世界公认的高产储油层，沙特的碳酸盐岩单井最高日产量可达4万多吨，因为他们的地下溶洞巨大，埋藏很浅，只有1000多米。在这样的地方打井采油，如同探囊取物。塔里木的碳酸盐岩的石油却埋藏在地下六七千米的缝缝洞洞里，而地下六七千米，被世界石油专家称为"油气死亡线"。塔里木盆地碳酸盐岩的缝洞有大有小，没有规律可循，有的是缝里有油，有的是洞里有油，有的是缝洞交叉，有油有水，油水界面不清晰。油田研究院的潘文庆感叹道："人家的碳酸盐岩的油装在大壶里，我们的油却装在碟子里了。"认识塔里木的地质特性，勘探开发它的油气资源，国外国内都没有现成的经验可以借鉴，塔里木石油人只能借助科技之力，在实践中艰难摸索。研究院副总工程师马玉杰说："攻关路漫漫，我们必须耐得住寂寞，经得起折磨。"

从天山和昆仑山的山前地带到台盆区，从盆地腹地到台盆区，从戈壁滩到大荒漠，从地下的碳酸盐岩到碎屑岩，专家们在漫漫攻关路上艰苦跋涉。成功了，没有太多的喜悦，因为不知道下一个难题会在什么地方对他们虎视眈眈；失败了，也没人垂头丧气，他们静下心来，重理思路，再找原因，继续攻关。研究院院长杨海军说："塔里木的勘探程度低，在这么大的盆地搞地质研究，确实很折磨人，很难不失败，也不会不成功，失败和成功都有必然性。"

以拼搏换成果，在攻关中创新，在创新中攻关，塔里木石油人只有这个选择，于是，加班就成了"家常便饭"。在油田勘探开发研究院，"80%的人在加班，80%的晚上在加班，80%的节假日在加班"，这是许多科研人员多年来已经习惯了的工作和生活状态。

2012年底，研究院一位新分来的女大学生随老专家从库尔勒到北京出差，看到他们在机场候机时研究图纸，在飞机上还研究图纸，下了飞机，进了宾馆，一人吃了一袋方便面，又开始研究图纸写报告，一连几个晚上干通宵。这位小姑娘吓坏了，她怯生生地问老同志："你们平时就是这样工作的吗？"老专家们没有解释，只是淡淡一笑，算是回答。

塔里木石油人的苦在世界级难题，乐也在世界级难题。功夫不负有心人，塔里木的勘探开发得到了丰厚的回报。如今，研究院的"账本"上已经有了足够的石油和天然气资源量，其中一批已经得到国家储量委员会专家的认可。塔里木的地质专家也收获了一批理论创新成果，在最难突破的碳酸盐岩地质理论上，他们的研究水平已经达到了世界领先水平。塔里木的员工们很自豪，到了内地，塔里木已经有了品牌效应，听说他们来自塔里木，无论是搞地质研究、搞钻井工程还是搞油气开发，国内石油界的同行们无不刮目相看。

他家在北京，他家在天津，他家在广东，他家在成都……但他们为什么都甘愿把辛勤的汗水抛洒在这荒荒大漠里？

请听塔里木一位中年员工的肺腑之言："儿时停电受够了'洋油'的气，长大了立志要当一名石油人。当塔里木发出大开发的召唤时，我踏上了奋战沙漠的征程，甘与黄沙共舞，书写豪迈人生。"

塔里木石油人的家在全国各地，甲方员工的家，也在繁华程度仅次于乌鲁木齐的库尔勒市。家在繁华地，但他们共同挚爱大漠上这艰苦卓绝的石油勘探开发事业。

在塔里木搞石油勘探开发是一件苦差事，但这里的事业有超强的吸引力。在许多内地油田的石油人看来，塔里木集中了全世界最先进的工艺技术，是学技术、长本领的好地方。塔里木的新体制好，适应了这种体制，又掌握了新技术、新工艺，在石油行业走遍天下都吃香。这辈子在塔里木干一回，将来在儿孙面前说话腰杆子都硬。

能源是一位2012年从塔里木油田博士后站出站的博士后，分配工作时，完全可以到条件更好的城市和单位，但他几乎毫不犹豫地选择了留在塔里木，还把已经在北京工作的爱人也带到了塔里木油田。他说："北京当然好，但我是冲着塔里木的世界级难题来的，我喜欢这个巨大的挑战。这里的环境和条件当然不如北京等大城市，但我可以在解决这些大难题中学到好多别处学不到的东西，得到更多的锻炼，将来可能会有些作为，我的事业也可能会发展得更快更好。"

像能源这样的博士和硕士，在塔里木勘探开发研究院，现在有38个，来自北京大学、清华大学，还有同济大学等国内一流大学。他们有一个共同的追求：要在破解塔里木的世界级难题中有所作为，成就一番事业。在他们心中，塔里木盆地是"梦想起飞的地方"，是"播撒希望的田野，斩获荣誉的殿堂"。

在这个许多人以各种理由不读书的时代，塔里木石油人在大漠深处千方百计挤时间读书。深夜，塔中、克拉等作业区一些员工宿舍卫生间的灯依旧亮着，有人正躲在小小的卫生间里潜心读书。他们把这个狭小的空间当成了自己的"充电室"，他们说这样可以减少对室友休息的影响。没有行政命令，全是个人的自觉行为。塔里木勘探开发的难题太多了，他们白天在实践中摸索，晚上在书本里求索。这是一种毫无个人功利心的读书活动，他们要用学到的知识，破译塔里木的地质密码。

塔中作业区经理孔伟大学毕业快20年了，一直没有离开塔里木的大漠戈壁。塔中塔中，就是塔克拉玛干沙漠的中心区，这里有全国第一个沙漠油田。他一年的大部分时间工作在沙漠，才四十几岁的人，头发已经稀稀拉拉。他曾几次带着爱人和孩子到内地旅游，看到无尽繁华的大城市，看着山水秀丽的名胜地，他羡慕得口水快要流出来了。他对爱人说："你看看人家生活的这地方，简直像天堂！"想想自己在塔里木时天天面对茫茫黄沙，心里很不是滋味。但他很快就清醒了："我的事业在塔里木，我的所爱是塔里木。塔里木虽然环境苦，条件差，但没有塔里木，就没有我今天的一切。为了塔克拉玛干沙漠的油气开发事业，吃多少苦都值得。"

家在内地的石油人，一旦和塔里木结缘，好像魂也被勾去了。一位家在天津的钻井工人对我说："说句心里话，我不喜欢塔里木的自然环境，毕竟太荒凉，太干燥，但我喜欢这份事业。"一位来自四川泸州的钻井工人说："每次轮休回家，住过一星期后，我的心里就长草了，想塔里木，想我们井队。我也觉得有点对不住老婆娃儿，可是没办法，真实的活思想就是这样。老婆察言观色，也能看出来，没好气地说，你走，滚回你那个沙窝窝里去吧！搞得我真的很矛盾。"

四勘公司70551队书记李春健的家在华北油田，因为长期在塔里木工作，常年不能照顾家，2012年8月，妻子和他离婚了，连5岁的儿子也不要了。李春健只好把儿子交给父母，自己继续在塔里木干。妻子离婚的原因其实只有一条，就是嫌他在塔里木干了十几年，离家的时候比在家的时候多得多，不能照顾自己和家，而且调回河北的希望一点儿也看不到。新疆与河北，事业与家庭，李春健毅然选择了塔里木这片大漠。

刚离婚那阵子，他想不通，为了排解心中的痛苦，他就天天到井上和工人们一起干活。2013年10月底，我在轮南见到李春健时，这位刚强汉子已经走出了离婚带来的痛苦，他雄心勃勃，要带领全队冲刺年进尺

25000米大关，争一个塔北地区钻井进尺总冠军，他说，我要给自己争个脸。前几天，他的井队创造了从搬家到安装开钻4天时间的塔北区块最高纪录。

四勘公司的领导提起李春健和另一个钻井队的几名干部，真是既疼爱，又无奈。因为在塔里木玩命工作，李春健这个井队书记离婚了，另一个队的平台经理也离婚了。还有一个队的书记，都三十好几的人了，到现在还没找上对象。四勘的基地在河北和天津，每次轮休回来，大家问起谈朋友的事，他都无奈地回答：又谈了，又吹了。唯一让领导感到宽慰的是有一位平台经理生了个双胞胎。但是，这几个井队干部没有一个向领导提出要调回内地工作。有一次，四勘公司书记梁景海指着李春健他们的鼻子，又疼爱又气恼地说："你们这几个小家伙啊，快把我愁死啦！"李春健他们几个小光棍儿望着疼爱他们的老书记，也无奈地摸着脑袋嘿嘿地憨笑。

来自四川的川庆钻井公司70545队刚到塔里木，就被派到了塔克拉玛干沙漠腹地打井。这些从青山绿水里过来的四川人下车一看，全都惊呆了，井场四周满目是黄沙，一点绿色都没有，想想这儿离天堂般的四川有几千公里远，工人中牢骚怪话就满天飞，一些人成天嚷嚷着要回老家，井队的业绩自然没个好。二勘的领导找到平台经理车勇，严肃地对他说，你们队如果不想在塔里木干，现在就可以回四川。车勇一听急了眼。他想，如果真的被开回去了，那他们在四川就没脸混了。他召集骨干们紧急开会，讨论何去何从的问题，最后大家一致决定："我们不能当阿斗！一定要在塔里木干出个好样子，绝不能给川军丢脸。"2012年，这个队创造了年进尺2万米的成绩。这个成绩，是塔克拉玛干沙漠钻井史上的最高纪录。现在，这个队的50多名员工已经爱上了塔克拉玛干沙漠，他们发现，塔里木是建功立业的好地方。

荒凉的塔里木，迷倒了多少热血青年好儿女，也许，他们不是人人都高尚，但他们不恋繁华恋事业，情痴油气争贡献。

刚才谈工作时还神采飞扬，一提起家人家事，脸色立刻就"晴转多云"了。在塔里木采访，这已经成了"铁律"。

家人家事和亲情，成了塔里木石油人共同的情感软肋，不能触碰，碰一下就锥心刺骨地痛。

"太亏欠家里人了。"几乎每个人都会满怀愧疚之心地这样叹道。"我们常年在新疆，苦就苦点，习惯了，也无所谓，亏欠了老婆娃娃，没法弥补，挣再多的钱也补不上啊!"很多人无奈地说。

牙哈作业区经理黄铁军感叹："在孩子成长最关键的18年里，我们和孩子在一起的时间太少太少了。父母一年年变老，我们总也照顾不上。想起来，真的很汗颜啊!"

东方物探公司247队队长董刚是个"阳光铁汉"，平日里总是满脸灿烂，说起话来口若悬河，干工作更是雷厉风行。东方物探被称为中石油的"御林军"，247队是山地队中的甲级队，堪称"御林军中的御林军"。几十年来，董刚和前任队长吉承带着这支"王牌军"，在塔克拉玛干沙漠和昆仑山、天山之间纵横驰骋，战无不胜，屡创佳绩，可谓风光无限。

然而，提起在河北涿州的妻子和女儿，董刚就"刚"气不足了。作为东方物探为数寥寥的特级队长，他指挥上千人的队伍得心应手，但面对家事与国事的矛盾，却常显得智商不高。董刚在塔里木已经干了18年，每年在新疆戈壁沙漠上的时间有300多天，全队收工了，他还得在新疆忙活扫尾工程，照顾妻子女儿，基本成了空话。他无奈地说："我们的青春飞在荒滩上，精子撒在床单上。选择了石油这个职业，就选择了与家人分离，这是没办法的事。"

董刚是个英雄主义者，也是个乐观主义者，他编了几句顺口溜，描绘物探人和家里人的状况：买了个房子住不上，娶了个老婆用不上，养了个娃娃管不上。这几句顺口溜，很快成了各物探队的流行语。

谈起孩子的教育，克拉作业区副经理王光辉一脸愧色。王光辉的家离作业区300多公里，他一个月有20多天在前线。女儿上小学四年级后，只要他在前线，就给爸爸打电话，请教怎样做题，于是，王光辉每天下班后，就在宿舍里用电话给女儿讲题。他从轮南作业区讲到克拉作业区，从女儿小学四年级讲到孩子上初中，一讲就是好几年。遇到自己也不会做的题，王光辉就发动作业区的其他同志集体做，有了正确做法和答案后，再打电话告诉女儿。总地质师刘峰的女儿小时候睡觉前爱听他讲故事，听不到爸爸讲《淘气包马小跳》的故事，她就睡不着。刘峰上前线后，每天晚上的一个重要任务，就是在电话里给女儿讲淘气包马小跳的故事。这套书总共有13本，刘峰从库尔勒讲到英买作业区，又讲到克拉作业区，13本书里的故事，他前前后后给女儿讲了近一年。

有一年，老师给同学们布置了一篇作文，题目是《我的爸爸》，这可难坏了12岁的小珊珊。珊珊的爸爸叫孙建华，是塔里木油田的物探野外管理人员，常年奔波在昆仑山和天山里，一年只能回两三次家，回家没多久又走了，小姑娘写这篇作文遇到的第一个难题是，除了爸爸的长相，就什么也不知道了。

小珊珊为了写好这篇作文，只好给正在昆仑山里出差的爸爸打电话："爸爸，你每天在外面都干啥呀？"

"我们这些人，回家就像出差。"轮南综合公寓经理聂观涛一句朴实的话，对无数塔里木石油人与家的关系的表述可谓准确无比。聂观涛管理着塔里木油田最大的员工公寓，还负责几百人的餐饮。"民以食为天"，食宿问题，关乎前线员工的健康和情绪，他不敢有一丝一毫的马虎大意，几乎每天从早到晚都在这个前线公寓里里外外地盯前盯后。他的家在200多公里外的库尔勒市，回家成了一种奢侈的享受，也成了家人的节日，只有家里出了什么爱人处理不了的事，他才会赶回去一趟，办完家事，又匆匆忙忙赶回轮南。聂观涛不善言谈，却善于总结，"回家像出差"，是他几十年在前线与家之间来回奔波的感慨，也是许多塔里木石油人与家的真实写照。

贾鑫和刘瑶这对不满30岁的小夫妻，相识于英买作业区，相恋于英买作业区，成家后又同在英买作业区工作，这好像是一桩看上去很美满的姻缘。但是，刘瑶的岗位在英买作业区综合办，贾鑫在英买的英潜作业区当副经理，两个工作点相距约50公里，小两口只能做牛郎织女。刘瑶仔细给我算了算，他们一个月最多能见4次面。2013年8月上旬的一天，贾鑫从英潜到英买参加一个会，晚上俩人在一起吃了顿饭，算是难得的一次团聚，也就不到半个小时。饭后，贾鑫匆匆忙忙坐上车，又赶回英潜作业区了。刘瑶说，这次算是时间长的，有好几回，贾鑫来英买办事，完事儿就走，我们只能在一起待十分钟。如果想在库尔勒团聚，我们就得想办法把轮休的时间往一起凑。

牙哈作业区生活管家冯秀丽最痛心的是，女儿上初中时得了白癜风，起初只有针头那么一点大，冯秀丽整天在前线忙，顾不上带女儿继续认真治疗，就请姐姐领孩子到当地医院去诊治。没想到碰上个庸医，用了激光照射法，孩子脸上的皮肤第二天就变黑了，后来白斑还越变越多了。女儿因此受到很大打击，在同学中屡受歧视。冯秀丽痛苦万分，觉得这辈子最对不起女儿的就是这件事。2012年，女儿考上了重庆科技学院。冯秀丽担心女儿因为这毛病到大学后再受歧视，送孩子远行时，她满心愧疚，泪流不止，女儿抱着妈妈，哭着说："妈妈不哭。我会好的，妈妈别担心我。你是世界上最好的妈妈。"

宋泓钢是中原塔里木钻探公司70809队党支部书记，他2005年大学毕业后就到了塔里木。这些年来，他每个春节都在井队里过，与亲人团聚的日子每年不足50天。

塔里木油田推行德国杜邦公司的HSE安全管理后，井队的员工不适应，牢骚怪话满天飞，有人不按规矩干，有人当面顶撞他。对员工满怀爱心的宋泓钢，在井场上监督执行安全管理规定时，严肃认真得像个黑脸包公，他说："安全是最大的福，我要为全体员工造福。我宁叫工人骂红脸，不叫家属哭红眼。"

几万名塔里木石油人中，绝大部分人的家在内地的五湖四海，舍家敬业、奉献亲情的感人故事，每天都在大漠的每一个井架下和工地上发生。他们付出的辛劳可以换算成报酬，他们干出的业绩可以用数字表明，但谁能算出他们奉献的亲情的价值？

青春宝贵，亲情无价，塔里木石油人献了青春献亲情，为了给国家找油找气，乡关万里，家我两分，家与国，他们实在难以两全。大漠的夜色里，思念亲人时，他们只能举头望明月，低头念亲人，痛苦地享受寂寞。

塔里木石油人有能力把藏在地下六七千米的油气资源打出来，输出去，却没办法在国事与家事之间找到平衡点。也许，这一道人生难题，比塔里木的勘探开发这个世界级难题更难破解。他们两头都不想舍，却常常只能舍小家，顾大家。于是，无论有多忙多累，每天给亲人打一个电话，成了他们在千万里外与家人维系亲情的唯一选择。

虽然身在中国西部最大的瀚海，每个塔里木石油人都有一个壮美的中国梦。它立足现实有底气，不是脱离实际的想入非非，绝不虚幻缥缈。

寻梦之路，漫长而曲折，充满艰辛，但他们前进的步伐坚定而执着。他们"吃着碗里的，瞅着锅里的，还想着地里的"。

塔里木石油人很自豪，经过20多年的顽强拼搏，塔里木已经拥有了全国第一个沙漠油田塔中油田，全国最大的沙漠油田，全国技术最复杂、工艺最先进的油气处理厂在塔里木，全国第一个无人值守的自动化管理油田在塔里木，塔里木已经是全国用人最少、效益最高的油田。惠及3亿多人的西气东输工程，发端于塔里木油田的克拉气田。塔里木已经具备了建成更大的油气田的资源和人才、技术条件。

塔里木拥有先进的管理体制和机制。1986年春，石油部组织队伍"六上塔里木"时，就实行"两新两高"的方针，"两新"中之一新，就是甲乙方合同制为核心的新型管理体制，这种体制用人少，效益高，是当时世界上最先进的一种管理体制。1989年塔里木大会战的帷幕拉开后，"两新两高"的优势被发挥到了极致。2010年，塔里木油田公司对这种体制进行再创新，围绕库车、塔北、塔中三大区块，组建了三个"一体化"项目经理部，每个项目经理部都成了一个"集团军"，集油气勘探、油田建设、油气开发和管道输送等职能于一身。在"增储上产"的"三大阵地战"中，甲方的三个项目经理部发挥"一体化"的体制优势，成为指导乙方队伍优质高效勘探的前线指挥部。

全世界最先进的新技术和新工艺，最先进的油气勘探开发设备，最精良的沙漠运输车辆，塔里木石油人都拥有并能熟练驾驭，这使他们有了罕见的世界眼光。

许多普通的塔里木油田员工，对全中国乃至于全世界石油天然气发展变化的形势，都能说出个一二三。在克拉、在塔中作业区，在大漠深处，在胡杨林中，听到一个个普普通通的石油人讲他们对这些的了解时，我没法不感到惊讶，更惊异于他们身处僻远之地，居然信息不闭塞，观念不落伍。显然，他们是一些身在瀚海、眼观世界、胸怀全国的石油人。

塔里木石油人既仰望星空，又脚踏实地。他们的头脑很清醒，知道自己的所长与所短，面对外界的"神马浮云"，他们的心思不迷乱，只是踏踏实实在塔里木干自己的老本行。

四勘公司 C32551 队平台经理张进在新疆已经干了 20 多年，他的小家在四川泸州，父母在华北油田。张进刚到塔克拉玛干沙漠里打井时，曾经被冻哭了，差点当了逃兵。后来，张进的心就稳在了塔里木，就干钻井，从学徒工干到平台经理。他说："我这辈子就会打井，不会干别的，我就认认真真千方百计把井打好。" 2013 年，张进的目标是全队打井进尺超过 20000 米。

2013 年夏天，克拉作业区总工程师赵小东接待了北京来的两位贵客，他们是他的一对身家上亿的同学夫妻。赵小东热情地陪老同学游览新疆各地的风景名胜期间，知道人家平均一天能挣 12 万元。但是，赵小东觉得他也有自豪的资本，"虽然挣钱没有老同学多，但从我们克拉作业区输出的天然气，为北京、上海以至广州、香港的千家万户和许多企业提供洁净能源，我们为国家和百姓创造的社会价值和经济价值也很高嘛"。

来自全国各地的民工，是塔里木石油员工队伍中的一个特殊群体，他们分布在甲乙方几乎所有的单位里，其中的佼佼者已经成为高级主管。

民工们丝毫不隐瞒他们到塔里木的目的，就是挣钱养家。他们干的是最苦最累的活，山地队有些民工的岗位就在断崖林立的片石山区，那种地方山羊上不去，老鹰不光顾，随时都会有生命危险，大庆人当年"天当被子地当床"的故事，正由他们在塔里木重演。山地队有些民工感叹："这活儿就不是人干的。"感叹归感叹，为了把致富的梦想变成现实，民工们攀山、打井、布线、放炮，认认真真，一丝不苟。在天山托木尔峰脚下的东方物探219山地队，两位从甘肃和湖北来的民工说，现在这个社会没钱不行，我们出来打工，到这里吃苦受累，就是为了挣钱，为了多挣钱，为了让父母和老婆孩子过上好日子。只有多吃苦，才能多挣钱。当然，我们要把事情干好，要对得起发给我们的人民币。

2013年夏天，一位自称"红衣散人"的四川作家来到塔里木，他亲眼目睹了，也感受了四川油建队伍里的民工和职工之苦，被深深感动了，他在一篇文章里写道："他们有着超凡的承受力和忍耐力，承受超负荷的劳动，忍耐繁杂规章制度的约束；他们重视别人忽略自己却从不觉得憋屈；他们清楚付出与回报的逻辑，从不奢求超额收益；他们本能地期望自己能干出漂亮的活儿，不为名利，只为被人看得起；他们屡受挫败却锲而不舍，他们带着相同的目的做着不同的活计。他们感觉不到酷暑和严寒，50摄氏度也好，零下20摄氏度也罢，他们总能出现在自己该出现的地方，淡定地做着自己该做的事情。他们用体力换钱；用技术换钱；用忍受严寒酷暑换钱；用失去天伦之乐换钱；用寂寞换钱；用压抑基本人性需求换钱……把享乐的权力彻底放弃。"

这些民工身份卑微，但可敬可佩。他们所求不多，贡献不小；他们主观为自己，客观为国家；他们挣了钱，国家受了益。没有这些民工，塔里木的勘探开发进程不可能这么快。

油气报国，是塔里木石油人坚定的信念，是他们扎实的行动，也是他们的光荣与梦想。员工们家家有一本难念的经，人人有几段闹心的事，但没人让私事耽误公事，在他们心中，公事总比私事大。

一切围着油气转，已经成了他们的集体意识和共有的观念。

这就是塔里木石油人，他们来到荒凉的大漠，大漠便不再荒凉。他们在大漠上创造历史，大漠的史册上便写满了辉煌。

在寸草难生的"死亡之海"里，他们为国家找到了巨量的石油天然气，造福全国百姓，他们又在大漠里铸起一座精神丰碑，照耀中华大地。

这是几代塔里木石油人的杰作。自20世纪50年代以来，被山洪夺去生命的女地质队长戴建，被野狼抛尸塔里木河畔的地质队长陈介平，埋骨"死亡之海"的原石油部沙漠勘探顾问刘骥，在沙漠里以身殉职的原石油部物探局1831队副队长王英豪，身患癌症依然坚守井场的新疆石油局7015队泥浆大班王光荣……这些为塔里木的石油勘探开发贡献了生命的先烈，生前是这座丰碑的奠基者，死后依然激励一代又一代后来人共筑这座丰碑。

这是他们的人生观和价值观的结晶，也是他们在大漠里创造奇迹的精神武器。这是中国石油人的核心价值观，也是中国精神的缩影。

当年，大庆人在东北的荒原上托起一个特大油田，创造了激励几代人的大庆精神。如今，塔里木石油人正在西北的大漠上为共和国建设一个新大庆，锻造改革开放时代的塔里木精神。

岁月如梭，时代巨变。在这个繁花渐欲迷人眼的社会转型期，塔里木人也曾经迷茫，几度彷徨，但他们终于立定了脚跟，保持着清醒，没有被污泥浊水冲刷得扭曲变形，他们选择了既不丢弃传统又与时俱进的社会主义核心价值观。

　　他们默默接过大庆精神的老传统，为它注入新活力，让它在荒荒大漠上再放异彩。塔里木精神与大庆精神，一脉相承又与时俱进，塔里木石油人为大庆精神谱写了新时代的新乐章。伟人毛泽东说："人是要有一点精神的。"大庆精神和塔里木精神是中国人在不同时代的正能量的化身。

　　面对严酷的自然环境和数不尽的艰难困苦，塔里木人豪迈地说："只有荒凉的沙漠，没有荒凉的人生。"塔里木人把这句凝结着他们人生观、价值观的话打在LED电子屏幕上，高悬在油田基地旁的孔雀河畔，每日每时昭告世人，也激励自己。在沙漠公路的288公里处，他们特意把这句话铸成鲜红的大字，矗立在一座高大的沙山上，自豪地向来往的旅客宣示他们的人生观和价值观。

　　朴实的话语，豪迈的气概，闪烁着塔里木石油人的精神之光。

下篇　清洁能源之福

　　南疆历史的新篇章，这一天轰轰烈烈揭开了。

　　2010年7月14日，南疆重镇喀什市满城尽飘喜庆气。

　　这一天，南疆各族百姓渴盼已久的"南疆天然气利民工程"开工仪式隆重举行。国家能源局、新疆维吾尔自治区党委政府和中国石油天然气集团总公司的主要领导，专程前来祝贺。

　　2012年7月，这项由国家和中石油投资62亿元的工程全线开工。

　　2013年7月30日，总长2424公里的"天然气利民工程"主干线全线投产，新气化喀什、和田、克孜勒苏柯尔克孜三地州的12个县市和新疆生产建设兵团的20个农牧团场，至此，南疆除帕米尔高原上的塔什库尔干县外，其余24个县市均已实现气化，400多万各族群众用上了天然气这个当代最清洁的能源，一步跨进了天然气时代。

"南疆天然气利民工程"，是2010年5月中央新疆工作座谈会后确定的一项重大建设工程，也饱含着党中央国务院对南疆各族群众的殷切关爱之情。这项工程投产后，南疆城乡75%的乡镇用上了天然气，这个比例，在全国遥遥领先。

讲政治，为南疆实现长治久安创造了重要条件；论经济，南疆的经济将实现跨越式发展；说民生，南疆各族人民的生活质量跨上了新台阶。

南疆各族百姓亲切地把进入自家的天然气叫福气，福气进万家，各族人民从此做饭取暖再也没有烧煤烧柴烟熏火燎之困了。

望着各族群众用上天然气后那一张张洋溢着幸福之气的笑脸，幸福感也在建设者们的心里荡漾，每个人都为自己成为这项泽被万家的惠民工程的建设者而自豪。

回首工程建设期间的种种艰难往事，塔里木油田公司的一位干部说，能为南疆人民干成这么大的一件好事，也是我们的福气，无论吃多大苦，受多大累，都值得。

在传统的农业社会里，由于气候土壤环境等诸多原因，新疆形成"南穷北富"的格局。丰饶之地的北疆人历来瞧不起南疆人，就是因为南疆穷。在北疆人看来，南疆虽然地域辽阔，但那个33.7万平方公里的塔克拉玛干沙漠，"天上无飞鸟，地上不长草"，又占去南疆面积的一大块，其他地方不是戈壁，就是荒漠，绿洲面积小得可怜。由于地大物穷，早年内地的盲流到新疆，目的地基本都是北疆，很少有人把南疆作为落脚点。

在北疆人面前，南疆人的腰杆子确实也硬不起来，一个烧饭取暖这样生存的基本问题，着实难住了居住在南疆的一千多万各族群众，人们世世代代为其所困。

不是南疆人民不勤劳，也不是南疆百姓智慧少，南疆的煤炭资源实在少得可怜。浩浩南疆五地州有41个县市，生产建设兵团还有4个农业师，上千万人口居住的地方，却只有拜城、库车和温宿等几个县的地下有一些煤炭资源。一个煤炭储量并不算多的拜城县，就享有"南疆煤都"的盛誉，北疆那些煤炭大县的人一听就笑了。

煤炭是重要的生活物资，也是发展工业的重要原料。在缺煤少炭的南疆，不仅人们的做饭取暖陷入困境，发展现代工业几乎成了梦想。南疆人曾经自我调侃说，我们的重工业是钉马掌，轻工业就是烤馕饼了。

在远离现代工业文明的南疆农村，20世纪70年代曾经发生过几个让人想哭的笑话。

一支钻井队开车走进皮山县的玉力群山区后，当地的维吾尔族老乡没见过也不认识汽车这怪东西，全村的老老少少都跑过来围着几辆汽车，瞪着惊奇的眼睛看个没够。

钻井队的职工第二天早上起来一看，汽车的车头前面堆了好多苜蓿草和苞谷秆。

井队的职工苦涩地笑了。看来，这些"桃花源"中人以为汽车这个跑起来很快的大怪物和他们家里的牛和毛驴一样，要吃草料，所以，半夜里满怀好意地给汽车送"饭"了。

这个昆仑山下的小山村没有电，每天夜晚，漆黑一片，家家户户照明用的不是煤油灯，而是核桃油灯。到了晚上，村里人早早就吹灯睡觉了。

井队架了一条电线，在村里的队部门前装了一盏电灯。此后，只要天一黑，许多村民就来到这盏电灯下，静静地坐着，痴痴地瞅着，瞅着那明亮的灯光，久久不去。

看到这场景，石油人心中酸楚，却只有一声叹息，他们只能为老乡们做这点事了。

山民们照明没有电，党政机关事业单位的汽车要加油，这也成了南疆各单位的一大头疼事。地处塔克拉玛干沙漠南缘的民丰县离乌鲁木齐市有2500多公里，县上派车到乌鲁木齐拉汽油，把油拉回民丰县城时，一车油的三分之一已被拉油的车烧掉了。

1977年5月，位于叶城县境内的柯克亚1号井发生强烈井喷，初期每天喷出的天然气有260万立方米，原油多达1300立方米。巨大的地层压力把天然气抛向高天，巨量的原油被抛向高空后又落入大地。井场附近的戈壁滩上，黑亮的原油遍地流。维吾尔族村民们从来没有见过这么多的石油，他们从四面八方赶着毛驴车，拿着勺子水桶等各种工具，涌到井场附近收油。有的用来土法炼油，有的直接拿去烧火做饭，倒也为当地群众解了一时之困。

南疆的大漠盛产荒凉，也盛产荒漠植物，荒凉的大漠戈壁滩里有胡杨、红柳和梭梭，百姓们做饭取暖没有可用之材，只好向荒漠要薪碳，胡杨和红柳梭梭便成了他们的重要猎物。

南疆的维吾尔族农民爱种树在新疆出了名。维吾尔族占南疆人口的93%以上，每家的房前屋后，都种着各种各样的树，每户农舍都掩映在葱翠的绿色中，这景象在塔克拉玛干沙漠边缘的农村几乎随处可见，每一户农舍都像油画一样美。

但当地群众在村庄之外的地方砍树，也曾经堪称疯狂。在20世纪80年代前的南疆，最常见的景象是维吾尔族农民赶着毛驴车，到大漠深处去砍胡杨、砍红柳、砍梭梭，砍一切可以烧火取暖的乔木和灌木。这些珍贵的树木，都变成了千家万户的燃料，最后都可悲地化为缕缕青烟和绵绵灰烬。

南疆的生态环境本来就很脆弱，胡杨红柳梭梭在干旱少雨的南疆是宝贝。每一棵胡杨，每一簇红柳，都是大漠的保护神，砍一棵，少一棵，砍得越多，生态越坏，自己的生存环境就越来越恶劣，南疆的生态陷入可悲的恶性循环。生于斯长于斯的当地百姓，未必不知道这个理，但为了生存，他们还得去砍胡杨砍红柳。

村庄近处的胡杨红柳砍没了，就到远处去砍，先是赶着毛驴车去砍，后来开着拖拉机去砍，近处的早出晚归，远处的则今天去了明天回，晚上就在胡杨林里睡一夜，第二天喜洋洋满载而归。

杨爱玲的家在和田地区一个叫依提帕克的村里，今年40多岁的她，记忆中的童年就是几乎每天"从戈壁滩上拉柴火，有时候是背柴火回来，那个时候都没有毛驴子，村子附近都没有树了嘛……"

村民在挖树，胡杨在受难，红柳在哭泣，南疆的土地在颤抖，然而，人们乱砍滥伐的步子却停不下来。有人在和田地区以北某县通往沙漠的道路上做过一个小小的统计，每月去沙漠里砍伐红柳的毛驴车多达1500辆。这只是一个县的景况，南疆有40多个县市，每天进入沙漠边缘砍伐红柳梭梭的队伍该有多庞大啊！

几年前，有人做过统计，南疆五地州有1000多万人口，如果取暖做饭烧柴火，每人一年至少要消耗500公斤红柳和胡杨等荒漠植物，一年会消耗多少呢？这数字算出来太吓人了。

南疆许多县市都有一个规模不小的柴火交易市场，长盛不衰很多年。塔里木油田公司的李明坤曾走访和田市的一家柴火市场，市场里人声鼎沸，生意十分火爆。买卖的不是红柳，就是梭梭，偶尔还有巨大的胡杨树根在出售。

媒体屡屡呼吁：救救胡杨！救救红柳！但收效甚微。砍伐胡杨、红柳和梭梭的浪潮，汹涌依然。

为什么？"民以食为天。"一日三餐的粮油肉菜，冬季寒夜的烤火取暖，哪一样都离不开燃料，砍伐者也有不得已的苦衷。

于是，南疆的胡杨红柳梭梭越来越少，南疆的生态环境越来越恶劣，风沙天越来越多，许多县市每年的风沙日都在200天以上。当地的维吾尔族人世世代代生于斯，长于斯，倒也见怪不怪了，喀什市的汉族干部们开玩笑说，"我们生活在这里，每天二两土，白天不够晚上补"。虽然有点夸张，但也不离大谱。

在南疆的风沙前沿和田地区，植被大量被毁，流沙大举入侵，到20世纪80年代中期，荒漠化土地已达3万平方公里。历史上因为沙漠进逼而三度迁移的策勒县，仅1980至1985年的5年间，沙丘就推移到离县城仅一公里外了。

民丰县城与塔克拉玛干沙漠的距离最近，20世纪60年代以来，黄沙不断进逼民丰城，这个古西域36大国之一的精绝国陷入沙漠的包围中，不是人进沙退，而是沙进人退，已经危及民丰县城干部群众的生存安全。20世纪80年代初，曾有专家呼吁："民丰县城要考虑搬迁！"

为了保护南疆脆弱的生态环境，为了保护珍贵的胡杨红柳资源，南疆五地州也曾采取措施，严格限制砍伐胡杨红柳和梭梭等野生植物，但还是无法取得预期效果。盗伐者的身影，还是在大漠深处屡屡晃动。

在南疆五地州，有一个庞大而悲壮的群体，他们是新疆生产建设兵团的4个农业师。老一代兵团人是南疆土地的拓荒者，也是南疆生态的捍卫者，他们把荒漠变良田，让大漠变绿洲。从解放南疆到建设南疆，他们堪称英雄，改革开放几十年了，他们依然和南疆许多百姓一样，面临缺炭少柴的无奈和尴尬。

兵团农十四师47团坐落在和田地区，总人口只有不到4000人，其中职工1200多人，是个小团，团部设在墨玉县城以北37公里的夏尔德浪村。从47团再往北，就是没有人烟的塔克拉玛干沙漠了。

47团的前身是八路军120师359旅719团，解放战争中改编为第一野战军1兵团2军15师15团。1949年12月5日，15团为了及时制止和田民族分裂分子预谋组织的暴乱，全团1800人奉命从阿克苏沿和田河畔横穿塔克拉玛干沙漠，日夜兼程1580里，于12月22日抵达和田城，粉碎了一群民族分裂分子暴乱割据的阴谋。

解放军一野司令员彭德怀、政委习仲勋闻讯，欣喜地于12月25日给15团发来嘉勉电："你们进驻和田，冒天寒地冻、荒漠原野、风餐露宿，创造了史无前例的进军纪录，特向我艰苦奋斗胜利进军的光荣战士致敬！"

1953年，这支部队的一个营就地转业，化剑为犁，在塔克拉玛干沙漠边缘开展屯田生产，先后将千辛万苦开垦出来的4万亩良田无偿捐献给地方政府。他们自己则无怨无悔地不断北进，到沙漠边缘再垦新田。此后，这批官兵一直坚守在沙漠边缘，为墨玉县筑起一道美丽而壮观的绿色防线。

40多年后，这批老兵进入人生暮年，依然像战士一样，忠诚地守卫在这片土地上。

1994年的一天，兵团领导来到47团，问白发苍苍的老兵们：你们回过老家吗？回答：没有。你们到过乌鲁木齐吗？回答：没有。你们坐过火车吗？回答还是：没有！

兵团领导震惊了，这三个"没有"，也让他们百感交集，领导们共同觉得，愧对这些可敬可爱的老英雄啊！领导们立即决定，安排老兵们出去走一走。不仅要让老英雄们去乌鲁木齐，还要让他们坐飞机，可是，能够成行的只有17位老兵了。

他们先坐汽车到和田，又乘飞机到乌鲁木齐。到乌鲁木齐后的第二天，17位老兵去了石河子市。这里是王震将军洒过汗水的地方，也是周恩来和朱德同志曾经视察过的地方，是兵团人的骄傲。

在石河子市的中心广场，老兵们在王震将军铜像前熟练地列成方队，颤巍巍地举起布满老茧的手，向老首长庄严敬礼："报告司令员，2军15师15团老战士胜利完成毛主席交给的屯垦戍边任务。现在我们离休了，但已经将屯垦戍边的任务交给了儿女。我们将牢记您的命令，代代扎根新疆！"

目睹这感天动地的一幕，广场上的无数人潸然泪下，广场外的绿树飒飒作响，向老英雄们肃然致敬！

在47团所在地的夏尔德浪村旁，有一块土地被称为"三八线"，这里是逝世后的老兵们的长眠之地。60多年里，老兵们用军人的身躯守护这片土地，离世后就埋在这个叫"三八线"的土地上。"三八线"原是朝鲜战争的南北军事分界线，47团人之所以把这里称为"三八线"，是指绿洲与沙漠的分界线。

生前，他们把自己的生命化为沙漠里的良田和绿树；死后，他们的魂灵依然守护着这片绿色荒漠。

老兵们的墓碑上，刻着他们当年集体转业时的职务：营长、连长、排长、班长……

2010年秋，时任塔里木油田公司副总经理的熊建国带着几个石油人来到兵团农十四师。这个师的领导恳切地对熊建国说，我们希望石油部门能给这个团通上天然气，哪怕我们师部不通天然气都可以，你们一定要想方设法给47团供上天然气。

熊建国感动于47团的悲壮史，敬佩着兵团领导的爱民情，当即表示一定把天然气送到这个沙漠边缘的团场。

秋日高照，在老军垦们的墓碑和坟茔旁，熊建国一声喊，同行的几位石油人全体弯腰，向这些可敬的先辈深深鞠躬，表达心中的无限敬意。

面对这些永远的老兵，熊建国一行立下誓言："我们一定要把天然气送到你们的家里，让你们的儿孙用上清洁能源！"

塔里木油田公司是南疆最大的央企，肩上挑着经济、政治和社会责任三副担子，石油人决意"气化南疆"，让南疆人民用上清洁能源天然气，让这里的百姓彻底走出燃料困局，让塔里木大漠上的胡杨红柳梭梭永远安生，让兵团那些死去的先辈们九泉之下再无遗憾。

大庆设计院的张勇涛和王强连日来整天在苦思冥想，他们共同为一件大事宵衣旰食。

总长2400多公里的天然气利民工程管线，有4条干线、19条支线，工艺站场38座，线路阀室60座，基层站4座，支撑点2座，沿途要穿过南疆五地州的无数耕地、果园、经济林，每一片农田、果园和经济林，都是农牧民的心血和财富。

怎样在施工过程中避绕这些农田果园和经济林，最大限度保护农牧民的利益，成了张勇涛和王强日思夜想的大问题。

大庆油田的队伍1990年就参加了塔里木会战，现在搞南疆利民工程，大庆设计院是这个工程的设计单位。这个国家甲级设计院，在设计行业声名赫赫，国内许多著名的油气长输管道，如西气东输、江苏到河北连接陕京二线的管道，都是这家设计院的杰作。

2010年春，接受了南疆利民工程的设计任务后，大庆设计院成立了项目经理部。张勇涛和王强出任经理和副经理，他们都是40岁出头的年轻知识分子，身上流着大庆人的政治血液，时刻不忘"我是大庆人"，生怕自己的工作干不好，会给大庆这面旗帜上抹黑。

张勇涛和王强带着十几位设计人员，分成5个组，风尘仆仆到南疆三地州踏勘，从干线到支线，从阿克苏、柯坪、巴楚、喀什、莎车、岳普湖、麦盖提、皮山、墨玉、民丰，直跑到塔中，跑遍了沿线的25个县市和22个团场。他们看到了南疆生态环境的脆弱，听到了各族百姓渴盼天然气的呼声，他们也为南疆群众着急。

回到塔里木油田的泽普基地，他们苦苦思索，能不能让管道多靠近一些乡村？有的地方是不是多几个预留口，待条件成熟后给附近村子通上天然气？

怀着殷殷爱民心，他们夜以继日地投入设计利民工程的事业。张勇涛和王强为利民工程的设计定了"第一原则"：让管道经过的30公里范围内所有乡村和团场都用上天然气。

看到当地的生态环境太脆弱，他们给自己提出许多设计要求，使管道建设尽量不对环境造成影响。胡杨是南疆一宝，管线通过胡杨林区，能绕开就尽量绕开，无法绕开时，就选择树木稀疏的地方经过。他们对开挖宽度做了规定，开挖宽度不超过10米，两边施工行车道不超过两米。经过农田耕地则要求先把生熟土用袋子分装好,管子下沟后再按原样将土填回去:生土在下,熟土在上。

和田至泽普管道在墨玉县境内经过一段沙漠区,非常平缓,几乎没有高大沙山。他们在这里设计了一条伴行路,这条路专为兵团224团和47团用。有了这条伴行路,这两个团场的人和周边少数民族兄弟们外出时,再也不用绕行上百公里了。

为了把"利民"这个主题演绎完美,大庆设计院的设计师们一次又一次,把设计方案优化再优化,管道总长度,从最初的2800公里,简化到2424公里,为国家节省了建设投资,让南疆百姓得了实惠。

为了把沿线百姓的损失减少到最低限度,大庆设计院改了千百次设计方案,施工中遇到各族百姓的农田、房舍、果园和胡杨等等,他们能避就避,能绕就绕。工程投产后的统计显示,2000多公里的天然气利民工程,只拆迁了20多户人家,这无疑是全国建设史上的一个巨大的奇迹。

7月的骄阳下,罗洋一行来到喀什和阿克苏区间的图木舒克市,眼前是一片近60亩的枣园,青涩的枣儿挂满枝头,争先恐后向来客们预告丰收的喜讯。

罗洋是喀什至阿克苏标段的项目组长,按照设计图上的标记,这片枣园正是一条支线的一个阀室所在地。他正在寻找阀室桩标的位置,忽然看见枣园里钻出一位老妇。

罗洋赶忙上前搭话:"大妈,您好!"仔细一问,这位弓腰驼背又满脸皱纹的大妈才50岁,比自己还小5岁,他立即改了口:"大妹子,大中午的您来这干吗?"

"这是我家的地。你是干什么的?"大妈看见一身红装的罗洋,目光里充满警惕。

"我是南疆利民工程的罗洋,你知道这个管线要从您家的这片地通过的事吗?马上要施工了,我来这里看看。"

"利民工程好是好,可是为啥非要从这园子过呀!"

罗洋听出了农妇的话外音,立即问道:"大妹子,您有啥难处?"

罗洋的这位大妹子没客气:"这片果园是我家承包的,和44团签了十年承包合同,前期开荒、滴灌、嫁苗、肥料、水电费加上承包费,乱码七糟加在一起花了几十万元,这是第三年,眼看到了盛果期,全家老少全指着这枣园生活。我老伴儿身体有病,不能干重活,儿子在厦门打工,在那儿找了个对象,结婚要花几十万块钱,女儿在新疆大学读书。你们把地征走,我几十万的投入就全打水漂了,我们全家今后吃什么、喝什么呀?为了红枣的品质也为了节省点钱,我每天用手拔草,整整60亩地,我拔一遍要十来天,一年要这么弯着腰拔十六七遍。你看看我的腰,我的手成什么样了!"

说着她把双手举给罗洋看。她的十个手指被草勒出道道血口,指头尖处全用创可贴缠着,手掌上的草汁和土,已经把双手染成土绿色了。

罗洋也是在兵团长大的孩子,他懂得农民的艰辛。罗洋望着那两只愁苦的眼,还有那双粗糙的手和弯弓似的腰,只觉得酸楚的情绪在心里翻涌,他的眼眶噙着泪水,一时无语。

他知道,如果按照设计在这里开建阀室,这片果园就毁了,虽然这位农妇经济上可以得到一些补偿,但这一家人的生计也就毁掉了。

见罗洋不说话,农妇恳求道:征地的钱,我到现在还没拿到,家里吃饭的钱都没了。你能不能帮着说说,把你们的那个什么室挪到别处,或是少占点地，实在不行，能不能委屈你们，等我把今年的枣收了再施工。

"大妹子，回去我一定向领导反映您家的情况，争取把您家的损失降到最低。"

"那太谢谢、太谢谢您了！"说着，大妈双手握住罗洋的手用力地摇。

告别了农妇，罗洋想了很多，我们干的是利民工程，就应该怀着爱民之心，让这个工程现在不扰民，将来能利民，把百姓的损失减少到最大程度。如果可能，就该改线。

项目部领导听了罗洋的汇报，很快让设计人员实地考察，在设计中避开枣园，把阀室改到了旁边的棉花地里。按照管道保护法，棉花来年还可以复种。

一片果园保住了，一户人家转忧为喜了，罗洋的心里也踏实了。

有一次，在管线施工中遇到一处坟地，这样的坟地，在山边的戈壁上并不少见。队伍正在距离坟地不远处开挖管沟，一个维吾尔族妇女来到了工地。她操着新疆维吾尔族人特有的汉话喊着说："你们嘛——远一点施工，这个机器的声音嘛——太吵的很，我们的地下的爸爸嘛——受不了啦！"

接待这位维吾尔族妇女的施工人员来自内地，她的夹生汉话，实在难懂，内地来的施工人员像猜谜一样，好半天才弄明白她的意思。

民族问题无小事。施工人员马上把这件事汇报给了项目部，这样的事，在内地不算个事，但在新疆少数民族地区，就不可小视。项目部领导考虑，我们的工程本来就是为了利民，那就要做到既合理又合情，尽最大努力不扰民，让管线路过的每一个农民都心服口服。

于是，施工向远处移了十多米。

那位维吾尔族妇女，带着满意的笑容走了。

2012年8月，第二组项目组组长吕宏光负责伽师—喀什线后，发现阿图什市附近有一片上万亩的葡萄园。

8月的南疆，正是葡萄开始成熟的季节，这条管道铺过去，14米宽的作业带，很多葡萄会被挖掉，农民一年的收入就没了。管道建成后，两边各5米之内，将来再也不能栽种深根植物了。

虽然葡萄园的主人们已签字同意施工，但吕宏光了解到，这片葡萄园，是阿图什市的支柱产业之一，种植葡萄的收入，与这座高原小城许多百姓的温饱和小康息息相关。

吕宏光在西安交通大学的就是工程设计，毕业十几年来在新疆的南北疆搞过几个大工程的设计和施工。他想，百姓们顾大局，我们不能不顾群众的利益。他向项目经理部提出，重新审查设计图纸，看看能不能绕过去。

领导们采纳了吕宏光的建议，派人实地踏勘，重新选线，经过比较，管线从靠近山边沿公路一侧走，绕过了葡萄园。虽然施工难度增大了，但绕开了26公里的农田段，当地许多群众的利益保住了。

2013年5月，辽河油建的队伍施工到了喀什市郊，利民工程的调控中心建在这里，按照要求，施工队伍必须把电缆通到调控中心，可是，电缆经过的区段是一大片麦田，施工时要开挖一条16米宽、7公里长的电缆沟。

5月的喀什市郊区，农田里的麦子都黄了。农民们已经得到了补偿款，他们希望施工队伍再等几天，让他们把麦子收回家。但是，7月30日要全线投产，工期不能等。

项目组长吕宏光和辽河油建的负责人商量，决定全体出动，无偿帮农民们收割麦子。

那一天的喀什市郊区，出现了旷古罕见的一幕。

5月的艳阳下，金灿灿的麦地里，40多名来自辽宁和利民工程项目部的石油人，穿着国旗色的工服，在7公里多长的麦地里挥舞着镰刀，替维吾尔族老乡收割麦子。

近百双操作各种大型机械的手，握着一把把小小的镰刀，割起了沉甸甸的麦子。

欢快的汗水，洒落在红黄相间的麦地里。

欢声笑语，在滚滚麦浪里此起彼伏。

这是一场义务劳动，石油人却干得格外卖力。

两天后，麦子割完了。维吾尔族农民们高高兴兴把麦子拉回家了，电缆沟的开挖工程顺利进行了。

种瓜得瓜，种豆得豆。石油人对南疆人的好，维吾尔族老乡们看见了，也感受到了。

夏天的一日，在南疆荒漠的工地上，一群工人正头顶烈日，脚踩焊花，挥汗大干。中午时分，一位不知来自何处的维吾尔族老大爷赶着毛驴车，给工人们送来了一桶杏子。

这桶杏子，可能就是他家最好的东西了。他穿着一件露出胳膊肘的旧衬衫，衬衫上落满了尘土和汗渍，趿拉着一双没有脚后跟的鞋。

老人不会说汉话，他将杏子放下后，就悄悄地坐在一边，看年轻的工人们干活。

也许，在老人看来，这些外地来的年轻人到自己的家乡干活，就应该拿出家里最好的东西，招待这些穿红衣服的石油人。

老大爷默然坐在地上，看了一会儿施工，默默地赶着自己的毛驴车，悄悄地离开了。

离去的路上，维吾尔族老人的目光，始终没有离开身边这条伸向千家万户的管线……

西去的列车里，西飞的航班上，忽然多了几千张新面孔，他们来自黑龙江大庆、辽宁盘锦、江苏徐州、河南濮阳。克拉玛依油田的一支油建队伍，也从北疆昼夜兼程开往南疆。他们共同的目的地是南疆天然气利民工程工地。他们共同的使命是为南疆各族百姓造福气。

家在徐州的李立新的儿子高考在即，家在库尔勒的杨禹爱人即将临盆，吕宏光身患重病的母亲和大哥正在奎屯市的同一家医院住院，罗洋的心脏正在闹病……

几千名石油人放下揪心的家事，告别了亲人，从四面八方来到南疆五地州的无数村镇，只为了早日使南疆各族百姓用上清洁能源天然气。

每个参建者都有几分自豪感和神圣感。他们个个都知道，南疆天然气利民工程是造福南疆几百万各族人民的国家重点工程，建成后南疆五地州将实现跨越式发展，各族人民烟熏火燎几千年的日子将终结，塔里木盆地的生态环境将大为改善，它是一座矗立在南疆大地上的永远的丰碑。参加如此规模宏大而意义深远的工程建设，几人没有一点自豪感！

李伟东来到南疆利民工程项目经理部后，心里充满了激动。他6岁随父从青岛来到南疆，后来成了石油人，对南疆的贫穷落后有清醒的认识，幼年时在和维吾尔族小伙伴玩耍中学会了维吾尔语，也和维吾尔人建立了深厚的感情，他将成为项目经理部的外协组负责人。能为改变南疆的落后面貌干点事，他一百个乐意。

李伟东说："人这一生，能干几个这样的工程？现在再苦再累，将来都是人生美好的回忆。"

南疆利民工程开建于2009年乌鲁木齐"7·5"暴恐事件之后，虽然时隔一年，但"7·5"事件的阴影依然笼罩在南疆大地上。"7·5"事件后，南疆成了暴恐活动的重灾区，喀什、和田等地的暴恐分子，屡屡滥杀无辜，制造血案，破坏稳定。有些暴恐事件的发生地，就是施工人员的必经之地，但他们勇往直前。

为了工程的顺利进展，为了在2013年7月30日正常投产，项目经理部经理刘劲松几年来无数次往返于库尔勒和喀什、和田、阿克苏、克州之间。作为利民工程的项目经理，刘劲松一身系万家，数不清的棘手事等着他协调处理，他的工作地点，常常就在反恐前线。刘劲松和同事们开玩笑说，我们是在反恐一线干利民工程。

一年里，刘劲松有200多天奔波在南疆的荒漠里和村镇中的利民工程工地上，家里的事，只能拜托爱人操劳了。

每次离家时，爱人都担心他的安全，忧心忡忡地叮咛了再叮咛，嘱咐了又嘱咐。他总是淡淡一笑，毅然出门去。

刘劲松的脑海里，时常出现的是白发苍苍的维吾尔族大爷大妈们期盼天然气通到家里那焦急的眼神，还有地方政府和团场领导盼望天然气早日通到当地那热切的目光。

工作和责任高于天，为了天然气早日通到百姓家，刘劲松顾不了那么多。

从库尔勒到设在泽普县奎依巴克镇的利民工程项目指挥部，刘劲松一个单程坐飞机加汽车最少要连续走将近8个小时。若是坐汽车，要走两天才能到，上千公里的路上，谁也不知道沿途哪里有危险。

2013年4月20日，刘劲松路过巴楚县色力布亚镇时，还在镇上的一个小饭馆吃过饭，3天后，这里就发生了一起震惊中外的暴恐事件，15名社区干部和民警被暴徒杀害。

刘劲松说："说没有恐惧感，说不害怕，那是假的。在南疆工作，确实不知道什么时间什么地点会遇到什么样的暴恐事件，我们的队伍散落在近两千公里的大漠村镇，我每天都要操心三件事：施工安全、交通安全、社会安全。但这不影响我们和少数民族群众友好相处，不影响我们抓利民工程的进度和质量。南疆少数民族的绝大部分群众是好的，坏人只是一小撮。我们是企业，没办法改变大环境，只能加强防范，规避风险。我只能告诉大家，一旦遇到暴恐分子袭击，一定要以人身安全为第一。"

每逢"7·5"前后，都是南疆暴恐活动最频繁的时候，也是维稳最紧张的时期。刘劲松是利民工程的负责人，南疆各地哪里出了什么事，有关部门都会在第一时间向他通报。每次接到通报，刘劲松都会向分布在几千公里施工线上的队伍发布通告，要求大家加强防范。

在南疆持续紧张的维稳形势下，利民工程建设者们的脑子里必须多一根弦，随时随地绷着反恐防恐这根弦。从徐州来的中石油管道二公司南疆利民工程项目部副书记刘鑫说，我们在内地干工程，就没有这种事，也不操这个心。到了新疆，反恐防恐这根弦就得天天都绷着，而且还得绷紧了。我们营地建设的成本，也加大了。

几千人的队伍里，难免会有牢骚怪话：我们这些人撇家舍业，从内地跑到新疆，冬天冻着，夏天晒着，风沙吹着，这么辛苦地给南疆人造福搞天然气，这些坏了良心的恐怖分子到处捣乱，害得我们没法正常干活，太缺德了！

声讨归声讨，员工们无法改变南疆的维稳形势，他们只能加强防范。

南疆五地州的少数民族人口占95%左右。在南疆利民工程实施过程中，农民们为了占地补偿款问题，经常和施工队伍发生争执，谁也不知道这些人中有没有坏人。

2013年8月，莎车县发生严重暴恐事件不久，利民工程在莎车境内的32号阀室被洪水冲坏了，二标段项目组负责人罗洋前去组织抢险。

罗洋快到阀室跟前时，见前方来了几十个维吾尔族老乡，人人手里都拿着坎土曼和铁锹。

罗洋曾经当过17年兵，在部队是带过兵的少校，转业到塔里木油田后，又搞过多年工程建设，和各色人等打过交道。在他负责的标段里，就发生过设备被当地坏人抢劫的事件。

罗洋久经沙场，见到这阵势，他没有慌张。

但他听说，莎车发生暴恐事件后，有些犯罪嫌疑人跑出来了。罗洋无法确定面前的这群人中有没有混进暴恐事件的犯罪嫌疑人，或者有没有其他坏人，但他绝不会因此放弃抢险。

罗洋拿起手机，给一位老战友打了一个电话。他说："我现在去处理点紧急事，万一发生意外，我的老婆女儿，以后我的家里有啥事，请你给我照顾好！"

他没有给爱人打电话，怕把她吓坏了。

打完电话，罗洋让司机在一边等着，非常冷静地向聚成一群的老乡们跑去。原来，这是一些索要征地费的农民。

孤身一人的罗洋，被这些维吾尔族农民们围了两个多小时，后来才和前来接应的同志一起回到营地。

虽然天天处在严峻的维稳形势下，但许多利民工程建设者最大的纠结，是公事与家事那"剪不断，理还乱"的矛盾。

2012年5月，罗洋担任项目管理一组副组长兼柯坪—巴楚段管道建设项目负责人后，在泽普石油基地的碰头会上见到了他的助手杨禹和施工队伍管道二分公司的项目副经理李立新。他发现这两人谈工作之余都面带忧郁之色，一问才知道，27岁的杨禹爱人怀孕了，预产期就在7月份。46岁的李立新的儿子今年参加高考。

李立新对罗洋说："我们管道人的传统是四海为家。1993年我老婆生儿子，我在北疆阜康干工程没能回去，1998年我老爸去世，我在非洲的苏丹，没能给老人家送终。我老爸是第一野战军一军的老战士，参加过抗美援朝，后来到玉门，是个老管道，石油上的老劳模。如果今年儿子高考我再不回去，老婆怕不会原谅我。"

罗洋问李立新今年高考的时间，李立新回答说，在6月上旬的两天。罗洋说，咱们到阿克苏集合，开始交桩，交完桩你6月6日就赶回去陪儿子高考。

5月28日起，罗洋、杨禹、李立新等人从柯坪往巴楚县走，一个桩一个桩地走着察看。

6月4日，罗洋对李立新说，你赶快回去陪儿子高考，我准你一星期的假。

李立新按时赶到家，陪着儿子考完试，10日就坐上飞机，辗转几个城市，行程5000多公里，从徐州赶回南疆了。

罗洋见到李立新，惊讶地说，给你一星期假，12日才到，你怎么提前回来了？

李立新嘿嘿一笑："家事办完了，我也没有遗憾了，现在该干公事了。"

7月，杨禹的爱人快生产时，罗洋赶他回家去陪妻子。

杨禹回去只把妻子照顾了3天，把母子送回家，就急匆匆赶回工地。

回到工区的李立新和杨禹，全心全意投入到工程建设，他们和罗洋研究施工组织方案，几乎每天都讨论到夜里12点多。

李立新和杨禹知道，罗洋的心脏主动脉早就堵塞了，医生要他去大医院住院"搭桥"。他们也都劝罗洋早点去住院"搭桥"，罗洋笑笑说："干工程要紧，搭桥的事，放一放再说吧。"

张昆鹏是个俏丽的女子，虽然只有四十多岁，却参与过西气东输、英买力气田、迪那气田几项国家和中石油的重点工程建设。在南疆利民工程中，她的职责是档案资料的收集、归类与整理。

张昆鹏的工作看似琐碎，却极为重要。南疆天然气利民工程项目经理部的目标是创国家优质工程，她必须把工程涉及的国家和新疆维吾尔自治区、南疆四个地州和兵团四个农业师及各26个县市往来协调的文件、函件收集齐全，不能缺失。利民工程的施工单位多，资料员水平参差不齐，要专门进行工程档案培训。施工队伍分布在南疆几千公里的战线上，张昆鹏到每个标段上门指导，跑一次最短也要十多天。

她的家在库尔勒石油基地，利民工程项目部离她家有上千公里，她得在巴州的库尔勒和喀什地区的奎依巴克之间两头跑。她的女儿在读中学，正是学习的关键时期，家和孩子都无法照顾。她开玩笑说，为了这个工程，我们这里是女人当男人用，男人当毛驴用。

虽然已经过去了3年多，但那些伤痛的记忆依然锥心刺骨，吕宏光苦笑这说："直到现在，只要一看到手机上从奎屯市来的电话，我就浑身紧张，好像落下了一个病根。"

那是2012年的夏秋时节，吕宏光的母亲和大哥，几乎同时住进了奎屯的一家医院的同一栋楼里，母亲住在4楼病房，大哥住在1楼病房。吕宏光的母亲患癌症3年了，已经到了晚期。大哥因颈椎病动了大手术。

吕宏光原想着大哥手术后会一天天好起来，谁知手术后的大哥却转成了重症肌无力，住进了医院的重症监护室，每天只能靠呼吸机和鼻饲延续生命。

吕宏光是利民工程3个标段的负责人，管着几百人的施工队伍，每天要协调处理施工中和地方政府间的各种棘手事，常常忙得晕头转向。

来自奎屯的电话，有时在白天，有时在下午，好几次在半夜时分，突然之间就打过来了，不是说母亲病情恶化了，就是说大哥的病情加重了。

他说："那段时间，我一听电话响，浑身都紧张。"

吕宏光是个大孝子，也是个好弟弟，母亲和大哥，都是他爱到骨头里的人。南疆这个热火朝天造福百姓的利民工程，也是他热爱的事业。他现在恨不得能有分身术，把他的两个所爱兼顾，可是他没有分身术。

亲人的病离不开他，工地上的事也离不开他。他是项目组长，管着3个标段的工程，还是一个标段的负责人。他只能在倒休或医院给母亲和大哥下病危通知书的时候，开车或飞到奎屯去，在床前照顾她们。

有几次，半夜里接到奎屯来的电话，他立即爬起来，从库尔勒开着车就往那里跑。

在奎屯的医院里，吕宏光经常是在4楼陪了母亲，又跑到1楼的重症监护室里探望大哥。在1楼探望了大哥，再上到4楼陪护母亲。

看到母亲的病情一天天恶化，看着大哥被病魔折磨得骨瘦如柴，吕宏光的心快要碎了。

大哥的气管已经被切开，不能说话，开始时还能在纸上歪歪扭扭写几个字，兄弟俩还可以笔谈。后来，大哥虚弱得连写字的力气都没有了。兄弟俩每次见面时，大哥只能用眼神和吕宏光交流了。

8月时，大哥在医院里先走了。

接到电话时，吕宏光正在工地上忙。奎屯市和他负责的工区阿图什市一个在北疆，一个在南疆，相距上千公里，交通又不方便。

吕宏光急忙往回赶，还是没能赶上和大哥见最后一面。为了不让母亲太伤心，他和家人背着母亲给大哥办了丧事。

有一天，吕宏光守在母亲床前，母亲忽然问他，这些日子你大哥怎么不上来看我？吕宏光一时语塞，不知如何回答母亲的话。

那一段日子，是吕宏光人生中最惨痛的时段，才四十出头的人，头发已经白了一多半。

11月，吕宏光的母亲也不行了。接到电话，他立即离开工地，赶到喀什乘飞机。

在路上，吕宏光悲痛不已，他只希望在母亲临终前能见上一面。

可是，偏偏遇上了沙尘天，飞机停飞。

第二天，他坐飞机往乌鲁木齐赶，飞机又晚点了。直到晚上，他才赶到奎屯。

吕宏光还是来晚了，他的娘亲已经殁了。

短短3个多月的时间里，接连有两个最亲的亲人离他而去，吕宏光悲痛欲绝。

跪在母亲的遗体前，身高一米九几的西北汉子哭成了泪人。

在建设南疆利民工程的3年时间里，在来自黑龙江、辽宁、江苏、河南和新疆等地40多个单位的近3000名建设者中，发生过多少罗洋、李立新、杨禹、张昆鹏和吕宏光式的故事，没有人说得清。

建设者们不管来自哪里，在什么岗位，不论多苦多累，大家只有一个目标，不管多苦多累，也要给南疆各族人民建一个优质工程，让天然气那蓝色的火苗，在南疆的千家万户悄悄燃烧，让南疆人民彻底告别烧柴做饭取暖的苦日子，让塔里木的胡杨红柳安然生长，让南疆的荒漠尽快变成绿海。

2013年7月30日，是南疆历史上值得纪念的日子。这一天，南疆天然气利民工程全线投产了。

从这一天起，南疆五地州75%的乡镇、400多万各族群众用上了天然气。

在南疆利民工程启动之前的十几年里，塔里木油田先后投入10多亿元，建设输气管线，向库尔勒市和南疆五地州依托条件较好的26个县市供应天然气，其中喀什、克州、和田地区南疆三地州有13个县市实现供气。2009年供气量达到8.7亿立方米。塔里木油田还把气化偏僻农村作为试点，先后在温宿、和田、洛浦和墨玉4个县启动了农村天然气入户建设工程。目前，借助"气化南疆"工程，已有6个县级市近1万户远离城区的村民用上了清洁能源。用上天然气的每户农民，每年可节约煤炭费1600元和日用柴费1200元。

南疆重镇喀什市的大街小巷里，出现了许多烧气的出租车。

享受着天然气之福的南疆维吾尔族老乡们说，还是共产党社会主义好啊！

南疆五地州和田等县市曾经人头攒动的柴火市场，已然生意清淡车马稀。

塔里木盆地上的胡杨红柳，一棵棵一簇簇正在撒着欢儿生长。

福气悄然进万家，南疆各族百姓的日子一步越千年！

【作者简介　申尊敬，新华社高级记者，曾在新华社新疆、甘肃、宁夏、吉林分社工作，曾任新华社宁夏、吉林分社社长。入选2009年度中国新闻界人物。杂文入选《中国杂文鉴赏辞典》《新疆杂文选》。《丝绸之路漫记》（合著）1984年被中国史学会、中国出版者协会评为全国优秀图书，并译为日文出版。出版著作《品悟毛泽东》《善变的中国人》《家国大漠》。《品悟毛泽东》于2013年被全国图书博览会推荐为"百种优秀图书"，名列第一。】

准噶尔的石油记忆

赵钧海

黑油山旧片

俄国人费·阿·奥勃鲁契夫在新疆塔尔巴哈台（塔城）东面的黑油山用皮囊装着黑乎乎的原油时，北方的苏海图山有一片棕灰色的云在缓缓飘漂移，如果仰面看它，它很像一尊形态逼真的北极熊。奥勃鲁契夫突然伤感起来，他已经出来四个月了，他还将在这里待多久呢？他也不清楚。在辽阔而干渴的准噶尔盆地，他搜刮到一些历史遗物，尤其重要的是，他自认为有一个实质性的发现，就是这个距塔尔巴哈台东三百公里的青石峡之黑油山。

费·阿·奥勃鲁契夫一边掏油一边翘着他的山羊胡子，想起了这种俄国人普遍关注的问题。沙皇俄国喜欢在中国西部北部尤其是天山南北的准噶尔盆地、塔里木盆地发现点什么，然后就把这些发现的新东西变魔术一样幻化成自己的东西。

这就是摇摇欲坠的大清帝国光绪三十一年（1905年）夏天的黑油山。

黑油山是一座高仅十四五米的奇异怪山，它是由从地下溢流到地面

上的黑色原油（石油）堆积而成的油砂沥青山，已经渗冒溢流数百万年了。据说在地球上，有如此庞大的体积，并且仍常年自然溢流的石油山，仅此一座。

奥勃鲁契夫放下皮囊袋就卷起了莫合烟。跟随他的一个是他黄鬈毛大儿子，另一个是学生谢里诺夫和向导塔兰奇（维吾尔族）青年阿不力孜。奥勃鲁契夫卷的是那种伊犁莫合烟，这种烟看似粗粝，抽起来却极其过瘾。而穿着老式旧袷袢并有些残洞的向导阿不力孜也从口袋里掏出了一种叫纳斯的烟袋，取出一点纳斯压在舌根下，感受起它的奇妙烟味。

这一年费·阿·奥勃鲁契夫刚满四十二岁。是沙皇俄国托木斯克工学院的教授。他受命于沙皇来新疆考察，完全是为了地质地貌，而沙皇为了什么，他没有说，或者他并不十分清晰，但没有想到，这次考察让他迷恋上了这个奇异又奇妙的黑油山沥青丘。

四十二岁的奥勃鲁契夫看上去比实际年龄要大许多。这也许与他那棕黑的胡须和上翘的山羊胡有关。

奥勃鲁契夫问向导阿不力孜：你认为这条小道有多少年历史啦？

阿不力孜机敏地回答：我爷爷很早就用黑油膏润车轴了，他老人家还告诉我那些哈萨克牧羊人用它治羊疥癣的事。

奥勃鲁契夫对阿不力孜的回答并不满意，于是他说：这里至少有五百年前的脚印。

费·阿·奥勃鲁契夫后来以研究西伯利亚和中亚细亚的地质地理而著名。但我觉得他的著名多半与他曾三次来中国苏海图山及准噶尔盆地踏勘有关。因为有过三次戈壁荒漠中的地质地理奇妙的分析测试，三次与自然生态的亲密接触和三次饱受酷热焦渴与飓风的侵袭，他变得与它们有了一种无法割舍的联系，也变得沉稳和恓惶了许多。于是他就写出了《边缘准噶尔》一书，虽然那书多少带有一些沙皇俄国垂涎西部中国的主观愿望，但他还是忠实地记录了包括青石峡之黑油山沥青丘、乌尔禾沥青脉在内的诸多宝贵资料，尤其还发表了有开掘价值的新见解。我想，正因为有了他这些奇妙的见解，后来的苏维埃政权才授予他科学院院士称号，也才能高寿到1956年去世。他是一个经历过沙俄也经历过苏联时代的"两栖"地质地理学家。

当然，奥勃鲁契夫在1905年回俄国后的表述是极重要蓝本。沙皇俄国几百年来一直觊觎新疆的资源是有目共睹的，更早一些时候沙皇彼得一世就把征服中亚包括新疆作为俄罗斯的重大策略。他们不断派遣所谓专家、测绘家、地质家搜集情报，秘密测绘了大量中国地图。在1864年，1881年，沙俄以《中俄勘分西北界约记》《中俄伊犁条约》等不平等条约，强行霸占了新疆五十四万平方公里的土地。我不知道奥勃鲁契夫是不是还带有这种觊觎的任务，但跟随其后，1906年、1916年，先后发生过俄商阔阔巴夫、穆什凯托夫请求开采天山北麓和准噶尔盆地石油资源的事。

1905年之前黑油山沥青丘一直是有人土法掏油的，并且有一批批商人将这些黑油卖给俄国人或者有钱的迪化人、西湖（乌苏）人、伊犁人，这已是不争的事实。奥勃鲁契夫不是黑油山的第一个发现者，也不是唯一向世界证实它有开发价值的地质专家。但黑油山没有被开发，不是没有机会，而是当时风云变幻的新疆当权者们，并不懂得它的价值，他们感兴趣的或许更多集中在辽阔的土地和至高权力的争夺上。

1912年是浩大旷远的新疆很独特的一年，也是黑油山升起一颗璀璨明灯的一年。虽然，上一年辛亥革命推翻了大清王朝的宝座，但遥远的新疆依旧控制在清廷的余威之中。

这一年，在伊犁大都督府的杨缵绪司令率军与新疆巡抚袁大化的迪化（乌鲁木齐）清军作战时，察哈尔马队曾匆匆地经过青石峡，甚至在黑油山的油池里搅弄了一阵晶莹剔透的油珠，但很快他们就赶往了大战的精河古尔图战场。紧接着改朝换代并掌管大权的前光绪进士、慈禧颇赏识的杨增新，疑心颇重又阴险毒辣。他设立了阿山道，还专门把土尔扈特亲王帕勒塔弄出阿尔泰。这亲王的马队也是马蹄嗒嗒，居然在黑油山顶踩出一个个蹄印，但它（他）们还是一路狂奔地拐向了吉木萨尔牧地，去悠闲地吃草了。

1991年九十岁高龄的克力玛洪老人，神情木然却嗓音清晰地叙述着1912年的往事。

克力玛洪老人说：1912年是非常难忘的一年，这一年饱经忧患的青年赛里木，弹着忧郁的都塔尔乐曲，得到了美丽的阿依克孜姑娘的芳心。后来，这位赛里木就成了以掏油为生并坚守黑油山四十年之久的真正主人。

克力玛洪老人说，赛里木与阿依克孜被都塔尔琴撩拨起一股股爱情的波澜，但阿依克孜被财大气粗的千户长看中了，要求逼婚。阿依克孜流着忧伤的眼泪向赛里木告别。于是，血气方刚的赛里木毅然选择了带领阿依克孜逃走的决定。

贫穷的好汉子赛里木演绎了一出英雄救美的古老故事。那是一个凄美凄婉的爱情故事。它的思想深度虽然显得有些古典并落入俗套，但如果你细心分析一下，就会发现，更多的平淡又平庸的日常人生故事，恐怕还远远不如赛里木与阿依克孜的故事精彩和感人心扉。

1912年夏天，坚毅的维吾尔族青年赛里木就这样经历过一场颠沛流离的人生颠覆之后，衣衫褴褛地来到了黑油山。

1991年九十岁的克力玛洪老人的叔叔就是1905年为俄国人奥勃鲁契夫做向导的塔兰奇阿不力孜。克力玛洪在1933年到1943年十年中，是赛里木在黑油山油泉掏油的伙伴，并且成了赛里木的好友。后来，为了生存，克力玛洪离开了黑油山回到了他祖辈居住的老西湖（乌苏）。

克力玛洪说，逃婚的美丽姑娘阿依克孜与青年赛里木遇到了车排子好人哈萨克族艾西迈提一家。他们收留了一身褴褛的赛里木和发烧并且身体虚弱的阿依克孜。艾西迈提在后来的四十年中，成了赛里木最亲密的兄弟和亲人。善良好客的艾西迈提虽然仅会一点维吾尔语，但他将赛里木带进了自己的家。他看得出陌生的赛里木与阿依克孜是一对相爱之人，他更看得出坚毅而笃实的赛里木，肯定会成为他的终生好友。

赛里木是一个对石油有着奇异敏感的人。当赛里木在一次外出打猎迷路后，被一队商人指点来到了黑油山。从此，赛里木就再也没有离开过这个青石峡旁的黑油山以及那些咕咕嘟嘟喷涌的油泉。

当他看见那些一泓一泓溢出油面的黑油时，他异常敏感的脑海里就升起了一圈圈温馨的涟漪，这涟漪又一层层地荡开去，仿佛一道道闪着光焰的宝石，散发着生命恒久的光芒，让他痴迷不返。赛里木蓦地预感到，这里将是他一生求索和栖息的吉祥之地。

于是，他就挖了地窖，用梭梭搭起了围栏，用黑油浇淋了屋顶。从此，赛里木有了一个永久而宁静的家。

但是，令人窒息又令人心酸的事情还是发生了。时隔不久，在赛里木把美丽又体弱的阿依克孜和刚刚出生不久的女儿茹仙古丽接往黑油山的途中，阿依克孜灼烫的身体已经非常孱弱了。她如同孱弱的小羊，在痛苦中呻吟着。也就在这天夜里，在狂暴的飓风中，赛里木怀抱着奄奄一息的阿依克孜和高声啼哭的茹仙古丽与肆虐的风沙搏斗着，满脸泪痕。当狂风暴雨终于停歇，阿依克孜的躯体也已经变得通体透凉——她停止了呼吸。低垂的乌云静谧地滑动着，与赛里木的哭泣和小茹仙古丽的号叫形成一组异常悲凉的画面。以后，这组令人心胆俱裂的画面时常浮现在赛里木的脑海，并且伴随了他坎坷的一生。

九十岁老人克力玛洪讲述的爱情故事，多少带有一些文学色彩，它让初次聆听者有些将信将疑又充满了镂骨铭心的敬意。赛里木的爱情故事带有凄婉的宿命感和悲凉的生命意识。我在许多年后写这段故事时，似乎在冥冥中看到了那个追求纯情挚爱的美丽女子阿依克孜，她那黑黑的大眼睛，始终在寻觅那温暖又温馨的幸福生活。我为这个动人的爱情而流下了汩汩的眼泪。

黑油山旁的地窖里就这样亮起了一盏明亮的油灯。而在这荒漠戈壁深处伴随赛里木四十余年的，就是一匹青鬃马，一条猎狗，七八个捕兽夹和用原油换来的粮食、盐。从此，黑油山的九个油泉，也焕发出了一种神奇的生机。咕嘟咕嘟的原油被掏到了木桶里，被掏到兽皮袋里，被驮运到西湖（乌苏）、和什托洛盖（和丰）甚至塔尔巴哈台（塔城）。那些散发着异香的黑油就如同散发着异香的瓜果，让赛里木倾心依恋和倾心呵护。

1919年出版的由著名地质学家翁文灏所著的《中国矿产志略》记载："小地名黑油山，距省城六百八十里，昔发现油泉甚多，现存者仅九泉，以山顶一泉为最大，油沫约厚四五分……合计旺时可取油二百数十斤。质地色黑，土人私采……"

赛里木就是翁文灏先生所描述的私采土人之一。

　　1954年春天，年轻英俊的新中国地质师张恺与他的队长苏联人乌瓦洛夫第一次来到黑油山时，黑油山的天空显得极为湛蓝，阳光也显得异常明媚。

　　张恺后来在一篇回忆文章中说，他第一次站在黑油山上的感觉是冲动。1954年春天的黑油山让他充满了对未来的遐想，也让他青春的热血一次次沸涌不止。

　　乌瓦洛夫是新中国年轻的中苏石油股份公司苏方地质队队长，长着一副高大结实的骨架。他是地质专家，也是一位参加过苏联红军并在反法西斯的卫国战争中立下功勋的老军人。他的风采与当年的奥勃鲁契夫已经大大不同。但是，他们俄罗斯人似乎都有一个共同点，就是对黑油山的地质地貌有着超乎常人的喜爱。乌瓦洛夫后来留传给人们一个大口大口喝水并青筋鼓胀高声辩论的难忘记忆。那记忆被记载在一些文字中，那记忆的交汇点，就是乌瓦洛夫认为，准噶尔盆地西北缘的石油很多，"那油田大得像油海而不是茶杯"。

　　1954年春天的那一天，青年地质师张恺在黑油山旁见到了这位四十二年来一直孜孜不倦掏油的维吾尔老人赛里木。这时的赛里木留着满脸的络腮胡子，肤色黑红，布满皱褶，但双目炯炯有神，且透着一股饱经风霜的沉郁。

　　张恺踩着洪荒般起伏的凝固沥青块向这位雕塑般的掏油老人走去。张恺当时与这位络腮胡赛里木老人交流了些什么，现在已经无人知晓，因为张恺的文章里没有表述这些细节，但张恺确实与这位饱经风霜的老人有过一次真切而又历史性的交谈。这次交谈后来亦被载入一些历史文献，作为历史不容篡改的忠实证据。

　　赛里木老人是最后一位在黑油山掏油的当地维吾尔人。可多年之后，这个细节被众多人们演绎成了一个奇怪的传说。那传说里说，赛里木老人长髯飘拂，是一位骑着毛驴，手弹热瓦甫高声歌唱的歌者。他的运输工具小毛驴驮着一个硕大的油葫芦，那油葫芦里装的就是黑乎乎的原油。

这个传说带有浓郁的杜撰色彩，而且散发着一股诱人的异香。多少年来，我一直深信这个传说是真实的。我想，今天即便是我写了这些文字，我依然会喜欢这个充满浪漫色彩并多少有些诙谐幽默感的传说。

但我坚决反对是赛里木发现了黑油山的说法，我认为这是一个极不负责任也极其无知又荒谬的说法。

赛里木老人一直活到了1958年。这一年秋天他在车排子自己的黄泥小屋中与世长辞。欣慰的是，他女儿茹仙古丽与好友艾西迈提都看到了他闭眼的那个瞬间，那个瞬间他安详而平静。这一年也是他停止掏油生活的第四年。先前他那简易的地窖已被淹没在滚滚而来的黑油山开发的大潮之中，那些简易的掏油工具已不知流向了何方。

1958年，黑油山地区已变成一片骚动的海洋，大批大批充满理想又血液沸涌的人正会集在它的周围，他们正汗流浃背地做着一件前所未有又彪炳千古的事业——大工业化石油开采。青年地质师张恺挑灯夜战，在昏黄的地窖里，负责编制了黑油山油田（克拉玛依油田）总体勘探规划方案。那个方案为五十年后的二十一世纪准噶尔盆地石油年产量突破一千万吨打下了最初的基础。

回望木井架

肉孜·阿尤甫是我认识的人中最老牌的石油人。他1939年就在督办盛世才独裁天山南北时当钻井工了。那时新疆省政府与来自伏尔加河流域的一帮苏联人正在合作开发独山子石油厂。那时人们还不习惯油田一说。苏联人把石油厂叫石油康宾纳。那时社会主义苏联阿塞拜疆共和国的巴库油田名气很大。

我1987年春天在肉孜·阿尤甫三拐两拐的维吾尔庭院里找到他时，他正怡然自得地坐在沙发上，身体显得有些臃胖。但看上去精神十分抖擞，说话说到激动时，眼睛会闪烁晶莹的液体。他会一口气说很多话，并且用那种老干部爽朗的笑感染聆听他调侃的人。他和颜悦色，面部表情丰富而精彩。

这一年肉孜·阿尤甫已经六十五岁，他思路清晰，思维敏捷，一点没有颠三倒四的废话。我从心底敬佩他。

肉孜·阿尤甫说，20世纪三十年代与苏联办石油厂并不是起点。清朝光绪三十三年（1907年），就有官方布政使派员采集过独山子的石油，还拿到沙皇俄国去化验，说是质地非常好，可以与美洲相抗衡。那时候独山子隶属于库尔喀喇乌苏直隶厅，就是现在的乌苏县现乌苏市。

肉孜·阿尤甫给我说这些话时，我并没有刻意铭记。我那时只一门心思地琢磨他个人的石油经历，一切与个人经历相悖的东西，我都有点排斥。不过，我还是将当时感觉不重要现在感觉极重要的东西记在了小笔记本上。这一年我家还没有搬进市区，我得每天早晨很早就挤班车进市区上班。这一年还实行着夏时制。当然，不是我不想搬进市区，而是我没有能力找到搬进市区的住房。

现在我翻出二十年前的那个小笔记本，感觉肉孜·阿尤甫的那些话语，分量远远在他个人经历之上。那个在夕阳照射下，有着一派黧黑剪影的木井架，那个闪烁着熠熠光泽的小油罐和釜式蒸馏装置，代表着东方大中国工业开采石油的起点之一，不管你是否认可，它可能就存在于九曲回旋的历史长河中，如果你不触摸它，它可能就会被湮灭。

肉孜·阿尤甫在我的生命中恍惚就是一个谜。虽然他后来于1993年谢世，但他那敛息静气的神情依然留在我心间。他叙述时虽然没有什么修饰词，汉语水平也有些磕磕绊绊，但那洪钟般的磁铁之声，使我多年之后仍然记忆犹新。

独山子油田就坐落在天山北麓一个倾斜的丘陵地带，近旁有一突兀而立的独山，俗称泥火山。因贴近天山山脉，气候温润清新，阳光充沛，没有大漠戈壁的干旱与酷热。独山子原油色浅质轻，是一个油质清纯的精良油田。1906年曾有沙皇俄罗斯的商人阔阔巴夫请求清政府租贷这个油田。那时衰败的大清王朝虽然腐朽与没落，但却也有几个骨性刚烈的新疆大吏阻挡了俄罗斯商人的觊觎之心。后来，我查阅了《新疆图志》《库尔喀喇乌苏直隶厅乡土志》和《清朝续文献通考》，那个阻止沙俄扩张行为的官员没查到，却查到了首先确定开采独山子石油的官员是主持新疆财政的藩司王树楠。

那位有着维新思想的近代学者，长相英武，眉宇间透着一股睿智和英气，嘴唇还有些微微上翘。他1909年刚刚到任，就马不停蹄地操办了一件大事，派人赴俄罗斯国购置挖油机器，倡办新疆自己的石油工业。那时候新疆与内地相隔千山万水，道路崎岖遥远，舍近求远就是愚钝。用俄国那"挖油机开掘油井，声如波涛，油气蒸腾，直涌而出，以火燃之，焰高数尺"。

1935年，八十五岁高龄的王树楠在耄耋之年，依然惦念着新疆的石油，他在给游历了准噶尔盆地，也游历过外高加索阿塞拜疆巴库油田的吴蔼宸所著的《新疆纪游》作序时，仍然高呼一种阔大的理想：他说新疆"矿产之富，尤甲于全球，即煤油一项，足供五大洲之用而千百年不绝"。

这是1935年王树楠老先生的肺腑之声。按照王树楠的这个呼号推算，新疆准噶尔与塔里木的石油应该储量巨大，但浩浩五大洲之用显然是夸大了。当然，那时石油之用与今天石油之用已不可同日而语。

在新疆任职四年的王树楠是近代新疆石油工业的创始人之一，这个称谓虽然有人认可，但仅仅生存在极小的石油圈子内。因为偌大的泱泱中国，有众多风云变幻的大事，这点区区石油小事早被闲置在一边了。

肉孜·阿尤甫荣幸地作为天山北麓褶皱带和准噶尔盆地南缘石油工业早期亲历操作者之一，有着发自内心的感慨和自豪，也显露出一种对早先石油钻井的怀恋之情。我在1987年春天采访他时，完全没有想到二十年之后，我会突发奇想地写这段鲜为人知的记忆。因为在我整理旧物时，偶然翻到了那个小笔记本。我对当年我的幼稚和海阔天空般的责任感十分惊诧。我写道：石油，一条奇异的大河，你总有一天会让世界为你而战栗。今天，我看着这句可笑的话，隐隐感到暗藏着一种奇异的杀机，也隐隐有一种被击中的快慰。是的，今天的世界经济正在为突然膨胀又突然疲软的石油而心痛着。

肉孜·阿尤甫说，他十七岁到独山子当石油钻井工时，还是个毛孩子。那时他们用的还是木制井架和柴油机动力，更早一些是蒸汽机动力。木井架需要搭架子工用一段时间搭好后，钻井工才上井。那时他每天徒步翻山去南沟上井，而苏联人就坐老式嘎斯小汽车巡井和监督生产，中国职员们就骑马上班。那时油矿总计约有二百多名职员和工人。1941年他们打出一口高产井，就是赫赫有名的二十号井，日产原油四十余吨，据说还惊动了退缩在千疮百孔的山城重庆又忐忑不安的委员长蒋介石。

肉孜·阿尤甫给我们叙述时，他刚刚离休，正静静地坐在自己家里沙发上打发时光，虽然身体有些臃胖，但从骨子里能分辨出早年那精明强悍的风采。我尊重他的品德，是因为在对他前后九天的采访过程中，他居然没有说过他后来的官位和权力，他的淡泊和清雅的心态让我钦佩，也让我多年之后仍怀有真挚的仰慕之情。

肉孜·阿尤甫干石油钻井近五十载，是最早看见石油从地底下咕嘟咕嘟涌冒出来挖油工之一，也是拼命也要拿下大油田的新中国石油壮举的最早实施者。他裹着一件老羊皮站在油兮兮的木井架下提钻、打卡之后，又在阿合买提江、阿巴索夫领导的三区革命军当军人，而当他于1951年重新回到独山子油矿时，看着那荒废又凄凉的旧日油井，心里虽然有一股苍凉感，但也有一种对未来大油田的美好憧憬。肉孜·阿尤甫这样想着，就挽起衣袖投入到新中国刚刚成立的中苏石油股份公司向茫茫土地的探求之中。

这一天，身穿中国人民解放军鹅黄色军服的肉孜·阿尤甫，快乐而充满朝气。他看到一位当年也在独山子油矿当技师的苏联人切那柯夫。肉孜·阿尤甫兴奋得有些不知所措。切那柯夫拍着他的肩膀说，当年的毛头小伙，今天白杨一样挺拔的汉子，你会用你隆起的肌肉去挖掘金子般的石油，因为我们当年是雇佣关系，今天是达瓦力西（同志）。肉孜·阿尤甫也高兴地回应道：达瓦力西！达瓦力西！是的，肉孜·阿尤甫没有忘记，眼前这个苏联老大哥钻井处处长切那柯夫，当年曾是个脾气颇大的技术权威，他曾暴怒着脸解雇过一名整天酗酒的浪荡青年。

肉孜·阿尤甫回忆着1939年的古旧记忆，他的一只眼睛不太好。他看人时你会觉得似有更深一层意思潜伏在话语背后。后来，我们熟悉之后，我反而觉得那才是真实可信又独具魅力的肉孜·阿尤甫。他说：那时候机器都是从塔尔巴哈台（塔城）那边的巴克图，当时叫苇塘子的口岸运来的。苏联人很会算账，他们一边画图纸，一边支使年轻人卖力干活。我们当时吃的是老西湖乌苏种植的粮食和蔬菜。于是，我们就不停地干活。我还知道一个秘密，我不曾告诉过任何人。包括我的家人。那一年，我曾听过新疆一所学院的教授的讲演，那个讲演的人一口浓重的东北口音，讲的是怎么抗日，怎么多产石油，听得我心里一阵阵震颤。直到中华人民共和国成立后在中苏石油公司呼图壁区块打井时，我才知道，这个人就是著名爱国民主人士 —— 杜重远。我一直把这件事珍藏在心底，它像一盏明灯，是点亮我几十年石油岁月的圣火和懊恼时追寻的精神支柱。

杜重远让肉孜·阿尤甫心存敬意也心存一角明丽的阳光。

肉孜·阿尤甫说的杜重远，就是那个身材魁梧、仪表堂堂又为人正直豪爽的谦谦学子和实业家杜重远。杜重远曾经是新疆督办盛世才留学日本的老同学。在他的实业救国梦被日寇的铁蹄踩碎之后，他放弃了国民党高官厚禄的诱惑，来到偏远的迪化（现乌鲁木齐），企图用他那抑扬顿挫的声音和寓意深远的思想去开辟筑就美丽的抗日大后方。杜重远看中了同学情谊，也看中了云雾缭绕的天山之巅那抗日救国的火热环境。虽然那环境有些薄雾朦胧，但他还是走进了氤氲的迷雾。就是这一年夏天，身为新疆学院院长的杜重远，组织了一个二百人的"暑期工作团"深入伊宁、绥定、精河和热火朝天发展的天山北坡石油小镇独山子，宣讲抗日，痛斥日寇的强盗罪行，并且排演了大型话剧《新新疆万岁》。

那是一个多么美好又多么晴朗明净的画面啊，杜重远以他意气纵横的才能，撼动着翠绿的天山松林，也撼动着浩浩旷远的大漠与戈壁。

杜重远当然逃不脱隐藏极深的老同学盛世才的奸计，并且最终被盛世才以捏造的罪名套上了一副沉重的镣铐，于1943年5月2日被杀害。

杜重远是一个英名永存的爱国勇士。杜重远后来成为与陈潭秋、毛泽民、林基路等英勇就义的中共党员们齐名的盖世英杰。

肉孜·阿尤甫是幸运的，他居然能亲耳聆听杜重远那洪亮而才华横溢的演讲，亲自感受那硝烟弥漫年代的荡气回肠之正气，我为肉孜·阿尤甫的幸运而庆幸和欢悦，不管这个欢悦的结局如何，我都把它视为珍宝。也因为这次采访，我对肉孜·阿尤甫有了一隅更深层意义上的崇敬。

后来我核实过一些肉孜·阿尤甫油田钻井工作历程，我发现，他的钻井经历也带有英雄主义色彩，甚至让我流连忘返。从1951年打准噶尔盆地南缘构造开始，他就转战于玛纳斯、呼图壁、托斯台、安集海等地，这一连串的地名让他变成了一位真正的钻井专家。最难忘的还是1955年打卡因地克构造，那时他已是勘探大队的大队长。在长达一年多的时间里，他率领钻井队打出了当时全国的最深井卡4井，井深达3224米，也享受了密密麻麻的长脚大蚊子的叮咬。以后，他就带领着他的队伍来到了准噶尔盆地西北缘的克拉玛依，在克乌大断裂带上寻找和挥洒着他的宏图大志。他还说，1958年他被任命为第一钻井处处长，当时浩瀚的盆地西北缘矗立着几十个巍峨的钢铁井架，气势宏伟，场面热烈。那些喷涌不绝的一区、二区的许多产油井都是他们用不倦的激情打下的，那真叫过瘾啊。

我诡异地问肉孜·阿尤甫，你一共打了多少井？

他略微想了一下，说：算上解放前（中华人民共和国成立前）用木井架打井，我真的记不清了，大概有七八十口井吧。

七八十口井，在那个年代是一个了不起的数字。石油钻井是计算进尺的行业，它分为勘探井和生产井，它记录着钻头向下挺进的距离。上世纪三四十年代一口二三百米深的井，需要打四五个月时间，而现在由于机器设备的更新，打一口三四千米深的井，也仅仅需要一个月时间。这就是生产技术水平提高带来的速度。肉孜·阿尤甫几十年下来打了或带领大家打了七八十口油井，已经是一个了不起的纪录。虽然它与如今的钻井速度相比显得相形见绌，但它还是确立了肉孜·阿尤甫那个时代的历史高度。

这七八十口油井，如果有三分之一的油井出油，那它们流溢三十年下来就是一组不可低估的石油数据。在石油大亨、石油财团不断垄断着世界经济走向甚至搅动世界政治涡流的今天，石油的确蕴含着一股奇异又奇妙的惊人力量。

肉孜·阿尤甫可能只是一个普通的石油符号。

那是1987年春天，六十五岁的肉孜·阿尤甫显得还很健康，虽然身体稍稍有些臃胖，但行动依然敏捷和干练。如果肉孜·阿尤甫依然健在，今年应该是八十五岁。

1939年，十七岁的肉孜·阿尤甫在独山子油田踩踏的那种木制井架高二十二米，动力装置是当时最先进的柴油机器，叫切留纳巴拉格列氏油机，有十八匹马力。钻机叫斯塔劳斯阿别，可钻井深三百余米。那时，出油井占六分之一，其余都是废井。如今，若要寻找这种古旧的石油钻井设备，恐怕是难上加难了。

永远的第一

1955年二十二岁的陆铭宝看上去很帅气。帅气的陆铭宝彰显更多的是憨厚与朴实。多年来，我一直把憨厚朴实与英俊帅气对立起来，认为这是两个属性截然不同的词。但是，我的经验失算了，在陆铭宝身上帅气完全可以与憨厚朴实画等号。

那时候，马骥祥是陆铭宝的领导。他目睹了整个黑油山一号井选址和钻探的全过程。马骥祥人高马大，很有一股军人打仗的遗风。他看上去更像一头壮实的公牛。他那时最焦灼的事还是黑油山一号井开钻的事。因为黑油山一号井将有可能成为新中国石油工业的起点。后来，马骥祥转战到了胜利、江汉、华北、大港等油田，为石油立下过赫赫功勋，但因渤海2号事件受到了处分。马骥祥在1986年说：当时大家都感觉陆铭宝不错，人憨厚朴实，又有文化，还能团结职工。于是就相中了他。选陆铭宝是好中选优。

青年陆铭宝就这样被选为钻探准噶尔盆地西北缘黑油山一号井的1219青年钻井队队长（技师）。早先在没有见过戈壁荒滩之前，陆铭宝对戈壁滩还是很发怵的。他觉得那是瘆人又寸草不生的死亡之地。但当他在六月中旬的一天乘坐着苏式嘎斯卡车向黑油山进发时，却意外发现戈壁滩原来也是很美丽的，那一丛丛红柳绿中透着嫣红，那一片片梭梭更是充满着盎然生机，不时有黄羊、沙狐和野兔在林中穿过，好一派迷人的景象。陆铭宝的心于是就舒坦了许多。

当然，英俊帅气的陆铭宝来到亘古荒原上黑油山的时候，那炙烫的阳光还是让他感觉到了什么叫赤日毒热。这一天仅仅才六月中旬。陆铭宝有一种即将打一场恶仗与苦战的心理预感。但，看着由前期安装队吾守尔他们安装的庞大井架兀立在荒原上，他脑海里还是倏地升起了一股神圣而庄严的使命感。这种庄严的使命感与打恶仗苦战的心理预感交织在一起，让他觉得肩上似有沉甸甸的千钧重量。他于是又憋足劲挺起了胸脯。

1992年6月，我在一次会议上看到了已经两鬓斑白的新疆石油局副总工程师陆铭宝,我问陆总:1955年是不是特别艰苦的一年?!已经不再英俊帅气的陆铭宝依然带着浓郁的上海口音,淡然地说:条件是差一些,可现在不觉得怎样了。那时候我们一心要打新中国第一口油井,始终处于高度亢奋状态,有使不完的劲。我们有一个口号叫:安下心、扎下根、不出油、不死心。是不是很好笑?后来就出油了,扎根了,安心了。

我翻开记载有青年钻井队打第一口油井的资料:……太阳酷热,蚊蝇横行,干渴缺水。一日大风袭来,肆虐狂暴,把帐篷吹跑了,我们只好裹着棉衣趴在地面上,狂飙过后,大家都找不到棉被和脸盆了,但我们能看到一双双闪动的眼睛和荒原上站立的井架……

就是这个黑油山一号井,让钻井队长陆铭宝得到了标志着克拉玛依几个第一的荣耀。这几个第一,就像一块块美玉闪烁着夺目的光彩:

任克拉玛依第一个钻井队队长;

打克拉玛依第一口油井;

建克拉玛依第一个家庭;

生克拉玛依第一个孩子。

陆铭宝的妻子杨立人是来克拉玛依的第一个女人。那时当然还没有克拉玛依这个地名。那时叫黑油山。

水灵灵的女人杨立人是当年黑油山的一道靓丽又珠辉玉映的风景。曾任中国海洋石油勘探局局长的马骥祥在渤海2号事件被免职后,写过一篇回忆文章,他这样评价当时亭亭玉立的杨立人。马骥祥说:杨立人当时被大家美称为 —— 黑油山上一枝花。

黑油山其实是一座无法生长美丽花朵的油沙山。那时候在黑油山上一花独放的女人杨立人,既是采集员,又是泥浆化验工,还抽空给众多男人洗衣服。于是,杨立人就显得格外显眼也格外诱人。她的显眼与诱

人让同伴们在许多年之后仍然心存温馨。我在1994年偶然遇到了当年
1219青年钻井队的副队长艾山。他古铜色脸膛上依然悬挂着当年风吹日
打的印痕。他用不十分熟练的汉语说：杨立人那时候很漂亮，红石榴一
样，还是我建议陆队长把"洋缸子"（爱人）接到井队来的。为了接这个
红石榴，我们大家用工余时间，给他们挖了一个大地坑，用油毡纸和梭
梭柴盖上，就成了他们两个人亲亲密密的新家。知道吗？那是一个非常
美丽的新家。

艾山我就见过这一面。我的印象极为深刻。1995年夏天，我被组织
上安排做一件很有意义的事。就是将那些当年在一号井打井的1219青年
钻井队队员们召集在一起并背向一号井井碑，照一张合影照片。这事虽
然曲折又头绪纷繁，但我还是办成了。那张合影照片现在就储存于克拉
玛依矿史陈列馆五十年代展厅。一晃又十多年过去了，我不知道照片上
当年健康的功臣们是否还安康，但那一年相聚时只召集到十七人。

杨立人的个人经历的确与副队长艾山叙述的相差无几。她于1955年
8月来到黑油山。她别无选择地住进了那个同事们挖好的大地坑。那地坑
其实仅有七八平方米。如果让今天迅速崛起的房地产老板们收购或竞拍
一下那个地坑，我不知道有没有现实意义，可我总想在某个雨后又曦霞
初露的清晨尾随着七十多岁的杨立人老太太，去寻觅一下那个曾经充满
温馨又充满谐趣的地坑之家。

在这个朴素而又简陋的几近原始的地坑之家里，陆铭宝与杨立人有
过一段甜美甜润的爱情生活，也有过为后来新中国石油工业谱写娇艳一
笔的美好记忆。这个美好记忆只有陆铭宝与杨立人最清楚。他们引以为
自豪的就是他们在地坑之家里做的一切都是为了第一个油田的诞生。

从1955年7月6日开钻，到10月29日黑油山一号井喷出工业性油

流，1219青年钻井队共打了一百一十五天时间。陆铭宝真晰地记得，这一百一十五天是何等的难挨也何等的令人兴奋。他说，打到三百多米深时，突然发生了井喷，那狂吼的水柱呼啸而出，卷着泥沙拍打得井架叽叽直响，也急促地颤抖。当时把我也吓坏了。那气流让在场的所有人都吓蒙了。我作为技师队长，意识到我必须冲锋在前 …… 于是，在陆铭宝的带领下，1219青年钻井队组成了突击队。他们硬是把钻杆下到井里，然后用脸盆、铁桶或碗缸回收散流的泥浆，压井 …… 当井喷被制服的时候，陆铭宝才感觉浑身散了架一般。

后来，我问了陆铭宝第二个问题，我说：陆总，一号井是新中国石油工业的第一个里程碑，它的位置很重要，您觉得是不是宣传不够呢？

陆铭宝说：一号井对我来说，那只是过去，只是一段难忘的经历。一个油田的发现，有一个很长的地质勘探与开发过程，我们只是一个小小的水滴，倒是二号井让我们终生震撼。

1955年12月，陆铭宝井队又接受了打二号井的任务。零下三十多度，北风夹着雪粒嗥叫，冰魔笼盖了整个世界。就在那样的天气里陆铭宝们严格按安全防冻措施生产，即便是手冻伤了，冻裂了，皮被铁粘掉了，他们都没有停钻，也没有让水管线冻裂。

然而可怕的井喷还是发生了。那次井喷让所有人都领略了一次冰冻三尺的洗礼。井里喷出的水柱迅猛地冲上了天车，冲出了井架，在短短的一天多时间内，三十多米高的井架就被冰柱封冻住了，完全变成了一座巨型冰塔。

陆铭宝说，那次井喷抢险中我被硫化氢气体熏倒在了井场上。很多同志也都倒在了井台上。经过整整三天的抢险，我们才控制住了可怕的井喷。当冬日的斜阳散射在我们每个人如同冰铠冰甲一样的身体上，我们才发现这个庞大的二号井架，早已变成了一座壮观的冰山。年轻的摄影记者高锐还招呼我们大家一起照了合影照片……

陆铭宝平静地叙说着二号井的往事，似乎说得很随意，但我还是感受到了那随意中隐藏的激动。现在冬季仅仅零下几度，我们就开始冬眠了，我们会躲进暖气设备良好的大屋子里，穿上羊毛绒鸭绒防寒服，一边悠然自得地看电视，一边煞有介事地听音乐或者干脆觉得寂寞就无病呻吟地去漫摇吧听更加刺激的所谓摇滚。即便这样我们还觉得烦，我们还会抱怨世道不公抱怨贪官太贪女人太娇艳孩子太没有教养。陆铭宝所说的那张集体合影照片，就是后来成就了那位摄影记者高锐的著名照片《冰塔冰人》。高锐因《冰塔冰人》成为一位名人，也因《冰塔冰人》成为克拉玛依摄影家协会主席。

我与高锐的私交还算不错，那缘于他是我的领导。他曾经是克拉玛依矿史陈列馆的副馆长，我是专写文字大纲和解说词的文字编辑。高锐后来拍摄过一些现在看来有些故弄玄虚又思想偏左的照片，不过当时也许是最艺术化的照片了，我甚至崇拜得五体投地。但老实说，我还是觉得他的名望多半因为他酷爱喝酒，不然他不会那么让人刻骨铭记。他的办公室与我的办公室，总会在某个角落藏匿着他喜爱的奎屯佳酿白酒。他会在开会的中途突然停住叽叽喳喳的嘴，跑到我办公室或他办公室的某个角落找到酒瓶，喝两口酒，然后再接着回来讲他的话。高锐后来的形象是酒痴摄影家。他一边喝酒还一边作旧体诗。他的名言还有：浓茶、烈酒、莫合烟。后来，他真的戒酒了，但没过多久他就去世了。他留下了代表作《冰塔冰人》。

《冰塔冰人》现存于克拉玛依矿史陈列馆五十年代展厅。那是一张让许多人看过都会眼眶湿润的老照片。那照片上有当年参加抢险的马骥祥、王炳诚、陆铭宝以及那一群威武的铠甲勇士们，还有那座巍峨的冰塔。

二号井让陆铭宝钢铁般铭记，我觉得可能还与他和妻子杨立人居住那间地坑之家有关。在那个凛冽的冬季，冰冻的钻塔与温馨的地坑形成了一个奇妙的组合，那组合如优美而飘逸的琴声，弹奏出了一曲奇妙而和谐的音乐。我从陆铭宝那深邃的瞳仁里，悟出了那种温柔与温暖。我不知道当年那个地坑之家在近半年的漫长冬季，有过他们多少温暖与温馨的回忆，但那个地坑之家却真真切切地孕育了克拉玛依第一个孩子。我相信这个孩子在精子与卵子的成形过程中凝结着二号井的狂暴也凝结着简易地坑的柔曼。其实，许多带有浪漫色彩的爱情故事，多半并不是用豪华背景做支撑的，甚至古往今来众多的伟大人物也都诞生在一个贫困交加的简陋房间。在这里我丝毫没有贬低或抬高陆铭宝与杨立人爱情故事的意思，我只是知道，生活本身就是如此。

陆铭宝与杨立人用爱情结晶孕育出了克拉玛依第一个小公民。她是个欢快的女婴。她就是1956年12月21日发出第一声啼哭的美丽花朵——陆克一。

1997年陆克一成为我的中青班同学。我们一起度过了三个月的寒窗时光，并且一同考察了上海宝山钢铁公司和苏州的名景寒山寺，在那里我们还装模做样地吟诵了唐代诗人张继脍炙人口的名诗《枫桥夜泊》。我说，月落乌啼霜满天，江枫渔火对愁眠。克一说，姑苏城外寒山寺，夜半钟声到客船。

陆克一是一位长着一对美丽的大眼睛，又长着一头乌黑秀发的精悍女士。她身材匀称，个头高挑，似蕴含着无穷的女性韵味。她的个头看上去要比她父亲陆铭宝高出一大截。这倒印证了一代更比一代强的老话。

一个老石油的侧影

那一天，空寂的天空没有一丝白云，戈壁显得空蒙而苍凉。王成吉有些凄楚。说凄楚是溢美了，他没有那么高雅清逸的心境。凄楚只是一丝微妙的心理感觉而已，这其实是五十年后我蓄意添加给他的。王成吉那时还很年轻。在朝鲜战场上，他期望与一个大鼻子美国佬有一次白刀子进去红刀子出来的正面交锋。他拼刺刀很有一套。但很可惜，他只是用枪膛里射出的带着火焰的弹头击中了美国佬。他倒是亲眼看见了那个美国佬被弹头击中胸膛后抽搐而失控的状态。他多次对我们讲，电影一点都不真实，人倒下去的时候哪里是那个样子？

那一天，王成吉穿的依旧是战场上下来的黄军装。他的皮肤有些黝黑，但这并不是太阳弄黑的。这是他的本色。王成吉自认为是一个出色的志愿军战士，虽然他没有获得过二等功以上的奖励。

那一天是 1956 年 4 月 10 日。

王成吉从那一天开始就变成了一名石油钻井工了。他望着那个叫黑油山的小山丘，觉得很失望。曾经有宣传股的臭干事们口若悬河地说：黑油山是一座奇特的山，是一座神秘的山。狗屁，就这么矮矬矮矬的，远不如我们家乡的大巴山高哩。

王成吉就这样在那一天与中国人民志愿军另外一千二百多人一块西出阳关，再西出星星峡，再西过乌鲁木齐，还往西……一直到了黑油山脚下，开始参加这个旭日东升般的全新石油生产建设。黑油山是他生活的新起点，虽然这个起点多少有些令他失望。

黑油山是一个流溢了数百万年石油的奇异之山。这个奇异不是二十五岁的王成吉能理解透彻的。多年之后，王成吉对我说，宣传股宣传的是啥子玩意嘛，没有抓住主题，黑油山是一座圣山，它不是用语言来形容的，它是要用心去感受感悟和感觉的。

王成吉说：我第一次登黑油山时，看到的是一片被黏稠黑液粘连在一起的天空和大地。那黑色的天空与黑色的大地糅合得恰到好处。我觉得黑油山更像一头雄立的狮子，那狮子在雄起！

这个叫王成吉的四川渠县人，后来成了我岳父。不过那时王成吉还是小伙子。那时既没有我，也没有他女儿我妻子。

王成吉来到黑油山的第三十天，北京的《人民日报》发表了重要消息：新疆准噶尔盆地的克拉玛依地区，已经证实是一个很有希望的大油田。从此，黑油山油田就更名为克拉玛依油田。克拉玛依是维吾尔语"黑油"的音译。那报纸上还说：这标志着一个新时代的开始。

一个新时代的开始，就证明有一个旧时代的结束。我想，那就是中国缺油时代结束了。那天，我岳父王成吉并没有看到那张今天看来政治与历史意蕴都异常重要的报纸。那报纸是又过了二十天之后，由邮递员马成荣（此人后来是克拉玛依市政协副主席）亲自送到我岳父所在井队的。二十天之后，我岳父王成吉正在帐篷里做着一件女人们干的事。

王成吉在用针线补他的臭袜子。他一边缝一边对着正在叠被子的转业战友李心田说：格老子要是早来一年早来半年就好啰，也能拿一个克拉玛依第一，披红戴花好安逸哟。

王成吉说这话是有原因的。高音喇叭里正在播放打一号井的青年钻井队的事迹。而李心田是不是在意更早一点来，我不得而知，但我岳父却相当羡慕青年钻井队和钻井队的技师（队长）陆铭宝。我岳父的羡慕是从心坎里发出的，这在他以后几十年的石油生涯里可以得到验证。他曾不止一次地提到过陆铭宝这个人物。

我岳父王成吉在油田这样一晃就到了退休。他现在依然黑瘦黑瘦，显得有些营养不良。其实不然，他每天吃香的喝辣的，有一群后代像羊群一样簇拥着他，他感觉很得意。他依然用那种改不掉的四川乡音说：一家人一块吃饭，闹热，好，好！

他嗓门很大，说话也从来不顾及周围的人，越是有人他就越发显得不可一世。他是有名的犟老头。

前段时间，他住进了医院。是旧病气管炎和肺病复发。他没有力气说话啦，但医院两天的吊瓶让他恢复了元气，于是他又来精神了。大约有一天没有一个人来医院看他。他于是就不平衡了，就开始随心所欲地痛斥儿子或者女儿甚至护士、护工，脾气大时就拔掉针头和输液管子，高声喧哗着要出院，并且对刚进门来探望他的亲人大声说：滚出去，啥玩意嘛！

王成吉永远是对的，你永远是不对的。这就是五十年前黑瘦黑瘦充满朝气的小伙子今天依然黑瘦黑瘦脾气暴躁的犟老头王成吉。他有十足的火药味。只要你有兴趣，你可以用任何一个线索一句话勾引他与你吵个天翻地覆。当然，他所有的亲人都了解他，都会因为他身体的原因护着他，都像软绵绵的绵羊一样聆听他的高见，任他摆布。他们想，他毕竟岁数很大了，七十八岁啦，就让他随心所欲吧。

早期开发黑油山油田时，年轻的王成吉还没有这么犟。论资格，他够得上一个老石油了，他当钻井工，在沙丘、在荒野、在梭梭林里游动，像流动的鼹鼠，也像戈壁滩上奔涌的黄羊；他打出过有名的三十号高产井，那口井曾一度霸占过油田产油的冠军宝座。在油田不断壮大的某一天，盛装原油的油罐车再也拉不完那些不断喷涌的原油时，就开始建一条长长的输油管道。他于是就被调到了输油泵站当输油工，看管输油泵修理柴油机，他什么都能干。那泵站其实很小，也就只有二十几个职工，而且被甩落在沙漠荒原深处的无人地带。他又变成了一个荒漠上孤独的守望者。是的，荒漠深处是寂寞的，冷凄的，但也是娴雅的，安谧的。我想，那正巧可以消磨他愈发刚烈的性子，陶冶他风花雪月的情操。

这当然是我这个晚辈对他的想象和期冀，那个荒野输油泵站是不是成功地扼杀了他愈发膨胀的烈性，是不是成功地陶冶了他的情操，今天看来是另当别论了。不过，我妻子就是在那个荒野输油泵站出生的，她是我岳父和我岳母的缱绻又朦胧的爱情结晶。她在温暖而阔绰的子宫里孕育，在柔润而坚固的胎衣里逸乐地成长，她并不知晓那时的艰难和孤寂。她成了油田子女，但她的童年却是以戈壁荒漠深处的沙鸡、野兔或骆驼刺、芨芨草等沙生植物为伴而成长的。在岳父等大人们在泵房、机房里擦机器，摆弄扳手、管钳干活或是在食堂里搞革命大批判，看别人用木棍痛打自己的好友而又无助的样子或者为被脖颈上挂了一双半高跟鞋双乳被裸露并反剪双手的美艳女工而心颤时，我妻子就开始承担起大女儿保姆的功能了。我妻子从三岁起就开始带妹妹，四岁起就可以帮妈妈做饭。再后来，她就是手牵着妹妹背上背着大弟弟胸前抱着二弟弟的农村妹子形象。

这个场景绝对真实，那是我亲耳听一位熟悉我妻子的输油工长辈徐振太说的，他说这话的时候，身体还很健康，走路风尘仆仆，就像我年轻时感受自己的父亲一样，使我充满了敬意。这个叫徐振太的长辈，有一段时间经常叫我去他家里吃拉面，那时候我还没有结婚，是单身汉，我感觉拉面是世界上最好吃的饭。好人徐振太长辈于前段时间刚刚去世，我流着真挚的眼泪送别了他老人家，并且用手在他安详的脸上抚摸了片刻。我感觉到了那皮肤的温润与光滑。

从严格意义上说，我妻子的童年是比较辛苦和艰难的，她很有些穷人的孩子早当家的味道。当然她家并不贫穷。输油泵站是国家大企业的一部分，她有吃有穿有学上，并且受着良好的教育。只是我岳父岳母比较能生孩子，大小一共生了六个。后来我妻子大约看出了我的疑惑，说：我们泵站所有家庭都是六七个孩子，我们家不算最多。

我有些卑琐地猜想，是不是当时没有什么业余文化生活，大家就比着生孩子呢？当然这只是我庸俗的猜想，我绝对不敢当着岳父的面说，我怕他翻脸。

所有关于我岳父的信息，都不是我杜撰的。因为我岳父是个爱说并且侃侃而谈的人。他高兴起来，会说许多令人心动的话。我岳父说，当年石油会战虽然艰苦，但生活还是很甜美的。他还说：我现在每个月一千八百多元退休工资值得了，因为我没有干活，没有贡献，我只是在消费嘛，我很满足。比起朝鲜战场牺牲的战友，比起在百克水渠死去的兄弟，还比起过早地去世的同事，我满足啦。我有福，我儿孙满堂，够了，够啦！他的话让我很感动，让我的眼眶布满了潮润的液体。今天我们常常会用自己的工资与别人的工资进行类比，类比的结果往往使自己心里酸酸的，似乎受了莫大的委屈。

我岳父说，当年黑油山周围满是人，满是新来的转业军人啊。1955年来了一批五十七师石油师的；1956年是我们，我来时克拉玛依仅有四百多人，我们一下子来了一千二百多人，有朝鲜战场下来的，也有其他部队的，我们一路风光来到这戈壁荒野开发大油田，好激动啊；1959年又来了一批，这三批转业军人为克拉玛依立过汗马功劳，不过我也不是小看学校毕业和支边建设的队伍，他们贡献也很大，他们也应该让人敬仰。

我岳父只要一说起来，就有些失控，就好像他变成了一个大干部，一个演说家。他说话时，口气很大，一点不像现在的年轻人。他虽然没多少文化，但却着实很能侃。

其实我岳父王成吉曾经是一个很勤奋又笃实的基层干部。在我认识他时，他正在当一个输油泵站的站长，管着几十号子人，并且还附带教育我们这些接受再教育的一百八十多名知青队学生。他口碑很不错，为人耿直，能吃苦，懂技术，总是扛着铁锹或坎土曼走在最前沿，总能直接处理许多刚刚发生的小问题，让大家心服口服又心悦诚服。大家都亲昵地称他王队长而不是王站长。

有件事让我终生难忘，也让我对他刮目相看并产生一种久远的敬意。那次我家的抽水马桶堵塞了，弄得满房子臭气熏天。我使用了数种通淤办法，都无济于事。正巧岳父打电话让我们去他那里吃饭。我妻子说，去不了，得叫修下水道的管道工给疏通。我黔驴技穷，没招了，只好打电话请疏通公司。但很快就跑来了气喘吁吁的岳父。他带着手钳、管钳、皮碗、钩子等一堆工具一气爬上了五楼。一进门就直奔厕所，挽起衣袖大干了起来。我顿时觉得面红耳赤，心里极不是滋味。岳父在臭烘烘的马桶边弄弄这捅捅那，只一会儿就说，有东西给堵了。在钩子全部被下水道淹没后，他就将手塞进了污水般的屎尿里，不一会，他就拽出一条被捅得弹痕累累的旧毛巾。这件事，让我对他生产了一种依赖般的亲近感，也让我改称他为老爸了，就像称呼自己的亲生父亲一样。

王成吉就是这种适宜在基层工作的干部。他从钻井工开始，又干输油泵工，钳工，机工，班长，副站长，站长，农业队队长，技工学校副校长，输油队队长，文化站（中心）站长（主任）等等。不过，一直让我蹊跷的是，他退休前最后一个岗位居然是文化站站长。他一个没有什么文化的粗人，竟然要管文化。我曾在他担任输油队队长时，看到过他的风韵，那果真是他翱翔和驰骋的疆场。他带领一帮年轻人，满身油污地在闪闪烁烁的油罐群中晃动，很像一个风风火火的将军。那次，我还看见他与主管他的生产副厂长发脾气，弄得副厂长在大众面前很失身份和面子。我当时惊出一身冷汗。

我不知道最后他管文化是否与他跟副厂长发脾气有直接或间接联系，但我觉得他在五十六岁之后与文化打一打交道也是一件颇为惬意的事。这倒不是因为我现在还勉强算个文化人就喜欢文化，而是我们每个人如果都有了文化都喜欢了文化，那我们中国的事情恐怕就好办多啦。我希望人人都有机会抚摸一下文化的肌肤，体验一下文化的谐趣。

如今，我岳父唯一的爱好就是看中央电视台四套的台湾新闻和消息。台湾的一切尽在他精瘦的虚怀之间，也潜藏在他清晰善辩的脑海之间。他能熟练地说出马英九与陈水扁之是是非非，还能道出什么民进党、国民党或者什么倒扁行动的缜密细节。我常常听得是云里雾里一片紫霭冥冥，深深为自己的知识面狭窄和浅薄而羞愧。

我静静地聆听着，并不想打断他充满智慧的高谈阔论。我知道，他的心肺再也承受不起对峙和血雨腥风的压力。他需要静养。

【作者简介 赵钧海，中国作家协会会员。作品散见《中国作家》《上海文学》《北京文学》《散文选刊》《人民日报》《文艺报》等。出版散文集《准噶尔之书》《永久的错觉》《发现翼龙》和小说集《赵钧海小说选》等，入选《散文2013精选集》《21世纪年度散文选·2015散文》《2016中国散文排行榜》等。获第六届冰心散文奖，首届丰子恺散文奖，第三届、第四届中华铁人文学奖等。任中国石油作家协会副主席、克拉玛依市作家协会主席。】

古地中海的涛声

李明坤

上篇

一

1991年6月，塔里木盆地迎来了酷热的夏季。

塔里木石油会战已轰轰烈烈进行了三年，用如火如荼来形容会战的形势恰如其分：在塔里木盆地北部，东西近300公里长的勘探区域内，已有近40口探井获工业油气流，发现轮南、桑塔木、解放渠东、东河塘等一批油田，拿到了两亿多吨的石油探明地质储量；在盆地中部的沙漠腹地，在面积8200平方公里的塔中巨型构造上钻探的第一口探井塔中1井，获得了高产油气流，日产油576立方米、天然气34万立方米，轰动全国，引起了党中央、国务院领导同志的关注。随着一个又一个探井获得高产油气，不断有新突破，不断有新的发现，一时间让人产生这样的错觉：塔里木盆地真像一个装满油气的大盆子，到处在冒油冒气。

但是，在这一片令人叫好的形势背后，也显露出一些让人深思的现象。

比如：轮南地区发现了一个面积达2450平方公里的古潜山油气田，初步估计这个油气田的油气储量有十几亿吨之巨。对轮古大油气田进行整体解剖，整体部署了14口预探井，先后有12口获工业油气流。可是，整体解剖的结果却让石油地质家们瞠目结舌：在2450平方公里区域内，油气高产井、低产井、干井相间出现，油气柱高度相差很大，油气藏像一个一个互不相连通的"鸡窝"，当时有人形容为"鸡窝状"油藏，从西往东，有稠油、正常原油、凝析油、天然气，而且油气井表现为初期产量高，随后迅速低减，初期几百立方米油，一个月后减为几百公升。轮古油气田空有其大，却拿不到一吨探明石油储量，没有一口实现稳产的油气井。

在塔中，塔中1井获得高产油气流后，以这口探井为中心，甩开钻探，相继部署的三口探井全部落空。

会战三年中，在新突破、新发现、新成果的背后，隐隐浮现一个又一个难解之谜，有些甚至是世界级难题。

六月的一天，会战指挥副总地质师梁狄刚得到了一个消息，在距库尔勒以西300多公里的英买9井有了新的发现。一大早，梁狄刚急着要火速赶往英买9井。他来到生产指挥车队，可是供指挥部领导使用的巡洋舰越野车都派出去了，只剩下几辆北京212吉普，让副总地质师乘坐北京212吉普上勘探一线，实在说不过去。车队调度同志说，梁总请你稍等一会儿，马上有巡洋舰执行任务回来了。可是，53岁的梁狄刚心急如焚，他说，坐212有什么不行？当年我在柴达木、四川盆地，经常坐解放牌大厢板出野外！就这样，梁狄刚身穿火红的沙漠信号服，夹一沓子地质资料，坐了北京212吉普奔向300多公里外的英买9井。

英买9井究竟有了什么新发现，令梁狄刚十万火急呢？

英买9井位于盆地北部西端的英买力古隆起上，这一地区已有几口探井在奥陶系获得高产油流。但是，这些探井都出现和轮古油藏相似的情况，初期产量高，但递减很快。

英买9井的钻探目的层是奥陶系。可是，在上部地层白垩系却见到了油气显示！英买9井在钻到4710米时进入白垩系巴什基奇克组，取出两筒含油岩心，含油岩心长14.05米。

这是个令人意外的新发现！

在英买9井的井场，梁狄刚仔细观察分析出井的含油岩心，岩心物性很好，含油饱满，使他陷入了沉思。他立即决定，对这个地层测试。6月24日，英买9井对白垩系巴什基奇克组地层进行中途测试，日产油160立方米。接着，又对位于白垩系地层之上的古近系地层测试，获日产凝析油43.6立方米、天然气15.73万立方米。

梁狄刚想起一年前完钻的英买7井。这口探井与英买9井位于同一构造上，两井相距只有2.3公里，为什么没有在古近系和白垩系见到油气显示呢？

梁狄刚刚返回库尔勒，立刻组织地质研究大队科研人员对英买7井勘探资料进行研究。

二

1952年，塔里木盆地油气勘探在苏联专家帮助下蹒跚起步的时候，一位14岁的英俊少年离开香港，乘坐火车来到新中国首都北京。他到北京求学。他就是梁狄刚。这位早慧的少年，心田里铭刻了太多痛苦的记忆。1940年日本侵略军占领香港，烧杀抢掠，无恶不作，父母带领全家逃往澳门。那个时代，无论东洋人还是西洋人，都可以任意欺侮中国人。1955年，梁狄刚以优异的成绩考入北京地质学院石油系，两年后转入成都地质学院学习，毕业后分配到中国科学院兰州地质研究所工作。那段岁月，梁狄刚忘我地投入工作。登上青藏高原，进行地质综合考察和研究，发表了《青海湖新构造运动》《湖泊形成和发展》《第四纪沉积中沥青的生成》等重要论文。1964年，石油部开展四川石油勘探会战，梁狄刚随勘探队伍来到四川盆地，通过对当地油气区震旦系白云岩缝洞发育的模拟调查研究，与研究人员一起编制了全国第一张长50米、高1.5米的巨型缝洞实测素描图，为油气勘探提供了重要的参考资料。正当梁狄刚全副身心投入到工作的时候，1966年"文革"爆发，他因为"港台关系"而被赶进了"牛棚"。1978年，梁狄刚重新回到了工作岗位，立即把丢下10年的研究工作重新开展起来，出版了一系列理论学术著作。但是，梁狄刚心里一直认为，自己作为石油地质家的生涯中，有一个大遗憾，那就是：作为一个石油地质家，却没能参加一场石油勘探的重大行动，用自己掌握的理论和知识去发现一个大油气田。当时华北石油勘探会战正酣，他主动请缨，来到华北任丘油田，担负起科研机构主要带头人的重任，几年之内，他为这一地区的油气勘探贡献了自己的聪明才智，其论著《饶阳凹陷综合地球化学剖面》《冀中凹陷生油层特征与评价》《二连盆地石油地质综合研究》受到勘探界一致好评。

1988年起，梁狄刚又将目光聚焦在塔里木盆地。那里不断有重磅消息传来：轮南1井获工业油气流，轮南2井获高产油气流，英买1井取得重大突破……塔里木盆地！辽阔的石油勘探战场，56万平方公里，沉积岩厚达1.6万米，多么富有挑战性！梁狄刚按捺不住激动的心情，毅然报名参加塔里木石油会战。1989年3月，他告别妻子和刚满4周岁的儿子（他42岁才结婚）来到塔里木油气勘探一线，担任副总地质师兼地质研究大队副大队长，主持油气勘探的研究工作。

塔里木地质研究大队虽然只有160多人，却集合了当时陆上石油工业勘探方面的精锐，其中有20世纪五六十年代即从事塔里木石油地质研究的老专家，也有改革开放后毕业于高等学府的年轻英才，如1987年毕业于南京大学的理学博士贾承造，1983年毕业于石油大学的王招明，此二人不仅研究成果丰硕，后来先后担任了重要领导职务，有力地推进塔里木油气勘探取得新突破。这支精干的研究队伍，是会战指挥部在油气勘探战线上的总参谋部。

英买9井在古近系和白垩系获重大发现后，梁狄刚组织塔里木地质研究大队科研人员开展对英买7井资料复查研究。果然，他们发现英买7井古近系地层有35米厚的可能油气层。会战指挥部决定对英买7井古近系进行测试，在古近系获得高产油气流。

英买7凝析气田由此发现。

梁狄刚和他的科研团队并未就此停止思考。他们进一步联想到，近来在塔北地区已经有好几口探井在第三系——白垩系地层获得工业油气流。这一现象似乎传达了某种重要的信息。他们认为：有必要对塔里木盆地北部地区中新生界地层含油气情况重新认识。

塔北地区，地质家们又称塔北隆起，面积3.7万平方公里，北侧紧挨南天山的库车凹陷。根据会战指挥部要求，石油物探局首次做出面积1200平方公里塔北轮台断隆古近系底砂岩顶面连片构造图，图上清晰显示出新生界有3排9个断裂构造。塔里木地质研究大队研究分析认为，塔北隆起的北侧，在靠近南天山山前存在一个富油气带，他们选择了最为理想的牙哈构造带作为下一步的钻探目标。

1993年初，上钻了牙哈3号和牙哈4号构造，到11月两井先后出现重要油气显示，会战指挥立即部署在牙哈构造上钻6口探井，到1994年底，这些探井均获高产油气流，发现了当时储量规模最大的牙哈凝析气田，探明天然气地质储量392.92亿立方米、凝析油4189万吨，油气当量接近亿吨级。

在短短不到两年时间内，就发现探明一个亿吨级凝析油气田，这在当时是个高速度、高水平、高效益的典范。然而，梁狄刚和他的勘探研究团队并没有因此而沉醉在沾沾自喜中，他们继续追问：塔北隆起北侧的油气富集带的油源来自何处？

因为，塔北隆起北侧的中新生界是一套红色砂岩地层，自身不具备生油条件。

结论只有一个：油气来自南天山山前的库车凹陷。

大概在2亿年前的侏罗纪，库车凹陷处在古特提斯海洋（又称古地中海）的北岸，在海洋性温湿气候下形成了一套千余米煤系地层构成的主要烃源岩（生油物质）。烃源岩厚度大、丰度高，后来的喜马拉雅运动，使库车凹陷的煤系烃源岩快速深埋，进入大量生排烃期，深部富集了近20亿吨的油气资源，部分油气沿南斜坡向上运移，抵达塔北地区。

位于南天山山前的库车凹陷，虽然只有区区2.9万平方公里，却是油气富集之地。

三

库车凹陷是一个油气富集区，这是中外石油地质家的共识。但是，库车凹陷地表几乎全是山区，地下构造高陡，地质情况极其复杂。1952年中苏石油股份公司的钻井队在这片区域钻探过，打了好几口探井，由于地下的情况极其复杂，都没有钻到目的层，中途报废。

苏联专家面对这片南天山山区仰天长叹：这里是勘探的禁区！

1954年苏联勘探队伍撤走后，中国自己的勘探队伍依然坚持在这里苦干。到1992年，40年过去了，库车凹陷只发现一个小油田：依奇克里克油田。中国石油勘探队伍在库车凹陷共钻探了54口油气探井，钻探能力为1200米、3200米、6000米的钻机都使用过，但是，钻探得十分艰难，最深的探井只达到3250米，再往下被巨厚的盐层挡住了。巨厚的盐层是一只拦路虎。盐层内部压力大，遇水即膨胀，钻入盐层后，井眼遇见水（钻井泥浆中的水）会因膨胀而缩小，钻头被卡在了井底，提不出来了。

库车凹陷的地表万山丛簇、千壑交错，地下则是构造高陡，下面的盐层、高压水层无数。当年苏联地质家因此而断言，库车凹陷是勘探的禁区。其后中国钻探工作不断遭遇的失败，仿佛是在印证着这一断言。

1992年，会战指挥部的地质家们要求钻探库车凹陷。库车凹陷勘探难度大，到底有多大？不入虎穴，焉得虎子！塔克拉玛干沙漠腹地不也被称为"死忙之海"吗？我们闯进去了，而且钻出了油气！

最后的拍板，落实到了指挥邱中建面前。

邱中建是新中国培养成长起来的第一代石油地质家。1953年重庆大学地质系毕业后，他就在西部野外跑地质调查，1958年去松辽盆地，直接参与大庆松基3井钻探和试油工作，是大庆油田发现的功臣之一。其后又参加胜利、华北、大港等石油勘探会战，改革开放初期，我国海洋石油勘探对外开放，邱中建担任中海油的石油勘探总地质师，1985年调石油部担任勘探司长。1989年塔里木石油会战打响，他又作为第一批勘探人员踏上塔里木这片热土。长期从事石油勘探，使邱中建养成思维严谨周密、决策谨慎的作风，他深知，打探井要花很多钱，一口探井打空了，几千万元的资金就打了水漂。邱中建经常站在巨幅塔里木盆地勘探部署图前沉思。库车凹陷，位于南天山山区，东西长550公里，南北宽30—80公里不等。成排成带的地质构造排列着，像一桌子摆满丰盛的美味佳肴般诱人。邱中建何尝不被吸引！但是，1989—1992年，他一直没有作出上钻的决定。1991年发现英买力7号气田后，紧邻库车凹陷的塔北地区相继发现牙哈、提尔根、羊塔克、红旗等一批油气田，其证据越来越明显地告诉人们，这些丰富的油气来自库车凹陷。

邱中建下了决心，要闯一闯库车凹陷这个勘探禁区！

上钻的第一口探井是东秋里塔格构造带的东秋5井。在维吾尔语里，秋里塔格，是穷山的意思。东秋里塔格构造带位于秋里塔格山的东部，此处的山不仅寸草不生，而且山头林立，东秋5井的井位就在群山环抱之间。之前，这一地区已钻了四口探井，没有一口成功钻达目的层，都是中途因钻井工程事故而完钻。这次上钻东秋5井，会战指挥部组织地质研究团队对这个构造重新进行研究，大家认为东秋5号构造面积大、圈闭幅度高，有希望获得油气发现。并认真分析总结了东秋构造带之前的4口探井失败的教训，通过招标方式，挑选具有打深井复杂井经验的中原油田7014钻井队承担钻探任务，这是一支全国闻名的金牌钻井队，装备了美国制造的E—2100型7000米电动钻机、大功率三缸单作用泥浆泵、四级泥浆净化体系，配备高效PDC钻头。并挑选南海麦克巴泥浆公司为该井提供泥浆技术服务，这个公司专门组织技术力量为山地钻探设计了优质泥浆体系。总之，当时所具有的先进技术和装备都运用到东秋5井上来。7014钻井队更是摩拳擦掌，大有一举要拿下东秋5井之气概。

1993年2月4日，东秋5井开钻。

会战指挥部钻井总工程师俞新永带领技术专家小组驻守井上。俞新永大学毕业后在塔里木从事钻井技术工作20多年，他非常清楚东秋里塔格构造上之前所钻的4口探井的命运和遭遇，深知东秋5井将会面临严重的挑战。

中国石油高层也分外重视东秋5井的钻探，将这口探井列为中国石油的重点风险探井。

果然，东秋5井钻到井深2200米时，钻不下去了。下面钻遇盐层和盐膏层。盐层膨胀造成井眼缩小，钻头卡在了井下。为了减少钻头遇卡，每天只钻进20—30厘米，钻头提上来，不停地扩井眼（划眼）。照这样的钻井速度，5500米的井，一年只能钻下去100多米，要钻几十年！

中国石油钻井局领导闻讯带领专家团队从北京赶到东秋5井。两个专业技术团队一起"会诊"。对于盐层和盐膏层钻井，国内尚无成熟的钻井技术储备，中国石油将东秋5井钻穿盐层和盐膏层作为科技攻关重点，希望在技术上取得突破。

面对每天钻井20—30厘米的窘况，技术专家在井上展开一轮又一轮的辩论。形成两种相互对立的意见：一种坚持要加大泥浆比重，另一种则相反。争论激烈，且都有理论根据，谁也说服不了谁。而东秋5井在这期间尽管钻得小心翼翼，不停地提钻划眼，还是发生了两次钻头被卡在井里的恶性事故。

俞新永心里非常焦虑。这样争论下去永远也没有结果。20多年的钻井实践告诉他：实践出真知，哪种技术措施有效，在钻井中一用就见分晓。俞新永果断地停止了争论，让麦克巴泥浆技术人员先做加大泥浆比重试验，把泥浆比重提高到2.0克/厘米³。奇迹出现，井下情况有了好转。逐步加大泥浆比重，当加大到2.3克/厘米³时，井下完全正常了。

东秋5井终于敲开了盐层和盐膏层这道"鬼门关"，钻井禁区从此被打破。

1995年4月5日，东秋5井钻至井深5316米时提前完钻。原因是钻到下部地层时，构造消失了！经过研究分析，梁狄刚和同事们发现：库车凹陷盐层具有分层变形作用，盐上和盐下构造高点不一致，钻穿盐层后，下面的构造已经发生了偏移。

东秋5井付出的代价巨大。钻井历时792天，全井消耗超过亿元，有人形容说，5316米的井深，简直是用5300多台日本画王电视机堆起来的，甚至有人以此为例给中央领导写信，说塔里木勘探是"黄金铺路"。

在东秋5井钻探期间，会战指挥部又上钻了克参1井和克拉1井两口探井，两口井也全部落空。

库车凹陷勘探，4年钻了3口探井，全部失利。库车凹陷勘探的形势蒙上一层阴霾。

库车凹陷勘探还要不要继续干下去？

以邱中建为首的会战指挥部领导班子承受巨大的压力。邱中建后来说，那是他勘探生涯中面临的一次最大的压力。经过一段时间的反复思考，邱中建对同志们说："库车凹陷勘探一连三口探井落空了，但是我们终于获得了钻穿巨厚盐层和盐膏层的宝贵技术。同志们要坚定信心，库车凹陷有大油气田，勘探进攻要继续进行下去！"

四

　　1987年6月，39岁的地质学博士贾承造行走在库车河畔，沿着河边山崖下的曲折山道走向天山深处。前面山崖越来越高，山壁陡峭，地质露头极为丰富。贾承造认真观察它们，站在一处数百米高的山壁前，手抚摸山壁粗粝的表面，不同颜色的岩石层层叠叠，构成巨大的山体。在贾承造眼里，这是一部内容丰富的地质百科全书，默默向他讲述塔里木盆地地质演化的历史，库车前陆盆地（库车凹陷）的诞生、发展和现状。他沿一处狭窄的山道攀登，来到山顶。库车凹陷的千山万壑尽收眼底。

　　他听见风在山谷中的呼号。

　　一片烟波浩渺的海洋，海浪奔涌而来，拍打着天山之巅的岩石，撞击出雪白的浪花。这是5亿年前的景象。那时候我们这个蔚蓝色的星球远没有现在这般喧闹，地球表面被广袤的海洋覆盖，只在地球的南北两极有两块古大陆：南极的古大陆叫冈瓦纳大陆，北极则称为劳亚大陆。大约在5亿年前，塔里木板块与冈瓦纳大陆分离，缓慢向北方漂移，时而沉没于洋面之下，时而上浮为陆地。在2.8亿年前的早二叠纪时期，特提斯海横贯欧亚大陆南部地区，青藏高原是波涛汹涌的海洋，与北非、南欧、西亚和东南亚的海域沟通。特提斯海，又称古地中海。特提斯，古希腊神话中的海神，地质家用她的名字命名古地中海。那时候古地中海的气候非常温暖，是海洋生物和植物生长茂盛的地域。塔里木板块便在这片海域中沉浮。大约到了2.5亿年的二叠纪晚期，塔里木板块与北方大陆相遇，发生碰撞，天山崛起。那一时期，古地中海一度向西退出，塔里木盆地开始形成。在天山南麓山前形成面积巨大的潟湖，湖畔生长着茂密的森林。天山发育的众多河流日夜不息地注入潟湖，为繁衍的生物带来丰富的养分。面积巨大的潟湖中生物繁茂，生机勃勃。时光又过了1亿多年，古地中海水经过塔里木盆地西部的阿莱依海峡，向东进入盆地，在昆仑山前和盆地西部地区形成一个海湾，并逐步向北扩展，一直蔓延到天山山前，形成新月形状的塔里木古海湾。

1981年，北京师范大学古地理研究室与石油地质研究人员合作开展"特提斯海（古地中海）北支塔里木古海湾研究"，他们赴昆仑山和天山深处考察，采集了大量标本，绘制出不同地质时期塔里木古海湾的形状和海岸线的位置，并在南天山深处发现了许多与现今地中海沿岸同类的乔木、灌木及其他佐证。可以想象，面积十几万平方公里的塔里木古海湾当时处在热带半干旱气候条件下，温暖的洋面上繁衍着各种生物，与海岸线毗邻的原野上生长大片柳桦、赤杨、榆槭混合林和夹河丛林，环绕海岸的滩涂被林莽覆盖，其中出现胡桃和野果组成的亚热带常绿和落叶的混合林。那一地质年代，北极没有冰盖，天山远没有现在这么高，北方蒙古高原上吹来的季风拂动蔚蓝色的海水，碧波翻涌，涛声阵阵，古海湾生机勃勃的海滩接受着古地中海浪涛的温柔抚摸。到了距今2800万年左右，印度板块和欧亚大陆相遇。这就是著名的喜马拉雅运动，造成喜马拉雅山、昆仑山和天山的崛起，山前地带快速沉降。昆仑和天山的西部相向弯曲、相接，阿莱依海峡悄然关闭。塔里木古海湾与地中海的联系被切断，变成死海，且在漫长岁月中走向干涸。天山挡住了北冰洋的潮湿气流，昆仑山和帕米尔高原阻隔了印度洋的季风，塔里木盆地在大山和高原的环抱中渐渐失去了对海洋的记忆。大约在450万年前，塔克拉玛干沙漠形成。

贾承造博士默默识读着那些出露在山壁上不同地质年代的岩石。它们在岁月长河中沉默不语，而岩石中的每颗沙粒，每一处化石，都忠实保存着几亿年间塔里木盆地沧桑巨变的信息。一个小贝壳镶嵌在石壁间，已变成了化石，几亿年前大海中的一朵浪花无意间将它抛到海滩上 ……库车山前，真是一座天然地质博物馆！多么美丽的山，多么丰富多彩的沉积岩！这一切让贾承造流连忘返，为自己做出的人生抉择而庆幸和骄傲！

出身于石油世家的贾承造，从小就有浓郁的石油情结。从小随着父母从玉门油田来到新疆石油战线，二十岁那年赶上了上山下乡运动，与同时代青年一样，插队到新湖农场一分场的一个农业连队，由于工作努力，贾承造入了党，成为一个农业连队的连长，1973年被连队职工推荐上了大学，就读于新疆工学院地质系。毕业后去野外地质队搞地质勘探。1980年考入南京大学地质系读研究生。贾承造是改革开放后第一批被录取的研究生。1987年2月，获博士学士，分配到北京石油勘探开发科学研究院工作。报到不久，听说院里成立塔里木盆地综合研究联队，立刻报名参加。这年6月，贾承造随研究联队走进塔里木，沿发源于天山的库车河溯流而上。贾承造知道，40多年前的1942年，大地质家黄汲清等人就是沿这条路径进入天山之麓的，黄汲清此次考察后，写出了地质考察报告，提出了陆相生油的观点。沿着这条小路，贾承造找到了当时黄汲清发现并命名的巴什基奇克背斜。在这里，贾承造看见出露于地表的厚度达240多米的白垩系巴什基奇克组粉红色砂岩，物性很好，是十分理想的油气储层。他抚摸着粗粝的岩壁，想，如果有一天在地层深处找到一个构造，储层恰好是这套巴什基奇克组粉红色砂岩，且灌满油气，那一定是个大家伙！

1989年4月，塔里木石油会战打响，这是中国石油工业在20世纪打响的最后一场会战，也是一场以市场经济为主导、大力应用现代科学技术、以科技创新为先导的石油会战。这是他人生碰到的以此难得的机遇！一直在塔里木盆地搞综合研究的贾承造毫不犹豫地投入到会战中去，很快成为会战科研团队的中坚领军人物之一。

经过数年艰苦探索研究，贾承造和同事们提出一整套地质理论。

贾承造认为，塔里木盆地是一个由古生代克拉通盆地与中新生代前陆盆地叠置而成的复合叠合盆地。当年特提斯海所覆盖的地域，如今成为油气富集之地，如中东、中亚、北非。贾承造对此进行深入研究和思考。他和同事们揭示这样一个地质事实：塔里木盆地在中新生代是特提斯构造体系北缘盆地群的组成部分，通过与中亚的卡拉库姆、费尔于纳等盆地油气条件的对比，进一步证明塔里木盆地是与中亚含油气盆地具有相同古构造背景、相似气候环境下的产物。贾承造指出：塔里木盆地在中生代以来是中亚油气富集区的一部分，与卡拉库姆盆地和阿富汗 — 塔吉克盆地曾是一个统一的整体，具有形成大油气田地质条件。并预测：库车 — 阿瓦提 — 塔西南（昆仑山前）发育成了一个巨大的新月形富气带，是中亚富气带的东延部分，这个新月形富气带最终可探明天然气储量规模达2万亿至4万亿立方米。在塔里木盆地西部新月形富气带中，勘探进攻的首选目标是库车凹陷。

1993 — 1995年，东秋5井、克参1井、克拉1井相继宣告失利。尽管失败的阴霾笼罩在塔里木探区的上空，各种非议、冷嘲和批评不绝于耳。梁狄刚、贾承造和塔里木石油地质研究团队在库车凹陷寻找大油气田的信心和勇气并没有被打垮。相反，他们从失败中看见了曙光：通过对三口探井资料研究分析之后发现，它们在钻穿巨厚盐层之后，都在盐层下白垩系巴什基奇组砂岩中见到油气显示。

梁狄刚、贾承造及石油地质研究团队坚定地提出：库车凹陷有大油气田，主要目的层就是古近系及盐层之下的白垩系巴什基奇克组砂岩。钻探盐下是战略方向。

三口探井勘探失利的重要原因：构造不落实。

2800多万年前，北方的季风和煦吹来，美丽的特提斯女神在塔里木古海湾的万顷碧波上翩翩舞蹈，纤足踏浪，荷衣飘举。当她沿着阿莱依海峡款款西去，最后一次回眸东方，于无限留恋之中，不经意地将一把金钥匙抛在碧波之下。随着阿莱依海峡悄然关闭，蕴藏亿万财富的地宫之门訇然合拢，并深埋在数千米的地层深处。今天，寻觅这批宝藏的东方赤子，要打开这座地宫之门，急切地寻找那把金钥匙。这不仅需要聪明和智慧，更需要坚忍不拔的毅力和愚公移山的精神。

五

在石油勘探界，有人打了两个形象的比喻。

一个是：钻井是石油地质家一双有力的手。石油地质家发现含油气构造之后，要由钻井工程技术人员把探井打到油气层，让油气冒出来。

另一个是：地震勘探是石油地质家一双锐利的眼睛。油气深藏于数千米的地下，要借助地震勘探技术，获得精准的地震资料，让石油地质家"看"到油气藏在什么地方。

库车凹陷三口探井的失利在于：盐层以上的构造圈闭是存在的，而在巨厚盐层之下都消失了，或者说由于造山运动，下部构造发生了滑移。

地震勘探技术自1931年诞生以来，逐渐成为石油勘探主要手段之一。但是，它受到许多外部条件制约。改革开放以来，地震技术有了很大进步，塔里木地震勘探主力军——石油物探局的地震队已拥有全数字化地震装备，从野外资料采集到资料处理解释，全面进入电子计算机时代。

面对南天山山区，石油物探局地震队有些"老虎吃天，无处下口"。从1994年起，有4个地震队进入山地开展山地地震技术攻关试验，采取的办法是沿山沟走向做地震测线，遇到陡峭的山峰，人攀登都困难，打炮坑的钻机怎么搬上山去呢？只好绕过去，在另一条山沟继续做。这样做出的地震测线是"弯"的，不能反映地下的真实情况。

1993年，会战指挥部得到了一个信息，四川石油山地地震队从20世纪70年代起就进行山地技术攻关，获得了比较成熟的山地勘探技术。决定引进四川山地地震技术。已是副指挥兼总地质师的梁狄刚向四川山地地震队伍发出招标邀请函。

1994年3月，四川山地分公司派出投标组参加库车凹陷第一条山地地震测线的投标。令他们没想到的是，除了他们之外，争夺这个项目的还有7家队伍。投标前，为了让参加投标的队伍了解南天山山区的施工难度，甲方安排他们去施工现场踏勘，从依奇克里克山区走到秋里塔格东段。进入山区，但见山势陡峭，峰峦叠嶂，冲沟交错，专业术语上称之为"高难度山地"，那7家队伍的投标负责人目光僵直了，他们平生第一次见到这样的施工条件！当地牧人对他们说，面前那座高山，没人爬上去过，那是"鸟儿都飞不过去的秋里塔格"。这次踏勘结束后，有4家选择退出竞标，一个星期后又有两家经过慎重思考，选择退出。

竞标结束，四川山地公司胜出。

为了出色完成第一条山地地震测线，四川山地公司把两支最好的队伍派来了。第一条测线全长20公里，走直线，遇山攀山，遇沟下沟，直达东秋5井井区，没有任何选择余地。地震队全是30岁出头的青年人，在四川盆地的大山中长年累月攀岩越沟，练就一副好身手。所经之处，山体陡峭，多呈锯齿形，悬崖耸立，冲沟深陡，而山体表面多是风化的浮土，夹杂许多不稳定的乱石，极易垮塌。这种地形地势，对四川山地地震队也是严峻考验。

经过一番周密设计，艰辛施工开始了。队员们身系保险绳，攀登悬崖绝壁，攀登一段距离后，向山体打入钢钎，把保险绳拴牢在钢钎上，继续攀登，放炮的队员则把钻机拆成几大件，一件件背到山顶，再组装起来打炮坑。每个人平均10天穿坏一双牛皮工鞋。施工期间正碰上《中国青年报》《工人日报》《中国石油报》等媒体到塔里木石油探区采访，记者们被南天山山地地震施工场面所震撼，现场拍摄了大量照片，配以文字见报后，引起很大反响。中央电视台闻讯赶赴现场摄制节目，播出后，四川山地地震队人成为新闻热点。读者和观众称赞他们是"山地黄羊""川军劲旅""西部找油先锋"。

四川山地地震队成功做出第一条地震"直"测线后，使号称中国石油皇家地震队的石油物探局感受到了巨大压力，开始投入巨资进行山地技术攻关。1995年向南天山山区投入3个王牌地震队，承担克拉苏河以东的克拉苏构造带第一条山地地震直测线施工。工区内有座高260米的悬崖，队员们将近1吨重的炮坑钻机拆成十几块，由队员抓着保险绳将钻机背上悬崖顶，仅迁往相距60米的下一个炮坑，地震队用了3天时间。工区内许多地方是砾石区，钻机无法打炮井，队员们手执钢钎人工挖，每个人一天只能挖出2米深的炮井。吃尽千辛万苦，终于成功做出他们的第一条山地直测线！

正是这条山地直测线，使石油地质家的目光穿透4000米的地层，看见了一个巨大的奥秘。

克拉2构造进入梁狄刚、贾承造等人的视野。

六

1997年初，西伯利亚寒流越过天山，塔里木进入冬季最寒冷的日子。让人感到寒冷的不光是天气，油气勘探形势也进入了低潮期。自1995年以来，一直没有振奋人心的重大发现。打空的探井越来越多，勘探队伍在滋生着悲观情绪……会战指挥部决定，集中力量打一场科技攻关战役，并将1997年定为科技攻关年。

4月6日，塔里木探区召开科技攻关战役誓师大会。战役要攻克两大世界级勘探难题：沙漠区碳酸盐岩油气藏勘探和山前高陡构造勘探。

库车凹陷的高陡构造成为主攻目标之一。梁狄刚代表会战指挥部在大会上宣布了十大具体攻关项目，其中有五项在南天山山前：山地地震技术、山地构造建模技术、山前高陡构造钻井技术、复杂井筒条件下录井和测井技术、山前高压气测试技术。

邱中建在誓师大会上说：这次科技攻关战役必须抓好这样几个重要问题：一是坚持有限目标，突出重点，集中力量攻克关键技术，不惜一切人力和物力攻克这些技术。二是要抓好"七落实"：立项、目标、组织、责任人、试验地、科研进度和经费。三是科技攻关的关键是人才，我们要制定优惠政策，完善激励机制，充分调动广大科技人才的积极性。四是要努力吸引实力雄厚的科技队伍参加到攻关战役中来。五是要充分调动甲乙方队伍的积极性，乙方是这次攻关战役的重要方面军。邱中建还表示，对科研经费实行"保底不封顶"的政策，有科研项目就有资金做保证。

这场科技攻关战役，以市场机制为纽带，充分调动国内外科研院所和大学的科研力量（亦称外协兵团），全国有50多个科研单位计1500名科研人员参加这场科研攻关战役，其中院士和教授级专家400多人。这是一场没有硝烟和隆隆炮声的战场。塔里木油田勘探开发研究院（原地质研究大队）、石油物探局研究院、北京勘探开发科学研究院、中国科学院有关院所、各石油院校、兄弟油田科研院所等，都加入了这场攻关战役。入夜的科研大楼灯火通明，科研人员把塔里木盆地20年中新老勘探资料认真梳理了一遍，对地震资料重新解释处理。如果将这些地震资料一张张连接起来，长达30多万公里，可以绕地球8圈。现代化的信息网络把国内外的攻关团队紧密地连成一个集团军群，远在涿州的石油物探局计算机中心可在数秒之内将处理结果传送到塔里木石油探区，前方也会把最新资料通过网络传递给任何一个研究团队。

在这场声势浩大的科技攻关战役中，最引人注目的是以南京大学卢华复教授为代表的科研团队和美国普林斯顿大学J.沙帕尔（J.Supper）教授。卢华复教授主要从事构造地质学的教学和科学研究，研究领域涉及构造应力场，板块构造演化及塔里木、苏北和南黄海等盆地构造。J.沙帕尔教授是断层转折褶皱研究的创立者，在其著作《断层转折褶皱的几何学与运动学》中，J.沙帕尔教授详细阐述断层转折褶皱的几何学特征，提出了上盘褶皱和下伏相关断层滑移之间的定量关系，为前陆冲断褶皱带的几何学与运动学分析奠定了基础。随后，断层相关褶皱理论被广泛应用在前陆褶皱冲断带构造研究中。此前，贾承造作为访问学者去美国期间，曾与J.沙帕尔教授有过多次学术交流。他们的到来，带来了对库车前陆盆地（库车凹陷）地质构造的全新解析，为库车复杂高陡构造解析与地质建模做出重要贡献。卢华复教授和J·沙帕尔教授一起，通过对

南天山山地的实地考察，运用断层相关褶皱理论进行深入分析，开展对库车凹陷的构造建模研究，他们建立了10种构造模型，不仅很好地指导了库车山地勘探，而且为塔里木勘探界培养了一批年轻的科研人员。

中国石油决策层非常支持塔里木盆地这场科技攻关战役，指示："这是大打勘探技术进攻战。科技攻关不能只打一年，先把三年摆出来，1997年到2000年，连续打三年，要拿到5000亿立方米天然气！"

石油物探局是这场科技攻关战役的一支主力军。

库车凹陷的盐下构造难以落实，地震勘探技术成为制约油气大发现的瓶颈。地震勘探技术攻关是这场攻关战役的重头戏。石油物探局一次派出10支地震队伍进入南天山山区，从国外引进了大功率的震源车和18米、30米、50米山地钻机，30米、50米、100米砾石钻机，1万道数字地震仪等先进技术装备，野外资料采集实现可控震源与井炮高速层联合激发。从当时的装备技术上说，他们的队伍真可算"武装到牙齿"。

不仅如此，他们还和加拿大北岳直升机公司签订了租赁合同，依靠直升机支持山地地震的资料采集作业，为此又从南方航空公司深圳分公司聘请了领航员。

加拿大籍直升机驾驶员安德烈和机械师西蒙，均是第一次到中国西部天山山区执行飞行任务，他们首次在库车山地执行试航后，被下面险峻地势吓得直了眼睛，直升机回到停机坪降落后，二人走下直升飞机，脸上还带着困惑。他们想不明白，这片山区过去一直没有直升飞机支持，这些中国人是如何将那些笨重的装备从一座山搬到另一座山的。驾驶员安德烈曾登上过北京的万里长城，记住毛泽东主席"不到长城非好汉"的著名诗句，安德烈认为中国的万里长城，确实是一项堪称奇迹的浩大工程。他在驾驶直升机支持山地地震作业期间，总把遇到的困难与万里长城相比较，每当一支地震队完成300公里的测线时，他就说："哇，了不起，你们又修筑一段300公里的万里长城！"

石油物探局山地队和四川山地队在东西长200多公里、宽50公里的山地进行着艰苦的山地地震攻关，物探局每年投入队伍10个以上，四川队伍4至6个。他们施工区域多是无人区，一支队伍多达上千人，白天吃大苦流大汗，晚上就在工区宿营，满山坡全是仅能住两个人的小帐篷。为了便于空中识别，帐篷是彩色的，红白蓝几种颜色。指挥邱中建深知野外工作的辛苦，每次去探区现场办公，他都要去地震队驻地看一看。有一次，他来到库车山地一个三维地震施工现场，映入他眼帘的是漫山遍野的五颜六色小帐篷，这情景让邱中建想起东部大海边，那些供人游玩休闲的海滨浴场沙滩上的小帐篷。他感叹道："人家住帐篷，是在风景如画的地方游玩，我们地震队员却在大荒山中艰苦地工作！"

石油物探局的2201地震队号称物探局的"铁军"。他们施工的区域是吐格尔明山区，1958年8月，曾有两名石油地质队员牺牲在这片山区。石油物探局领导考虑到吐格尔明山区山势险峻，计划派出一架直升机予以支持。航空公司派人现场考察后，认为直升机在吐格尔明飞行安全得不到保障，婉言谢绝了。队长李明岭、指导员张庆生向局领导表示："我们继续发扬2201地震队吃苦耐劳、英勇顽强、敢于拼搏的精神，没有直升机照样上山，完成任务！"

吐格尔明山区遍布大小冲沟，冲沟两岸全是陡崖峭壁，平均海拔1600米，最高3500米，相对高差2000米。2201队6月15日开进工区，下旬就连降暴雨，断断续续下到了8月间，来了一场大暴雨持续下了三天三夜。这期间引发洪水30多次，引发了四次山体滑坡。2201地震队没有退缩，这个关键时刻队领导李明岭、张庆生、刘宝林、王长林处处走在前头。带领全队人边抗洪便修路，共打通道路500多公里，抢修便道1000多公里，攀登陡崖用去绳索5万多米，用700多米的钢管搭起50多处登山云梯，最高一处100多米。全队共有共产党员11名、共青团员23名，哪里有危险，他们就出现在哪里，最危险的陡壁首先是他们第一个攀登上去。

工区内有一条长20公里的冲沟，两边是高200多米的陡崖峭壁，沟底则是乱石遍布，人称"死亡谷"。7月15日，沟内突降暴雨，带队的指导员张庆生和副队长王长林迅速组织队伍撤离。洪水很快下来了，张庆生、王长林和5名工人被洪水围困在"死亡谷"里。面对滔滔而来的洪水，一开始他们爬到汽车驾驶室顶上，洪水不断上涨，很快漫过车顶，漫到他们胸部，他们手拉手爬上断崖，在崖壁一处台坎上暂避，洪水就在他们脚下翻滚着。"死亡谷"两边的山体已经风化，经雨水冲刷后，开始坍塌，远处不时传来大面积塌方的声音。漆黑的夜降临了，阴风呼号，脚下的浪头掀起3米多高，随时会有被洪水卷走的危险。这7人坚持着，一直到洪水退去。

2201地震队在吐格尔明山区勘探施工中，经历了50多天暴雨恶劣天气，30多次洪水袭击，在这样濒临极限的挑战中，他们如期完成了142公里测线的野外资料采集，原始资料一级品率达86.25%。邱中建接见了2201队指导员张庆生、队长李明岭，将这个队一贯坚持的"一不怕苦、二不怕死、团结协作，敢于胜利"的精神命名为"山地精神"。中国石油将这支队伍命名为"甲级山地地震队"。

七

1997年，会战指挥部决策，在库车凹陷再上三口探井。副指挥兼总地质师梁狄刚代表会战指挥部宣布了这一决策，三口井是：克拉2井、克拉3井和依南2井。

这一年，梁狄刚59岁。从1989年3月起，他在塔里木盆地油气勘探第一线冲锋陷阵了8年，1997年11月，梁狄刚接到了一纸调令，中国石油调他担任北京勘探开发科学研究院常务副院长。临行之前，梁狄刚最后一次在领导干部会议做报告，这个报告几乎可以称得上一份分量很重的学术报告，各种统计数据和分析认识，成功和失败的地质原因分析，其中讲到了8年中的"几经喜悦，几历困惑"，并运用马克思主义哲学观点进行深刻的分析。梁狄刚身上洋溢着诗人的气质，他做学术报告总是激情澎湃，文采飞扬，让聆听他讲话的科研人员如浴春风。这一次，他给自己的报告起了个题目：于无声处听惊雷。

梁狄刚预言：塔里木勘探开始走出低潮徘徊，惊雷即将响起。

1997年初的时候，会战指挥部决策部署的三口探井，在库车凹陷北部山区的依奇克里克 —— 克拉苏构造带上，都是风险极高的探井。

反对的声音很强烈。争论的焦点最后集中在克拉2井上。在论证会上，地质研究人员分成两派，火力瞄准克拉2号构造是否落实这一核心问题上。因为前三口探井失利，就在于构造不落实。以贾承造为代表的上钻派列举如下理由：新一轮科技攻关以来，山地地震资料品质较以前"弯线"有明显提高，克拉克2号构造与其在同一构造带上的克拉1号构造（已上钻克拉1井）、克参1号构造（克参1井）相比较，有三点不同：一是构造圈闭落实程度高，二是储盖组合条件比较好，三是埋深程度、褶皱强度适中，保存条件也比较好。

但是，一连召开几次井位论证会，意见无法统一。每次会议都由邱中建主持，他只是静静地听，不发言，不表态。会议争论到激烈处，有位年纪29岁，刚刚结婚准备要个孩子的研究人员谢会文，竟然拍案而起，立下誓言："不落实克拉2号构造，我决不要孩子！"

科研人员有段时间通宵达旦地工作。继续对克拉2构造开展以下研究：一是以新的山地二维地震偏移成果剖面精细落实克拉2构造，从地震T8反射层（相当于古近系底）等T0图经平均速度场变速空校得到构造图，从而落实了克拉2古近系盐下圈闭；二是认真分析克拉1构造和克拉2构造的区别：克拉1构造顶部发育断开白垩系砂岩、盐层和浅层的断裂，保存条件差，导致钻探失利，而克拉2号构造盐盖层厚度大，自成背斜完整，构造范围内断层消失于盐层之中，不具有破坏作用，从而明确了克拉2构造的优势；三是克拉2古近系盐下构造的真假和构造高点偏移问题，通过克拉构造区6条地震主测线和1条联络线的叠前深度偏移处理攻关，基本解决了构造高点和轴线相对于深度构造的偏移问题。

为了平息争论，争取大多数同志同意克拉2井的上钻，邱中建决定将地震资料交给石油物探局和兰州地质研究所，两家背靠背重新解释，做出构造图。结果两家做出的构造图基本相近。确定克拉2井井位前，又将控制克拉2号构造的6条地震剖面，交由以色列帕尔代姆公司的技术专家进行叠前深度偏移处理。将叠前深度偏移处理新技术成果应用于克拉2构造的解释成图，这在塔里木盆地勘探尚属首次，很多人对这种技术是否成熟表示怀疑。为此，塔指勘探研究中心总工程师匡祥友专门在克拉2井的井位设计书中，写下一份关于叠前深度偏移技术攻关的质量保证书。

就是说，克拉2井打完之后，如果由于叠前深度偏移处理技术不成熟而造成了失利，匡祥友要承担重要责任。

最后，多数人同意上钻克拉2井。

1997年4月，克拉2井、克拉3井、依南2井相继开钻。

库车凹陷油气勘探至此迎来光辉的黎明。

1998年1月。呼号的北风裹挟着大雪扑向天山南麓。克拉2山地一律是向东南方向倾斜的刀片子山，山与山之间，分布着深浅不一的冲沟。此刻，刀片子山披上银装，真像一把把银光闪闪的尖刀。承钻克拉2井的塔里木第四勘探公司（四川）6088钻井队在零下20摄氏度的寒冷中一刻不停地钻进。平台经理陈启华和几十位钻井兄弟在井场上忙碌。他们已钻进了9个月。夏日骄阳似火，冬天寒风如刀，陈启华和兄弟们脸上的皮脱了好几层。山前高陡构造上钻井，易发生严重井斜；地层可钻性差，钻速低；井眼失稳严重，同一段裸眼井段存在不同压力系统，易发生井喷、井漏。这些困难，他们一一克服了。

令他们兴奋不已的是，刚过完元旦，井下油气显示不断，而且显示的情况越来越好！

1月20日，克拉2井首次在古近系3053~3063米井段进行油气测试，当天报出好消息：日产天然气27万立方米！

10天之后，依南2井测试获日产天然气10.8万立方米！

2月6日，克拉3井测试，日产天然气35万立方米！

邱中建、贾承造和勘探界的同事们喜悦不已。库车凹陷油气勘探五年"万马齐喑"被打破。

现在，两个月前梁狄刚语言的雷声，开始在万山丛簇之地隆隆响起。

克拉2井从1月20日测试获高产天然气流之后，继续恢复钻进。贾承造焦急地等待着。1997年11月，贾承造从梁狄刚手中接过重担，任会战指挥部副指挥兼总地质师后，开始日夜谋划塔里木勘探方略。三口探井的失利不曾打垮他们在库车凹陷寻找大油气田的信心，这源自于他们多年的深入研究。他想起1987年在天山深处库车河畔看到的白垩系巴什基奇克组巨厚砂岩，这套巨厚砂岩就在克拉2井的下面，它才是克拉2井的主力油气储层。可是，许多天过去，克拉2井一直平静地钻进，没有报来进入白垩系巴什基奇克组巨厚砂岩的任何消息。贾承造待不住了，决定到井上看看。

由于克拉2井的井下情况比较复杂，压力高，采用高比重泥浆钻进，又使用了高效PDC钻头，井下返出的岩屑很细，呈粉末状。

贾承造问地质监督："井下钻到什么地层？"

地质监督根据自己的判断，回答："以泥岩为主的地层。"

从3574.5米至3740米，钻进了100多米，地质监督一直认为是泥岩为主的地层。就是说，砂岩地层还没见到。贾承造心头疑问重重：既然是泥岩为什么气测显示不断呢？他亲自去泥浆槽旁检查。贾承造在泥浆中发现了细小砂岩颗粒，他对井下情况进行详细分析：研磨能力强的PDC钻头在砂岩中钻进，会使砂岩的岩屑变得很细，呈粉末状，所以在返出井口的泥浆里很难挑选出较大颗粒状的岩屑。

贾承造判断：已经进入白垩系巴什基奇克组砂岩层段。

井上地质监督人员仍感到迷惑不解："既然已经进入巴什基奇克组砂岩，气测显示为什么一直不高，全烃基本在4%~6%之间？"

贾承造进一步分析说："现在井下压力很高，使用的泥浆比重高达2.2~2.4克/立方厘米，在这样高的比重泥浆下，气测显示肯定不会高，用这样高的比重泥浆钻井，是为了保证井下安全，在这种情况下，气测显示不断，一般为5%，高的可达10%以上，已经是很高的气测显示了。可以肯定，下面是天然气层。"

贾承造要求井上马上停钻，进行测井，然后转入取心钻进。最后证实：原来地质监督组人员认为是泥岩的地层几乎全是砂岩储层。

1997年6月，克拉2井顺利钻达4200米设计井深，进入完钻测试。共用85天时间完成14个层系的测试，日产天然气40万至70万立方米，无阻流量达到上千万立方米，气层厚度达286.5米。贾承造初步预测，克拉2气田天然气地质储量不少于1800亿立方米。

1998年9月17日这天，邱中建、贾承造、俞新永等会战指挥部领导来到克拉2井测试现场，他们要看一看最后一次测试。天然气强劲地喷涌而出，带着雷鸣般的呼啸，声震山岳，回荡在千山万壑间，金色火焰在人们眼中化作一道美丽彩虹。

邱中建尤为激动。1989年3月，中国石油党组决定让他作为油气勘探的主帅，参加塔里木石油会战。他欣然领命，万里赴戎。那年他已经56岁，作为毕生为新中国石油勘探事业奋斗的老兵，他心里清楚塔里木是他的最后一次征战。这一次披甲出征，一干就是10年！塔里木会战的甲乙方队伍来自五湖四海。为了会战，几万将士离家别亲，在大漠荒原和山区日夜工作，一年又一年，春节临近了，邱中建对那些家在内地的领导同志说，回去过个春节吧，我在这里顶着。春节那几天，邱中建带着机关的同志到勘探开发一线去，偏远、环境艰苦的地方，他首先走到。在库车大山里，他走进那些低矮的帐篷，给地震队员们拜年。勘探将士们看见邱中建来了都亲切称他"邱总"！大家心里都热乎乎的。春节人们有家不能回，心中不免有失落和惆怅，看见邱总这样的副部级大领导也和他们一样在探区坚守着，心里都有了一份温暖和慰藉。却很少有人知道，邱中建家里年事已高的母亲也在盼望唯一的儿子回去与她团聚……邱中建记得，1994年7月，他们给到塔里木石油探区考察的邹家华副总理汇报塔里木天然气勘探的进展，那时已经发现吉拉克、英买力、牙哈等一批气田，天然气年生产能力达到25亿立方米。他们建议国家修建一条通往东部经济发达区的天然气管道，将塔里木天然气输往东部。邹家华副总理对他们说，修建一条长输管道要花很多钱，到上海是4000多公里，如果每年只输25亿立方米天然气，太少了，最少也应该是100多亿立方米。只要你们找到大气田，修建长输管道就没问题。现在，克拉2大气田发现了，可以建设一条通往东部的天然气管道了。邱中建想，要不了几年，这片荒无人烟的山地一定又是人欢马叫了。

邱中建在克拉2井场赋诗一首：彩虹呼啸映长空，克拉飞舞耀苍穹，弹指十年无觅处，西气东送迎春风。

中篇

一

1998年，亚洲金融危机来袭。国际油价自1997年11月起一路走低，1998年1月底欧佩克一揽子油价为每桶13.73美元，到12月7日跌至9.69美元，1999年2月跌至9.6美元。受此影响，塔里木油田关井限产，年产量由1997年的420万吨降到410万吨。

塔里木石油会战，当初是向中国银行贷款12亿美元进行勘探开发的，每年生产的石油销售还贷，剩余资金用于勘探开发的投入。石油产量下降，对塔里木油气开发影响甚大。1998年勘探投资安排12.54亿元，比上一年度减少了2亿元。

当时，国家及中国石油正组织有关部门对西气东输工程进行可行性研究，这项耗资巨大的工程能否最终立项，取决于天然气资源能否落实。作为设计中的西气东输工程主力气源地，塔里木盆地的天然气资源能否落实，成为关键因素。

这时候出现一种意见，认为油价低迷，资金短缺，塔里木勘探应当以发现为主，现在如果投入大量资金将克拉2气探明了，万一西气东输工程立不了项，大量资金沉淀，得不偿失。

会战指挥部分管油气勘探的贾承造一时欲罢不能。塔里木盆地的天然气远离东部市场，周边地广人稀，市场狭小，天然气勘探开发的出路在于东部。他对国内外能源发展的趋势和天然气产业发展前景进行仔细周密的分析：第一，天然气是国际能源发展的趋势。天然气在全球能源消费结构中已占到20%以上，是矿物燃料中增长最快的一种，天然气作为清洁能源、稳定的价格与长期固定的市场，具有相当的优势与便利。中国天然气市场潜力巨大，当时天然气在能源结构中仅占2%，作为清洁能源的天然气不仅可以缓解能源需求快速增长的压力，而且对环境与人民生活质量的提升具有重要意义。第二，发展天然气是塔里木油气资源格局的要求。塔里木盆地是既富油又富气的盆地，从发展趋势看，天然气的发现很快会超过石油。第三，用发展的眼光看待天然气市场的效益问题，一是中国天然气市场具有做大的资源基础，具备形成规模天然气产能的条件，只要上了规模，就可以有效降低成本；二是随着国民经济的快速发展，沿海发达地区对天然气的消费也逐渐扩大；三是随着石油的紧缺，国际油价会上涨，天然气的经济性可能会提升。贾承造由此得出结论，落实规模天然气储量是塔里木勘探的首要任务，要大力发展天然气。

会战指挥部有关会议上，贾承造对上述思考做了详细的报告。领导班子完全同意贾承造的分析，做出决策：探明克拉2气田。对勘探部署做出重大调整，挤出资金满足库车凹陷勘探。1998年3月，贾承造在克拉2井还有最后完井测试的情况下，召集甲乙方勘探专家和技术人员到库车凹陷勘探现场踏勘，他们用6天时间踏勘了6条地质路线，然后在轮南油田召开勘探部署研讨会，明确库车凹陷勘探主攻方向，并做出具体部署。提出探明克拉2气田的技术路线：创新勘探阶段气藏描述技术，综合应用先进的地震、探井、测试技术，快速高质量探明克拉2气田。

从1998年3月开始，将克拉2构造的山地地震测线加密到2×2千米，并对克拉2构造区的全部地震测线进行攻关处理，到了6月，完成了克拉2号构造新的构造图，为上钻评价井提供了依据。随后上钻了克拉201、克拉202两口评价井。

到1999年初，克拉201井获高产天然气流。克拉202井却钻到了断层的下盘，失利了。3月，贾承造带领甲乙方石油地质人员和石油勘探局专家到克拉2构造现场踏勘，分析克拉202失利的原因。他们发现，克拉2号构造西南部地形复杂，被砾石层覆盖，野外地震资料采集基本为坑炮激发，致使资料品质变差，从而误导了地震资料的解释。

查到原因后，他们在拜城县城召开会议。贾承造要求，消灭坑炮激发，野外采集重新做，一律用井炮激发。4月，在克拉2号构造西南砾石区增加4条主测线、1条联络线。5月起，将克拉2号构造区域地震测网加密到1×0.75千米。根据新的处理解释而成的构造图，克拉2号构造形态清晰可见。

1999年9月，根据新构造图上钻克拉203井、克拉204井口。两口评价井实钻结果与新构造图基本吻合。

1999年11月到2000年3月，贾承造组织众多专家和各部门专业技术人员的工作协调会和讨论会。进过多部门和专业的协同作战，完成了克拉2气田的整体探明任务。

克拉2气田含气面积48.06平方公里，气藏幅度498米、圈闭幅度510米，探明天然气地质储量2840.29亿立方米，可采储量2130.22亿立方米。像这样特大型的整装天然气田，我国历史上还没找到过。之前最大的是南海崖13–1气田，克拉2气田规模是其3.18倍。克拉2气田不仅储量规模大，而且天然气品质优良，组分简单，甲烷含量达95%以上，为干气，基本不含凝析油、硫化氢和水，非常有利于高效益开发。

二

2000年4月的一天，45岁的王招明喝醉了。同事们用车将他送到家门口，他还坐在座位上呵呵笑着，傻乎乎的一副憨态可掬模样。王招明说，今天我太高兴了，我真的太高兴了。从事油气勘探20年，我们找到一个克拉2大气田，这样的好福气不是谁都能碰上的，我们碰上了，我今天真的太高兴了！

王招明1982年大学毕业，分配到克拉玛依油田研究院工作，当时27岁的王招明渴望跑野外，去勘探一线，去亲自发现油气田。

1987年他报名加入塔里木综合研究联队，和贾承造他们一起钻进南天山山区。王招明这人不善饮酒，平日喝一两杯脸就红了，也不善言辞，是个埋头读书干业务的"书生"。这一次喝醉酒是由于一件特大喜事。

2000年4月4日，国家油气储量委员会的专家们经过评审，批准了克拉2气田的探明天然气地质储量。这就是说，克拉2特型大气田得到了国家权威机构的确认。

西气东输工程随即被国家提上议事日程。

2000年9月，国务院总理朱镕基亲自来到塔里木油田。朱总理要亲自到现场了解一下塔里木天然气资源落实情况。当他亲眼看到一口天然气井放喷盛况，不由赞叹："好大的气啊！"

朱总理说，经过实地考察，我们认为塔里木盆地天然气资源是落实的。朱总理当场宣布，国务院批准西气东输工程立项，这个项目不但应该马上启动，而且应该尽快地建成。

朱镕基总理说："这是一篇大文章，大手笔。这是要在中国的地图上画上浓浓的一笔。现在我们既然定了，就要马上干！"

朱镕基总理抵达塔里木油田的那一天是9月7日。7天之后，9月14日，国家计委下文批准了西气东输工程立项报告书。报告书提出一个要求：塔里木油田要在今后两年内再找到2000亿立方米的天然气资源。

克拉2气田从发现到整体探明，仅用了两年不到的时间。这在塔里木盆地乃至中国石油工业发展史上都是具有里程碑意义的事件。它标志着塔里木盆地油气勘探进入一个新的历史时期，天然气的勘探成为发展战略的重点。西气东输工程从塔里木到上海全长4000千米，设计年输天然气量120亿立方米，2004年12月建成投入商业运行后，通过沿途多建加压站的办法，使其输气能力很快达到180亿立方米。中国能源结构由此发生改变，天然气这一清洁能源成为人们生活中必不可少的产品。塔里木作为天然气主力生产区，战略地位得到极大提升的同时，尽快找到更多的天然气资源，成为迫在眉睫的任务。

1999年2月，年已66岁的邱中建离开了塔里木，他已是超期服役了。1997年11月，贾承造接任塔指副指挥兼总地质师的职务，担负起领导塔里木勘探团队的重任，3年之后，2000年8月，贾承造调任中国石油股份公司任副总裁兼总地质师，离开了塔里木。

接力棒传到了王招明和他的同事们手中，寻找更多天然气资源的历史重担落到了他们这一代人肩上。

2000年寒冷的冬天，天空阴云密布，雪花越飘越稠密。南天山山区却一派繁忙的景象，迪那河畔的钻塔灯光照彻漫漫长夜，钻机轰鸣打破山野亘古的寂静。迪那2井和迪那11井正在钻进。

一年多以前，王招明和勘探界同事们在依奇克里克构造带中段部署了吐孜1井，这口井在上第三系盐下砂岩中获工业气流，发现了吐孜洛克气田。受此启发，他们将目光投向东秋里塔格构造带的迪那河畔，山地地震资料显示，迪那地区下面存在一个上第三系盐下大背斜。他们紧急派出地震队，将地震测网加密到2×2千米，用半年时间落实了迪那地区两口探井的井位。2000年下半年即落实上钻。

迪那河是一条发源于南天山深处一座雪峰的季节河，全长95千米，向南流入轮台县境。迪那，本是迪那尔的转音，是金币的意思，迪那河意为流淌金子的河。王招明他们将希望的目光投注到迪那河畔的迪那2井和迪那11井上。国家计委要求在2002年前再找到2000亿立方米天然气的重担就压在他们肩上。2001年元旦刚过，迪那11井的井下不安地躁动起来，钻遇天然气层，井口节流循环点火，火焰高达5~20米，全烃含量100%，甲烷含量96.7%。迪那2井却安静如常。到了4月份，仍然没有动静。井已钻到了4800米了，为什么不见一点动静呢？

2001年4月29日，有关人员蹲守迪那2井，密切注视井下情况。按地质预报，今天将进入钻探目的层。下午4点26分，钻至井深4875.59米时，钻头揭开高压天然气层仅0.2米，井口出现异常情况：泥浆液面上升0.5立方米，8分钟后上升到4.3立方米，井下压力由16兆帕上升到33兆帕！井上立即停钻、关井。井下压力持续上升，很快上升到67兆帕，抵近防喷器额定承载压力70兆帕。

晚上11时45分，迪那2井发生强烈井喷。

压井成功后，对迪那2井进行测试，日产天然气218.28万立方米、凝析油131立方米。天然气储层压力高于克拉2井。迪那11井随后完井测试，获日产天然气116.39万立方米、凝析油70.4立方米。迪那气田探明天然气地质储量1752.18亿立方米、凝析油1277.9万吨，是我国储量规模最大的凝析气田。

三

1998年到2001年，是库车凹陷天然气勘探高歌猛进的时期。特别是克拉2气田和迪那气田两个大气田的发现，使塔里木勘探家们摩拳擦掌，认为1997年以来持续不懈的库车山前高陡构造的科技攻关，已形成了一整套山地勘探技术和经验，勘探认识也大大深化了。依靠这些勘探技术和经验，在库车凹陷再获重大发现指日可待。北京的中国石油地质家们也对塔里木盆地库车凹陷勘探抱有很大的期待，只要找到大构造，且有好盖层、厚储层，再找到一两个克拉2这样的大气田是可以期待的。

然而，事与愿违。

2002年以后，库车山地勘探走入低谷。到2006年的四年中，一共钻探了预探井16口，钻探范围向东甩到轮南县以东的野云沟，向西到了库车凹陷西端的乌什凹陷。乌什凹陷的乌参1井经过数次加深钻探获得工业油气流，当时预测可拿到天然气储量1100亿立方米、凝析油7000多万吨。经过试采，这口井并不如预先想的那么好，产量下降很快，出水增大，2005年初关井。东部的野云2井在钻到5963.31米时发现井口泥浆溢流，点火焰高12~15米，测井解释发现天然气层16米，差气层34米，经过大规模加砂压裂后，仅获日产天然气不到1万立方米，而且产量递减很快，原因是井下砂岩储层致密，渗透性很差。

2005年9月，塔里木油田研究院的勘探研究所所长谢会文和库车项目组项目长雷刚林，组织彭更新、吴超、马玉杰、杨宪彰等科研人员开展对失利探井的研究分析，认为目前勘探战线太长，提出重回克拉苏构造带的思路。他们重新梳理克拉苏构造带原有的地震资料。这些资料多是1999年采集的，资料品质参差不齐，他们对这些资料一遍遍处理、解释和讨论，在克拉苏构造带共发现了20个构造。又经过反复精心地筛选，上钻了克拉4井，希望由此打开突破口，一扫几年来屡遭挫折的沉闷之气。

但是，克拉4井从开钻不久就很不给力，实际钻探结果与设计上误差很大，钻到5050米井深仍未见到预计中的目的层。他们只得将克拉4井加深到5600米，目的层仍未见到，再次加深到6150米，依然如此。第三次决定加深到6500米。钻达6358~6363米时，井下见到气测异常，并且揭开了古近系白云岩层段。据此分析，巴什基奇克组砂岩应该不远了。

令人沮丧的是：克拉4井钻到6392.5米时却发生了严重卡钻事故，解卡无果，被迫完钻。

失败的打击是沉重的，库车项目组项目长雷刚林心情沉重无法言说，像有块石头在心头压着。这位脾气爽快、干起工作风风火火的青年人经常彻夜无眠。只要一闭上眼睛，一口口失利的探井就在他脑海里电影一般掠过。十多口探井失利了，交了那么多的"学费"，下一口探井在哪里？它会不会成为又一口失利的探井？

雷刚林这年35岁。1991年石油大学毕业来到塔里木，一直跟着老一辈地质家梁狄刚、贾承造他们搞油气勘探，业务上进步很快。现在，他们这一代人被历史推到了担当重任的岗位上，感到了肩上前所未有的压力。雷刚林想起勘探界流行的一些说法。一种说法是：塔里木盆地油气勘探存在着"独生子"现象。1958年库车凹陷发现依奇克里克油田，此后勘探家一直寻找第二个依奇克里克，苦苦寻觅40年而无果，依奇克里克当了40年"独生子"。1977年在昆仑山前发现柯克亚油气田，此后石油工业部调集队伍，在塔西南地区开展大规模会战，三年一无所获，到现在都没有在那片地区找到第二个柯克亚类型的油气田。另外一种说法是，克拉2气田埋藏深度适中，储层在3000多米至4000米之间，可是这样埋藏深度适中的构造很难再找到，再往下，由于上部地层的压实作用，储层会被压实，像野云2井那样变得很致密，6000米以下，储层趋于死亡。

难道库车凹陷勘探要由他们这一代人手里画上一个长长的休止符？

雷刚林患上了失眠症。

四

雷刚林和同事们把目光投向克拉苏构造带西端的大北。

早在1995年，勘探研究人员在拜城县城西南约40公里的地方发现一个地下盐拱背斜。因为此地名为大宛齐，构造遂命名为大宛齐构造。大宛齐1号探井钻入几百米即喷出工业油气流。由于油藏储量规模只有613

万吨，在当时一心寻找大场面的石油地质家们眼里，大宛齐油田只是个不起眼的"小金豆子"。1997年科技攻关战役打响后，地质研究人员认真分析这粒"金豆子"的油源，认为是深层盐下主力油气藏沿北侧断裂向上运移的结果。他们对大北（大宛齐油田之北的简称）地区加大了地震勘探攻关的力度，测网密度达到2×2千米，地震资料清楚显示出古近系盐下构造的轮廓。

1998年5月上钻大北1井。1999年9月，在5550~5596.5米井段钻遇白垩系巴什基奇克组砂岩，对大北1井测试，日产天然气6.64万立方米。初步预测，大北气藏天然气储量规模为千亿立方米。

大北1井取得突破，将克拉苏构造的勘探有利区域，从克拉2气田向西推进了200多公里。但大北1井日产天然气区区6万多立方米，且砂岩储层厚度仅46米，与克拉2气田相比，不可同日而语。被克拉2气田和迪那2气田撑大了胃口的石油地质家们，当时用轻描淡写的目光看待大北的发现。

后来又上钻了大北2井，一年之后在白垩系巴什基奇克组5658~5669.5米井段测试，获日产天然气45.5万立方米。2005年钻探大北101井，同样获得高产天然气流，而且白垩系巴什基奇克组砂岩厚度达到283米！

这让石油地质家们对大北刮目相看。

谢会文、雷刚林和库车项目组同事们经过对山地三维地震叠前深度偏移攻关处理资料的精细解释，对大北的3口探井进行研究分析后，认识到大北气田并不是最初人们认为的气藏受简单背斜所控制，他们认为大北气田主要受多个断块控制。接着又在不同断块上钻3口探井，全部获得高产、稳产的天然气流。

2005年9月，他们确定了在大北1井以东的大北3区块上钻大北3井。12月22日，大北3井开钻。

大北3井开钻不久，几乎走上与克拉4井相同的命运之路。大北3井设计井深6500米，在钻达6000米井深的近一年时间里，发生8次井漏，2次泥浆溢流。值得庆幸的是承钻大北3井的70148钻井队是一支过硬的钻井队，他们事先做足了预案，主动提出把这口高风险探井当作总承包井来打，全勘探公司的技术精锐全抽调到这口井上"保驾护航"，使得上述复杂情况化险为夷。

2007年3月初，井深达到6150米。根据设计，应该钻达目的层白垩系巴什基奇克组砂岩，而实际钻遇的仍然是大段的盐层和泥盐层。钻到6536米，还有14米就钻达设计井深了，仍然不见白垩系巴什基奇克组砂岩的影子。

这口井的膏盐层厚达1071米，比原预测的要厚得多。

雷刚林和库车项目组同事们重新对地震资料进行研究，结合当时测井资料，反复讨论后认为，大北3号圈闭是落实的，但上部盐层比原来预测的要厚，目的层应该在6560米之下，再次决定加深钻至6800米。

7月20日，大北3井钻达井深6800米。井底层位仍然在膏泥岩层段。

大家顿觉茫然。不同意见纷至沓来。有人认为，大北3井极有可能是第二口克拉4井。有人预测，白垩系巴什基奇克组砂岩极有可能在8000米深处，现在井眼小到只有101.6毫米，使用的是小钻杆，肯定是打不到那么深了。更有的人老调重弹：即使井打到8000米，8000米深处的储层被巨大压力压实了，物性会变得很差的。

经过反复讨论，大家在一个问题上看法趋于一致：大北3号构造圈闭是落实的。总地质师王招明对大家说，盐下构造特点是，只要圈闭是落实的，就有油气。现在要弄清楚，目的层白垩系巴什基奇克组砂岩到底埋得有多深。

大家开始再次对资料重新梳理，重新标定，重新解释。

他们将大北3的资料与大北1、克拉2气田做对比，进行反复讨论和研究，最终确定大北3的目的层可能在7300米左右。

7300米！

王招明和石油地质研究人员研究分析后决定，将大北3井加深到7400米。

大北3井继续钻了下去。这是冒很大风险的钻探，小钻杆在直径只有10厘米的井眼里旋转，而且是在距离地面7千米的深处！大北3井钻到7072.81米时，井口没有返出泥浆，紧急起钻，刚提了两根立柱即卡住了。可喜的是，此前已经在返出的泥浆中见到了细砂岩，说明已接近目的层了。

离胜利只有一步之遥。

井下钻具被卡死了。在已经叩响胜利之门的时刻，井却钻不下去了。

井下钻具总重量170多吨，要解除卡钻极其困难。弄不好井会报废，还可能酿成大事故。如果就此完钻，大家实在不甘心。尽管有的同志预测下面的白垩系砂岩被压实，渗透性肯定不怎么好，但是，大家还是想打开目的层看看究竟。

甲乙方一起研究。大家想法一致：既然我们辛苦了一年多时间，用踢足球的行话说只差"临门一脚"了，现在想尽办法要踢出这"临门一脚"！

决定用侧钻的办法，继续钻下去。

井眼101.6毫米，钻杆60.33毫米，小心翼翼往下钻，在7000多米深的井筒里，60.33毫米小钻杆简直像麻秆一样细弱，稍不小心就会折断。

又往下钻了30.88米。

多么宝贵的30.88米！

年近六旬的钻井监督彭建传在最后40多天里，每天睡眠不超过5小时，梦里都有麻秆样的细钻杆晃悠晃悠地旋转，他最怕断钻具，一断大北3井彻底砸锅了。

井钻到7090.88米，井下温度150度，地层压力120兆帕。

2007年8月10日，大北3井进行测试，用6毫米油嘴求产，日产天然气41.69万立方米。

雷刚林和库车项目组同事们为此而欣慰。大北3井经过三次加深，在钻井技术专家们强力“保驾护航”下，侥幸钻开目的层30.88米。

只这30.88米，打开了一个崭新的天地！

雷刚林的心情可用“一则以喜，一则以忧”来形容。喜者，大北3井在7000米之下钻开目的层，白垩系巴什基奇克组砂岩的物性仍然很好。忧者，当初作钻井设计时，他们反复研究地震资料，却无法预测到，目的层比设计深了500多米。这说明：对于深度超过6000米的油气藏，目前的地震资料是不合格的。要向深部勘探进军，必须攻克地震勘探技术难关，解决6000米深度以下的地震资料品质问题。

下篇

一

2002年以后，库车凹陷天然气勘探跌入低谷，与克拉2气田处在同一排构造带的几大圈闭的钻探全部失利：博孜1井被迫完钻、克拉4井工程报废、西秋1井无奈停钻。分析结果，地震资料品质差是其中主要原因。

物探专家严峰吃饭不香，睡觉不甜。

作为物探专家，严峰听到诸如"高点带弹簧、构造带轱辘"这样的嘲讽，心里就很沉重。他想，物探是地质家的眼睛，资料品质差使地质家的眼睛"看"不清地下真实情况，物探人是有责任的。严峰1981年大学毕业就在塔里木盆地干物探了，跟随中美合作地震队进沙漠，跟随山地地震队钻天山，大冬天与地震队员一同在荒原胡杨林里放大线。总之，严峰从不把自己关闭在研究室里。1996年首次在克拉1号构造实施山地三维地震，这次施工是由他主持的，结果出来的资料品质差，没有达到预期效果，严峰认真分析原因，发现是仪器接收道数少、激发技术不过关等因素所致，他立即改进，后来在克拉2、迪那2气田都获得高品质资料。

严峰在塔里木干物探30年，业余时间没啥个人爱好，就是读书看资料，在外人眼里严峰这个人没啥生活乐趣。物探队的人却对严峰赞誉有加，称他是"活地图""活资料"。只要谈起物探技术，严峰立刻像换了个人似的，显得特别活跃，思维敏捷，话语滔滔不绝。每次科研攻关都少不了严峰，他一站在地震剖面图前，人们立刻看见一个知识渊博又思维活跃的物探专家。

2002年以来库车山地一口口探井失利，人们抱怨物探资料差，严峰听了心里很不是滋味。地震资料品质差，但要提高资料品质又谈何容易呢？他想起，东部黄土塬地震勘探曾用过宽线技术，如果把这项技术引入到塔里木盆地山地勘探中来，会使资料品质有所提高。甲方采纳了他的这一建议。2004年先在昆仑山前地震勘探中进行试验，甲方委托严峰和他的技术团队具体实施。有的物探专家表示反对，认为宽线技术成本高，做一条测线相当于好几条一般测线的价格，而且施工条件和要求都很复杂。工人们也对宽线技术不感兴趣，试验来试验去，大大影响了施工进度。严峰耐心做说服工作，试验做下来，资料品质有了明显提高，但仍不理想。严峰和他的团队继续试验，一方面增加单线覆盖次数，大幅度改善深层资料信噪比，另一方面进行横向大组合检波器试验，将单个检波点由30个检波器增加到90个，横向最大组合距离由常规的不到40个增加到120个，提高了信噪比。将宽线和大组合两种技术方法联合应用，一种名为"宽线十大组合"的地震勘探技术由此诞生，人们又称之为"强强联合"。

试验的结果，一级品率由原来的不足20%，提高到60%以上。同时，物探局专家们在资料处理解释上创新了6项新技术，其中处理4项，解释2项。

塔里木油田勘探家们决心向克深区带发起勘探攻关战役，首选克深2号构造圈闭。

早在1998年克拉2气田发现后，地质研究人员曾发现，在少数地震剖面上显示出在克拉2构造的下盘发育有古近系盐下构造，但是由于太深，模糊不清。2006年对这一区域首先部署一条技术攻关测线（BC06-220K），承担攻关任务的四川山地队组织技术骨干，根据宽线+大组合的要求，设计出4炮3线，把所有创新技术都用在这条测线上。这条线完成后，经过精细处理解释，资料上清晰地显示出深部的克深2号构造轮廓。克深2号构造位于克拉2气田西南方向11公里，但目的层白垩系巴什基奇克组砂岩埋藏却深了3000多米。

　　2007年，雷刚林他们又在这片区域实施5条"宽线＋大组合"攻关测线，发现了克深1、克深2、克深3、克深7、克深8等多个构造圈闭，并准确落实了克深2构造圈闭。

二

　　在上钻克深2井的论证会上，塔里木油田勘探家们对地震资料品质给予了一致好评。大家担心另一个问题：克深地区至今还没有一口探井钻穿古近系进入白垩系，钻探存在一定风险。中国石油决策层认为这个风险值得冒，很快批准上钻克深2井，并把克深2井作为中国石油的重点风险探井。

　　老领导邱中建这时来到塔里木探区调研，对这口探井寄予厚望。他对王招明等人说，大北3井在7000多米获得高产天然气流，如果克深2井勘探获得成功，那么可以论定，从克拉2气田往西一直到大北气田，下面是一个连片的天然气富集带，这个场面会很大。

　　2007年6月19日克深2井开钻。2008年8月钻入白垩系巴什基奇克组砂岩，8月31日对白垩系巴什基奇克组6573~6697米井段测试，用8毫米油嘴求产，日产天然气40万立方米。

　　库车山地多年沉寂，如今又一次发出洪亮的天然气呼啸之声！

　　克深2井的突破是战略性的。它使勘探家们看到一个广阔的天然气勘探前景，从克拉2气田向西到大北气田，200多公里的克深区带上，只要盐下构造圈闭落实得准，可以说钻探一个成功一个。

　　塔里木油田决策层果断决定，迅速在克深地区部署1826平方公里的新山地三维地震，要求施工队伍"采取革命性措施，确保资料一级品率达到60%以上，对不合格的资料推倒重来，重新采集。”这次大面积的山地三维地震勘探，使克深2至大北气田的广大区域三维地震连片，将克深地区盐层以下的面目清晰展示给勘探家们，像尘封太久的宝库的大门被推开，阳光第一次照了进来：琳琅满目的奇珍异宝让人眼花缭乱，目不暇接。从东向西200多公里范围内，叠瓦状似的排列着二十多个构造：克深1、克深3、克深5、克深6、克深7、克深8、克深9、克深10、克深11、克深14……

勘探家们欣喜若狂，他们信心满满地说，拿到2万亿立方米天然气储量，可以说没有问题了。

三

2016年4月3日，气候宜人的巴塞罗那迎来了一批世界石油勘探界的客人。美国石油地质家协会（AAPG）和国际勘探地球物理协会（SEG）在这里联合举办国际学术会议，全球石油天然气勘探界的精英云聚这座美丽的地中海之滨城市。他们中间，有享誉世界的地质学巨擘，有科研院所、高等学府的著名专家学者。会议以“合作共赢，面对挑战”为主题，近千名与会者的目光聚集在全球面临低油价这一严峻形势下，石油天然气产业如何迎接应对挑战这一战略问题，并对石油天然气产业未来发展趋势做出分析评估。

会议就以上议题展开广泛讨论。

形势严峻，议题是沉重的。人们现在还看不到油价低迷的尽头。忆往昔，“回首分携，风光苒苒菲菲，曾几何时，疑梦还非”，十多年前油价一路走高，像一口憋足能量的油井突然喷发，扶摇直上青云，于是有专家学者断言：低油价的时代已经一去不复返了……言犹在耳，近年来油价却又如过山车一般，飞速跌入谷底，且回升乏力。在全球化步伐不断加快的今天，世界各国面对挑战需要密切合作，更需要提振信心。

在阴云密布之时，人们希望天际能够射来一缕阳光。

在遥远的东方，一缕灿烂的阳光从云隙间照射过来。这缕阳光来自东方的中国。一位中国青年学者在大会上的发言，让人们眼睛为之一亮，这束希望之光把会议引向了高潮。这位中国学者看上去那么年轻，却自信从容，用无可挑剔的流利英语讲述发生在中国西部天山南麓山前的勘探故事。近年来，中国勘探工作者在那片号称"世界勘探禁区"的前陆盆地接连获得重大突破，在6500米地层深处发现13个大中型天然气田，拿到了超过万亿立方米的天然气地质储量。坚冰已经打破，航船已经启程，用不了太多的时间，他们会在那片狭长的万山丛簇之地拿到两万亿立方米的天然气地质储量。

他叫能源，1982年出生在大庆油田的一个偏远小矿区。在采油小队担任指导员的父亲，给他起了这个名字，寄托了这位干了大半辈子石油的父亲的期望。

2010年，已成为中国石油大学构造地质学博士的能源，进入塔里木油田博士站攻读博士后，从此留在塔里木，一干就是六年。六年中他跟随王招明、谢会文、雷刚林一起去南天山里跑地质剖面和露头，研究地震资料，一起度过许多个忙碌的日日夜夜。

中国青年学者能源发言的话音刚落，一位留着大胡子、戴着近视眼镜的学者首先从座位上站了起来，用热烈的鼓掌为中国同行点赞！他是世界著名的美国地质学家马克若恩。在他看来，中国西部所发生的不仅仅是一桩感人的勘探故事，更是一个不可思议的奇迹。自从石油天然气投入工业开采以来，一百多年中，勘探家的足迹走遍全球，那些比较容易发现的油气田，无一例外地进入勘探家们的视野，被开发出来，勘探不断地向环境极为恶劣的地区转移，钻探的深度由最初的几百米发展到4000~5000米。油气勘探难度越来越大，对科学技术要求越来越高。之前，勘探家们趋向这样一种认识：6000米以下的砂岩储层中不会再有油气，因为这样的超深地层下，储层的孔隙被压实，6000米是油气储层的"死亡线"。

现在，中国人打破了这个戒律。他们在6500米之下获得重大突破，而且每口井都获得高产。

天山南麓山前地带，勘探家称之为"库车凹陷"，凹陷是相对于盆地而言的次级构造单元，因为它的大部分位于塔里木盆地北缘库车县境，所以称之为库车凹陷，而地质家们则称之为"库车前陆盆地"，强调的是在板块挤压环境下形成的一类山前盆地。与会的西班牙地质学家安童莫尼兹教授是研究前陆盆地的权威。安童莫尼兹为中国研究前陆盆地的同行们取得如此巨大成就而由衷地敬佩。

他走向前握住中国青年学者能源的手，仔细端详那张稚气未脱的圆脸，问道："你的那个远在中国西部的工作团队，他们都和你一样年轻，和你一样自信吗？"

安童莫尼兹终生研究比利牛斯前陆盆地。他的研究成果为世界同行们所公认，被视为欧洲研究比利牛斯前陆盆地坐头把交椅的专家。目前，安童莫尼兹在欧洲一所大学任教，他不久要退休，退休后继续潜心研究比利牛斯前陆盆地。

他得到中国同行这样回答："是的。他们和我一样年轻，对事业充满自信。由于会议名额所限，由我代表大家来参加这个会议，我是个幸运者。如果他们中任何一人作为代表与会，我相信他们都会像我一样。"

安童莫尼兹继续问："你们取得了这样巨大的成就，能否告诉我，你们的目的是什么？"

中国的年轻学者略一思考，回答："我们目前所做的一切，是为了让后来者能超越我们。"

安童莫尼兹凝视面前的年轻人，倾听他继续说下去："我们的故事不是十几年前才开始的，而是起始于六十多年前。六十多年中，我们几代人不懈地努力着。"

能源的目光投向会议大厅外，透过高大宽敞的落地窗，可以看见蔚蓝的地中海。一瞬间，能源脑海闪现一个欧洲大地质家的名字：修斯。1893年，修斯经过一番深思熟虑之后，做出这样的推测：古老的地中海在两亿多年前十分广阔，从印度尼西亚，经过喜马拉雅和小亚细亚到西欧阿尔卑斯，曾是一片汪洋。由于地质构造运动，喜马拉雅等高大山脉的崛起，地中海退缩到现在的位置，它所占据之处，蕴藏了巨大的油气资源，被人们称为"特提斯油气富集区"。如今的地中海只有250多万平方公里的面积，但是在人的眼里，它依然广大壮阔，海风吹拂广阔海面，滚滚波浪拥抱着伊比利亚半岛的礁石，波涛绽开雪白的浪花，在数千万年前，它们或许抚摸过天山和昆仑山前的山崖。

能源继续说："我们几代石油地质工作者，就像地中海的波涛一样，后浪推着前浪，不断前进，走到了今天。"

今天，库车凹陷天然气勘探渐入佳境。

1998年，库车凹陷勘探打破了40年的沉寂，克拉2大气田横空出世，推动了我国西气东输工程快速上马。2004年12月31日，西气东输工程投入商业运行后，年输气量迅速达到年设计的 120 亿立方米。通过技术改造，进一步提高到 180 亿立方米。塔里木年生产天然气达到 235 亿立方米，除向西气东输供气 192.68 亿立方米外，还向周边五地州近 600 万人民供天然气，年供气量达 26.23 亿立方米，使塔里木盆地周边 60% 以上人口用上了天然气。

自克深 2 气藏发现后，每年都有规模上千亿立方米的天然气藏被发现，克深 1 号、克深 3 号、克深 5 号、克深 8 号、克深 9 号、博孜 1 号、克深 6 号、克深 10 号、克深 11 号、克深 14 号……

雷刚林和他的项目组同事们比过去更加忙碌。但是，他们一贯践行着严谨细致的工作作风，每当一口新的探井进行论证前，他们都要走进南天山深处，爬上一座座山峰去看地质剖面和露头。

站在山峰之巅，山谷的风迎面吹来。他们想起 60 年前伴随他们脚步的一首充满青春朝气的歌，曾在这片群山间回荡："是那山谷的风，吹动着我们的红旗；是那狂暴的雨，洗刷着我们的帐篷……"

一代代地质家就是这样走进南天山的。他们从事的是同一桩事业，他们的足迹汇成一条长河，汩汩不息地流淌而来，开始是小溪流，终成波涛汹涌、惊天动地的海洋。

这个故事还在继续。

2016 年 4 月，一位中国的青年学者能源在地中海之滨的巴塞罗那讲述这样一个西部勘探故事，让全球石油勘探界为之震撼。在会议大厅外的地中海上，特提斯海神轻盈的身影在碧浪上翩跹起舞，她那玫瑰般的笑靥向东方投去一瞥，那里发生的传奇故事或许让她怦然心动。一位东方巨人曾写下一首词，我们将其中两句借来作为本文结尾：

神女应无恙，当惊世界殊！

【**作者简介**　李明坤，新疆作家协会、中国石油作家协会会员。在《中国作家》《西部》《绿洲》《红岩》《地火》等刊物发表小说、报告文学约120万字。著有小说集《钻塔下》、长篇小说《西部有朵无雨的流云》、长篇报告文学《日出南天山》等。中篇小说《钻塔下》获开发建设新疆文学奖，中短篇小说集《钻塔下》获首届中华铁人文学奖。】

天降大任

毕鸿彬

2013年9月和10月，习近平总书记先后提出共建"丝绸之路经济带"和"21世纪海上丝绸之路"的重大倡议，"一带一路"成为热点话题。借用古代丝绸之路的历史符号，中国正在深度融入世界经济，而作为古丝绸之路重要枢纽的新疆，在一带一路全新时代背景下，适逢新的发展机遇，将发挥重要作用。独山子这个位于准噶尔盆地西南边缘的石油基地，已走过了百年风雨历程，它是中国石油三大摇篮之一，见证了新疆石油工业的发展。在一带一路经济战略的引领下，不能不对它千万吨炼油和百万吨乙烯工程进行浓墨重彩的书写。

2005年2月，举世瞩目的国家西部大开发标志性工程之一、国内最大的炼化一体化工程——独山子千万吨炼油百万吨乙烯工程获国务院批准。这一激动人心的消息鼓舞了独山子各族人民，在独山子这片热土上迅速掀起了建设热潮。工程建设，电力先行，热电厂6号炉建设由此应运而生，成为千万吨炼油百万吨乙烯工程的重要配套项目之一，也是计划内要第一个开工的项目。作为热电厂一名员工，我有幸参与了6号炉建设，见证了建设全过程，度过了一段难忘的岁月……

第一章 号角吹响

玛依塔克的技术协议

2004年10月，北京秋高气爽。

北京西四环北路坐落着一座朴素的七层楼，每到夜晚，从远处就能看见悬挂在楼上的霓虹灯招牌上闪闪烁烁的字样——"玛依塔克宾馆"。在高楼林立的京城这座楼并不起眼，但对于远在新疆的独山子人来说，它却不同寻常。来到北京的独山子人看见玛依塔克这几个字就会感到亲切，住在这里就有了归属感，在这里能碰到家乡人，吃上新疆饭，仿佛独山子就在身边。这里是独山子驻京办事处，也是千万吨炼油百万吨乙烯工程指挥部驻京工作地点。

距此不远处是几个有名的地方，香山、颐和园、中关村、燕莎友谊商城……这里交通便利，不论游玩还是购物都很方便。

焦永健和尚秦玉、李建军等人已经在这里待了两个月，他们在这里过着几乎封闭的生活，楼门都很少出，更别说去观光、购物了，他们正肩负重任。

独山子要建千万吨炼油和百万吨乙烯工程，这一千载难逢的机遇让独山子成为举世瞩目的地方。建设如此宏大的工程，必须有可靠的电力系统做保障。独山子只有一个年发电量10万千瓦的自备电厂，随着生产、生活的不断发展，用电、用气量不断增加，每年热电厂冬季都几乎无备用余量，扩建热电厂早已是许多人的心愿。为提高独山子电网的供电可靠性，满足独山子热力负荷和电力负荷发展的需求，石化公司决定热电厂新增一台额定蒸发量为每小时220吨的6号供热锅炉，同时再建一个30万千瓦的动力站，向大炼油、大乙烯供电。6号炉扩建项目被作为千万吨炼油百万吨乙烯工程的重要配套项目之一，也是计划内要第一个开工的项目。

2004年8月初，身为热电厂副厂长的焦永健奉命前往北京进行动力站前期工作及建设6号炉初步意向的准备工作。这个毕业于浙江大学热能动力专业的大学生，不但有扎实的理论功底，还在汽机车间担任了5年的主任，任副厂长也已两年，有丰富的现场实际工作经验。他却不敢有丝毫的马虎，他深知这项工程的重大意义。建设6号炉将起到为千万吨炼油百万吨乙烯工程冬季施工和独山子炼油厂、乙烯厂冬季大负荷生产提供供热保障的作用，对大发展工程的顺利进行及独山子地区人民的生产、生活有着重大影响，而动力站建设更是意义非凡。

随焦永健一同前来的几位同志都是热电厂各车间的技术骨干，他们是建设6号炉的排头兵。面对这样重要的一个工程，大家都有一个共同的愿望：要干好这个项目。来到北京后，他们一头扎进了工作中，考察、询价、查阅资料、技术交流。吃、住、工作都在大楼里，每天工作十几个小时，几乎足不出楼。

10月份的一天，一个中等个头，留着小平头的年轻人出现在办事处大楼里，大家见到他都高兴地叫起来："严飞！你来了！"严飞露出了大家熟悉的腼腆的笑容。他太高兴了，能和同志们一同参与6号炉建设，怎能让他不兴奋。

一个多月的努力见到了成效，一份70多页的技术协议初稿完成了。焦永健组织大家一条一条过目，集体讨论修改意见。不久，哈尔滨锅炉制造厂、上海锅炉制造厂、东方锅炉制造厂派代表来到北京进行交流，针对技术协议框架进行了一周的讨论，厂家带着资料回厂了。

大家都清楚，工作只是刚刚开始，一切都刚刚起步，前方等待他们的是艰苦的跋涉。

构建 6 号炉工程

2005年4月底的一天，一架银色的飞机穿越云层，向北京飞去。机上一位中年男子双眉微蹙陷入沉思，他就是热电厂厂长王庆荣。这次他是专门赴京参加6号炉技术协议初步审查会的。乘机飞行，他的思绪在脑海中翻腾。建设独山子千万吨炼油百万吨乙烯工程的号角已经吹响，独山子人豪情万丈。中石油集团公司领导明确指出要把此项工程建成"五个一流"工程，即：采用一流技术，按照一流标准，选取一流设计院，引入一流施工单位，建设一流工程。6号炉作为千万吨炼油百万吨乙烯工程配套工程是第一个要开工的项目，这个头一定要开好，要干成样板工程，要在独山子大发展的建设中添上热电厂人浓墨重彩的一笔。天降大任于是人，这是何等荣耀，何等令人兴奋的事。机遇和挑战并存，责任和压力并存。

机舱里许多人都已睡着，王庆荣一直在默默沉思，他忘不了初来热电厂时见到的场景。由于锅炉存在设计不合理之处，加上提供给热电厂的煤种挥发分高，造成锅炉结焦、煤粉闪爆等一系列问题，工作环境不但不利于员工们的身体健康，而且容易发生设备及人身伤害事故。再不能这样下去，以往的教训一定要吸取，必须从设计源头上抓安全。机舱内十分安静，于无声处，他已目光炯炯，心中激情荡漾。

在北京工作组动力站的同志们见到王庆荣厂长都十分高兴，他们在这里废寝忘食地工作，舍小家，为大家，为的就是不负家乡父老的殷切期望。半年来他们考察了国内多家先进电厂，查阅世界一流企业的产品性能，了解先进的技术与管理，付出了大量心血。厂长的到来带给他们关心和支持使他们备感温暖，更增添了干好工作的决心。

6号炉与动力站设计报告初步审查会如期召开，会上通过了设计报告，设计任务由新疆电力设计院承担，中石油集团公司委托华北电力设计院审查新疆电力设计院的设计。热电厂向设计方明确提出了设计理念：一是要把多年来热电厂以及兄弟电厂科学、成熟的锅炉运行经验化作设计思路融入6号炉设计方案中。二是要把多年来热电厂在锅炉运行中"吃过的亏"从设计上予以消除。三是要在设计上使炉型适应市场煤种所需。四是要从重视安全的角度考虑，从设计上避免煤粉闪爆的现象发生。五是在设计上体现先进性及前瞻性。六是要提高大负荷运行生产的能力，避免锅炉结焦和炉管冲刷腐蚀。七是实现生产过程实时监控。八是充分体现环保意识，除尘方式为烟气布袋式除尘器。6号炉设计容量为220t/h的蒸发量，按照国内同行业厂家已经证明的生产经验，采用乏气送粉技术减少制粉系统的中间环节，有效减少煤粉爆燃的概率。

构建6号炉工程的大框架已经显形，要不了多久一张张图纸就要捧在人们的手中。从设计到点火投运，整个工期只有不到一年的时间，形势十分紧迫。

艰难推进

初步审查会上确定6号炉采用布袋式除尘器，采用此项技术在新疆还是首例。能否满足环保要求？新疆维吾尔自治区环保局的同志持怀疑态度，严飞带着环保局的同志踏上了去内蒙古考察的路程。不久，热电厂收到了自治区环保局的批复。

2005年5月，严飞与锅炉车间的田志、杨紫泉在北京又待了20余天，与其他同志一同进行6号炉技术协议谈判，经过谈判确定6号炉要增大断面热负荷，增加周界风，6号炉要采用目前国内同炉型最好的设备及技术，烟气布袋式除尘系统、DCS控制系统、锅炉安全监控系统、风粉在线监测系统、炉管泄漏监测系统等都列入其中，这些系统的采用将提高6号炉自动化程度，减轻员工的劳动强度，增加设备的可靠性。

2005年8月5日，6号炉工程建设项目经理部成立，下设6号炉扩建办公室，严飞是办公室负责人。在项目部成立的同时，下设的七个专业小组立即同步履行职责开展工作，以避免建设后期仓促上阵的混乱局面发生。

近年来，我国国民经济在宏观调控下持续快速发展，为电力行业的发展带来了重大机遇，同时也带来了严峻考验。自2003年夏季以来，中国出现了大范围的电力供应短缺，2005年电力紧张的形势更加严重。全国各地新建电厂很多，电力市场火爆，电力设计院和电力设备生产厂家忙得连30万千瓦以下机组的活儿都不愿接，6号炉的设计和设备采购无疑会遇到许多困难。经过两次开标，确定由东方锅炉厂生产主要设备。

2005年8月15日，第一次设计联络会在东方锅炉厂召开，新疆电力设计院与东方锅炉厂等厂家在会上进行了沟通。会议一结束严飞就赶回独山子。他很少休息，天天加班，从一联会开始到9月15日将所有设备订单发出，仅用了一个月时间。8月末新疆电力设计院开始施工图设计，9月完成与厂家的设备技术谈判工作，进入设备采购阶段。工作在不断向前推进，严飞开始了不着家的生活。

为了使设计任务能顺利进行，严飞从9月份开始频繁往新疆设计院跑。由于我方、设计院和设备生产厂家之间所站角度不同，存在的问题很多，协调工作量很大。严飞负责协调工作，要把进度催上去，不然设计院就去干别人的活儿了。他心里急得火烧火燎，可设计院的人一开始根本不在乎他。刚开始到设计院，院里的人都不认识他，他自报姓名，说明来意，遇到男同志就主动给人递根烟，聊一聊，套套近乎，见到有人在电脑上玩游戏，他就凑上去指导一下，想方设法和设计人员拉近关系。"你们搞设计的对我们的运行生产不太清楚，我们还是多沟通为好。"他打算和设计人员打持久战。设计院内部上午、下午给每个办公室提供一次咖啡，由于他经常待在院里，最后连倒咖啡的服务人员都认识他了。

国庆节到了，当严飞得知长假期间设计人员要休息时，急得跑去找院长，请求院长让6号炉的设计人员加班。在他的恳求下，6号炉的设计人员也没有休息，他陪着设计人员一同过了一个不放假的节日。

2005年4月，6号炉所有图纸设计完毕。

爸爸，来我们家吃饭

寒冷的风吹不息人们过年的热切心情，遥远的路途阻挡不了人们归家的匆忙脚步。2006年春节来临了，铁路线上火车在飞奔，云雾之上飞机在穿梭，车船往来，人潮攒动，神州大地过节的气氛随风荡漾。

在外奔波的人该歇一歇脚了，严飞像一只倦鸟也累了。从2005年12月到东方锅炉厂蹲点监造设备，他一直就没回过家。他想念五岁的儿子那稚嫩可爱的小脸，还有妻子那散发着暖意的温柔，可是他不能回去，他的肩上担着重担。一个人在外，孤独自然少不了，但他的心并不寂寞。

他最关心的是6号炉的设备制造，有关制造上的事占满了他的脑子。6号炉的主厂房及设备基础施工已经开始，设备厂家也开始制造产品，从源头抓安全，就得从设备制造上抓起，确保设备质量合格。严飞到了厂家后，就急于检查东锅厂（简称）的质量保证体系，可厂家有的人却很抵触："我们给你造出东西就行了，你还要查我们，查什么查！"

严飞说："我只关心你们是否用完善的质量保证体系运作，只关心我们采购的设备质量能不能得到保证。"

来到东锅厂后他目睹了其他厂家的设备被制作的过程，厂家在制造锅炉集汽箱时，由于引出管线太短，机器没法做，只能人工做。制作中温度不能超过700度，全凭经验，很不好掌握，一不小心就出现了过烧现象。严飞可不想看见自己厂的设备在制作中出现这样的事，他坚持要求厂家加强质量监督。当时厂家人员紧张，在锅炉制造的质量监督上派不出那么多人，严飞一着急找到了东锅集团公司领导。在他的坚持下，最后由联箱分厂厂长出面来解决，专门安排了这方面的人，把住了质量关。

严飞清楚他们的质量体系很完善，但是否执行就要靠自己盯着了。一旦设备制造好，发现质量上有问题，就得重新制造，既耽误工期，又会给厂里带来经济损失，而如果问题没有被及时发现，就如同给日后的安全生产埋下一颗随时都会爆炸的"炸弹"。在监造上一点也马虎不得，他把时间都耗在了监造和学习上。

该过春节了，忙了一年的人们都热切盼望着享受一家团聚的喜庆，厂家也要放长假，严飞只好在大年三十的前一天赶回独山子。

在严飞忙于催图和监造的这段时间里，6号炉于2005年9月28日破土，到11月中旬锅炉基础和厂房框架基础已浇筑完，立柱支模工作也在加紧进行。天气逐渐转冷，热电厂迎来了又一个冬季大负荷生产。为了防止气温骤降到零度以下影响土建施工，施工人员在基础坑内敷设了蒸汽管线，对施工用水线也进行了保温。工地上一股股蒸汽像一条条小白龙从坑道里窜出，它们在空中纠结在一起，耗尽了力气，散成一团团白雾，弥漫在一排白色的简易平房周围，那里是新疆电力建设有限公司（以下简称“电新”）和新疆第三建设工程有限公司（以下简称“三建”）工作人员在工地上搭建的临时办公室。

锅炉车间传新友来到扩建办接替了严飞的监造工作，奉命前往东锅厂。

回到厂里后，严飞也闲不住，操心的事更多了。从第一根钢架立起时热电厂就抽出安全监督人员进驻施工现场，安全、质量、图纸、设备、进度……他忙得不着家。

一天，严飞接到儿子的电话，小家伙向他请求说：“爸爸，来我们家吃饭吧。”严飞听了觉得好笑，就对儿子说：“不是我们家，是姥姥家。”由于工作忙，严飞把儿子放在了丈母娘家，他很少回去，儿子已经把姥姥家当成自己家了。

第二章　奋力拼搏

一天一个新模样

初建电厂时的老师傅们都已退休，他们中有些人已不在了，新员工们只能从资料里了解厂史。热电厂始建于1958年，当时是炼油厂的动力车间，仅有5500千瓦的发电量，随着独山子炼油厂规模的扩大，1985年热电厂成立，时年装机容量达4万余千瓦，产气量400吨每小时。1989年独山子兴建乙烯厂，第二电厂应运而生，经过几年的扩容，到2004年热电厂装机容量已达15万千瓦，总产气量1100吨每小时。如今大发展工程建设又给热电厂带来了新的发展机遇，没有独山子炼化事业的发展，就没有热电厂的发展。

锅炉厂房西侧紧靠5号炉就是6号炉扩建工程地点，这里不分昼夜地晃动着劳动者的身影，承接土建工程的新疆三建员工吃住在工地上。12月15日，厂房立柱开始安装，此时冬雪也开始光顾大地。天寒地冻，施工人员在地上挖一个坑点火取暖，工作没有因为严寒而停止，新的一年带着人们的期盼来临了。

冬去春来，大地开始复苏。2006年3月1日土建及安装复工，同时也在这一天热电厂6号炉扩建工程分散控制系统设计联络会议召开，新疆电力设计院、横河西仪有限公司及独山子石化公司的专家与热电厂相关技术部门的负责人参加了会议。在三天的会议中确定了6号炉扩建工程DCS控制系统的功能，明确了此系统的具体实施方案。为确保工程建设质量实现预期目标，与会人员严把设计质量关，对有关工程实施细节做了深入、细致的讨论。一联会解决了设计与设备交接上存在的问题，仪表系统的设计工作开始紧张进行。

曙光初照，金色的阳光穿破云层照耀在6号炉工地上，头戴安全帽的劳动者在脚手架上投下剪影。到了夜晚钢架上灯火通明，朵朵焊花飞溅，弧光、灯光交织在一起组成一幅动人的画面。严飞天天目睹着这样的场景，像看着自己的孩子在一天天长大，心和这片工地紧紧连在一起。

6号炉如襁褓中的婴儿，一天一个新模样。4月4日吊车开进工地向空中举起长长的铁臂，锅炉安装工程安全顺利地启动了。现场一台160

吨的履带吊车和一辆50吨的吊车互相配合，将第一根钢架顺利吊装就位，在现场目睹了吊装过程的建设者，一颗颗悬着的心也随着吊钩的下降放了下来。施工网络图上的进度在向前推进，磨煤机基础、除尘器基础、钢烟道支架基础、除氧器基础支墩已具备安装条件，锅炉钢架组合安装完成80%，土建工程中引风机基础垫层铺设已完成，锅炉水冷壁组合对口进入尾声，尾部烟道正在进行紧张安装。4月19日，工程总进度已完成55%。

为了保证施工质量，热电厂抽出各专业安全和质量监督人员介入现场，一开始三建的施工人员对热电厂的监督人员不熟，不买监督人员的账，他们认为有工程管理部的监理，不需要电厂员工指手画脚。严飞和其他同志在向施工人员指出不足时，施工人员的眼神充满了不信任，一副和你无关、少管闲事的架势，让严飞他们很是尴尬，仿佛错的是他们而不是对方。经过半个月的磨合，三建的施工人员开始配合工作了。

4月下旬严飞的父亲生病住院，做手术时他还在6号炉现场，等他赶到医院时手术已经做完。望着病榻上的父亲，他感到深深的歉疚。

安全，质量

温暖的四月，热电厂迎来了满园盛开的花朵，也迎来了一批批进厂的设备。扩建办的同志又多了一项验货任务，能否把好验货关，关系到日后的安全生产。

每到一批货，扩建办的同志和新疆电建的工作人员都要仔细验货，生怕出现失误。一次在开箱检验东锅厂生产的设备时，严飞发现厂家未按正常方式装箱，造成管件磨损，钢柱已扭曲。他很着急，立即与厂家联系，要求厂家来人处理此事。当时东锅厂的人员姗姗来迟，只派来一个工地代表。这个人快六十岁，性格内向，行动也不利索，大家都叫他老易，都说他太"肉"。和他交涉时，他总是用无辜的眼神看着严飞，一副无奈的样子。严飞很着急，可还不能对老易把话说重了，怕他心理上承受不了。在热电厂人员的坚持下，厂家换了一个年轻人做工地代表。换老易时严飞有些不忍，他心里清楚，如果把老易换了，很可能他要下岗，但工期不能拖，照顾了他，工作就要受影响。老易走的前一晚，严飞自己掏钱请老易吃了顿饭，他对老易说："不换你，我的工作就要受影响，太对不起你了。"

6号炉建设是一个系统工程，参战人员多，工作涉及面广，施工作业环境差，整个工程中需要与热电厂原生产运行系统对接的项目多达38项，而且多为带压、高温对接，风险很大。大发展工程指挥部、热电厂扩建办、项目监理部、新疆电建、三建、设计单位、制造厂家、技术单位环环相扣，牵一动百，每一个环节的工作都十分重要。要保证工程达到"五个一流"，就必须建立一个立体安全管理网，强化监督，做好各项防范措施。

独山子石化公司领导层高度重视6号炉的工作，密切关注6号炉建设过程，要求各部门全力支持6号炉建设。工程管理部把指挥部HSE管理部编制的《工程现场施工管理方案》用于6号炉建设中。

在每次召开的6号炉例会上，所有的领导都一再强调"要保证质量，要把安全放在第一位"。工程管理部要求工程监理把安全监督作为第一责任，严格履行职责，确保项目建设不因安全问题而有所延误或损失。项目监理部、热电厂扩建办要求各施工单位安全管理人员认真履行职责，自始至终在施工现场进行监督，严格按照安全管理规定进行现场施工。

在6号炉锅炉本体安装过程中，施工单位狠抓过程控制，有计划、有步骤地组织讲评分析，保证了工程安装质量。这期间，热电厂加强了6号炉现场施工安全管理，从各车间抽出精兵强将做现场安全监督员，充实现场施工安全监督力量，依照体系文件检查各项安全措施落实情况，掌握施工安全动态，制定安全预案，做到了只要有一个施工人员在现场，安全监护人员就不下班。专业人员从设计阶段就提前介入，配合审图、验货等工作，配合项目部、监理部对施工质量进行宏观监督管理，加强关键工序的质量控制，强化施工质量报验制度，对施工方质量控制的监督工作进行审核评价。

电子商务、工程部、热电厂扩建办、物调中心、新疆电建等工作人员在物资采购上严格把好每道关，确保进厂物资质量关。热电厂监造人员发扬"钉子"精神，吃住在厂家的生产现场，不但督促进度而且严把设备制造质量关、出厂检验关，做好催运工作，物资到货后扩建办与电建等工作人员共同开箱验货，严格检查设备、阀门等质量，杜绝不合格设备、材料进入施工现场，确保了物资采购质量处于受控状态。

扩建办的同志奔波在千万吨炼油百万吨乙烯工程指挥部、施工单位、工程监理、供货厂家和热电厂相关科室之间，做着大量协调工作，兑现着重要问题不过天、一般问题不过周的承诺。

作为施工方的新疆电建和三建，在质量和安全上也花费了大量心血，大家都朝着样板工程的目标共同努力。在整个建设过程及后期系统对接调试阶段，整个工程的开展始终处于紧张、有序的受控状态，没有发生一起安全事故。

6号炉工地沐浴着和煦的春风，拔地而起的厂房内外活跃着劳动者苦干的身影，他们把辛勤的汗水、火热的激情抛洒在工地上。

一流施工队伍

建设一流的工程，要有一流的施工队伍。通过竞标，新疆电建公司拿下了6号炉设备安装工程，新疆三建拿下了土建工程，这两家公司在疆内电力安装市场的实力早已得到证明。

新疆电建公司曾参与过克拉玛依、玛纳斯、红雁池、苇湖梁等电厂发电机组的安装，大发展工程建设给他们带来了新的机遇。

"要把这一工程干成一流工程，样板工程，这是我们企业新的生命线。"电建领导认为能承担这样一个工程建设是一件十分荣幸的事。

公司副经理、6号炉项目部经理郭新犁说："在基建行业干我们这一行的，一辈子能碰上几个这样的工程？机会十分难得。"

新疆电建独山子项目部经理张五一在安装工程开工仪式上说："要用优质工程向各方上交一份满意答卷。"为建好工程，新疆电建采取了多种措施，确保创一流工程、优质工程。

从2006年3月1日电建人进驻施工现场起，就给人留下良好印象。施工现场规范的安全围栏，标准化的安全、施工进度展示牌，写有新疆电力字样的彩旗等形象识别标志，闯入人们的视野，让人感到这是一支管理严格的安装队伍。在6号炉安装工程开工仪式上，新疆电力设计院一位专家看到电建公司员工整齐统一的劳保着装、良好的精神面貌以及有条不紊的起吊过程，感叹地说："真不愧是正规部队，干什么都像模像样！"

电建公司领导十分重视6号炉人员配备，抽调主力人员成立了项目部，下设7个专业、4个部门，公司副经理郭新犁担任项目部经理。为了保证进入施工现场的员工技术过硬，电建公司在开工前加紧了员工培训，参战的二百多名员工先在企业内部进行为期3天的培训，培训考试合格后再参加职业技术学校的培训，培训合格率在95%以上，不合格的人不准进入施工现场。

在施工中由于6号炉现场紧挨5号炉，施工作业面较狭小，施工难度大，要保证安全优质高效地完成任务，电建人着实下了番功夫。

为了在员工中牢固树立安全意识，他们专门组织员工进行了"提高安全意识，做好防范措施，一切事故是可以避免的"安全主题讨论，在施工中严格执行各项规章制度。每天坚持"三查三交"工作，查员工精神面貌、安全状态和考勤；要求进入现场必须进行技术交底、安全交底、当天施工范围交底。他们用安全平衡测试台对登高作业人员进行平衡测试，不适合高空作业者不准进入工地。这种加强员工安全状态检测的做法，体现了电建领导对员工生命的关爱。电建公司在6号炉施行的《安全水平绳、防坠绳使用制度》被HSE组借鉴后，在千万吨炼油百万吨乙烯工程各施工单位进行了推广。

早在1999年电建公司就通过了ISO9002质量体系认证，2003年通过ISO14000环境管理体系、OHSAS—18000B职业健康安全管理体系认证。他们有一套严格的质量管理体系，在施工中严格执行三级确认制，班组一级自检确认，合格后专业人员进行二级检查确认，项目部进行三级检查确认。每项作业分工序进行，每道工序检查确认合格后，再进行下一道工序，以确保质量。"七分准备、三分干"是他们的经验之谈，每干一样活都做好充足的准备，以提高工作效率和质量。他们坚持每天开晨会和站班会，从上至下布置工作，再从下至上进行反馈，做到了当天问题当天反馈，当天答复，不让问题过夜。由于工期非常紧，电建公司从3

月20日开始，每天工作时间都长达12个小时以上。

负责6号炉土建工程的是三建公司六分公司，他们曾参与过玛纳斯电站等工程建设。三建公司领导非常重视独山子热电厂6号炉工程，调整了六分公司领导班子，增加了精兵强将，还把富有经验的已退休的技术人员返聘到建设工地，担任技术总监。内部人员分工明确，成立了5个项目部，从质量、安全、成本控制等方面入手，制定详细的计划并分解指标，在项目部之间展开劳动竞赛。根据大发展工程指挥部要求，结合以往的管理经验，他们在施工安全方面做了很多工作，如现场安全通道的建设、按照HSE要求规范搭建脚手架等，施工人员的安全帽、工作服、工作鞋等都按照大发展工程指挥部的要求统一定做。为了便于现场指挥，还配备了对讲机。在施工中每天强调"三不伤害"，即不伤害自己、不伤害他人、不被他人伤害。严格规范"安全三宝"，即安全带、安全帽、安全网的使用，并在施工中将单股安全带改为双股安全带，增加了高空作业的安全可靠性。

6号炉工程土建施工涉及钢筋模板工、钢筋制作工、铁件制作工、油漆粉刷工、水电工等十余个工种，为此，三建公司在他们的劳务基地——山东、甘肃、河南等地，挑选出通过公司资质审核的技术工人，并进行培训，凡是没有参加HSE培训的人，都不能进入6号炉施工工地。

三建六分公司领导说："独山子6号炉的建设集中了很多施工单位，各单位都派出了精兵强将，各单位之间开展质量、进度劳动竞赛，其实赛的就是谁的管理水平过硬、谁的队伍素质过硬。新疆三建就是要敢于竞争，在这个竞赛台上赛出水平。"

现场奋战

"六一"国际儿童节到了，这一天忙于6号炉的同志们没有人陪孩子过节，工期紧逼第一个关键控制点——6月10日锅炉水压试验，许多同志吃住都在现场，早已顾不了家人。

严飞是第一次参加整套锅炉调试，他对负责的工作很小心，生怕出差错，他总是一再提醒自己，小心再小心，快点再快点。第一次开调试会议时，新疆电力安装公司调试所所长应邀来到独山子，结果他来了两天还未办理入厂手续，在热电厂大门口让门卫挡住了。严飞把他们接进厂，他发了火，毫不客气地说："到独山子两天连入厂手续都没办，也不主动了解工作情况，拖拖拉拉的难道要用轿子抬你们来吗？"所长是处级干部，在所里是一把手，在单位里还没有人敢这样严厉地说他。有人对严飞说："你把话说重了。"严飞说："刚开始就这样疲疲沓沓的，以后怎么能干好工作？不管他是什么官，在我这里，接了这个活就要好好干，不好好干就要指责他！"大家都明白时间很紧，一旦调试工作开始就停不下来，中间出现差错就得返工。事后，当整个调试工作完成后，严飞向所长道了歉。所长说："都是为了工作，你做得对！"

6月10日这一天的锅炉水压试验吸引了许多人的目光，工程部领导、热电厂领导和锅炉车间员工、参战单位领导及员工、扩建办的同志等都守在6号炉现场，操作室内气氛紧张，但所有的操作都井然有序。当日，水压试验成功。从4月4日吊装钢架到6月10日水压试验，去除天气影响因素，有效施工天数58天，电建刷新了全疆同类型锅炉的安装记录。

一直奋战在现场的电建锅炉车间员主任事后说："几天没睡好觉，就想着水压试验成功后好好睡一觉，等试验成功了却兴奋得睡不着，感到辛勤的劳动得到了回报。"他忘不了那一天6号炉厂房里灯火辉煌的场景。

随着时间的推移，接下来的几个关键控制点也一一顺利通过：2006年8月10日，完成了锅炉风压试验；9月7日，锅炉酸洗；9月8日，DCS系统带电；9月18日，锅炉点火冲管，最后是向着10月12日锅炉整套启运冲刺。

这一项项成绩是用6号炉建设者们的心血和汗水换来的；这一项项试验也是对6号炉总体设计水平、设备选型水平、施工建设水平、"三清四查"水平以及调试开工水平的检验，同时也是对热电厂运行管理水平和三修单位保运水平的考验。

热电厂机动科、调度科、安环科等部门都提前深度介入现场，对各类安全预案严格把关。各专业开工规程的编制已历时七个月，反复讨论修订就达5次以上，都达到开工要求。热电厂相关技术人员、操作人员、检修维护人员也提前介入现场，熟悉设备，开展学习培训，帮助施工单位发现问题，处理问题，整改问题，纠正、完善了700余项现场缺陷，协助施工单位完成系统对接工作，为六号炉开工进程赢得时间。

热电厂锅炉车间自6月份起，组织了多场专题讲座，让员工尽早了解6号炉先进设备及工艺原理，并抽派了15名操作人员进入6号炉系统学习，为6号炉顺利开工做好人员准备。车间主任王秀江认为让员工提前介入现场有两个好处，一是及早发现问题，及时改正；二是加深了操作人员对锅炉的熟悉程度。他专门请来几位专家以答辩的形式对6号炉15名学习人员的操作能力进行最后的考评，确保操作人员在开工期间遇到紧急情况时，能够做到沉着冷静，安全平稳操作，力保开炉一次成功。

生产调度科6月份就安排好了培训计划，把现场当作学习的课堂，他们利用施工人员休息的时间，一有机会就进现场培训。热电厂领导要求6号炉技术人员、操作人员结合实际对6号炉规程的初稿进行校对、完善，在最短的时间内掌握6号炉的操作系统，并对操作中的关键问题提出合理化建议和整改意见。

热控专业组从最初建设起就安排专人全程介入，项目组人员考察了国内大量成功范例，查阅世界一流企业的产品性能，从源头入手，吃准、吃透每一步进程和设计思路。热工车间在4月初就抽调人员到厂家进行培训，并协助厂家调试。车间员工拉电缆125公里，从DCS带电到开始冲转仅用了12天，一次吹管合格仅用了2天时间，整个六号炉工程热控部分程控监测点达到2000多个，调试仅用了10天，速度之快、质量之高被业内人士称赞。

在锅炉酸洗时，现场需要86吨酸，86吨碱，先通过碱洗，待指标合格后加酸洗涤最后再用清水漂洗。为了确保化学清洗工作不出差错，由热电厂、施工单位、调试所等有关人员组成了化学清洗指挥组。化学车间化验工每半小时要化验一次水质，频次高时10到15分钟就要清洗一次，他们在现场搭建了临时检验帐篷，连续进行60多个小时的清洗化验，腿站酸了，眼睛熬红了，但没有一个人叫苦。

在这些关键时期，严飞经常是刚回家，还没端起饭碗，就被叫到了施工现场。8月份，他去济南重型机械厂催球磨机设备，在厂家待了19天，厂家被他催烦了，最后连大门都不让他进。设备迟一天发货，工期就要耽误一天，他一着急闯进厂长办公室，恳请厂家克服困难按期发货，9月28日6号炉设备终于全部到位。

在调试工作即将开始前，扩建办传新友一直在外地监造设备，已是大龄的他为不影响工作，将婚期一拖再拖，他的妻子终于在9月2日盼到了婚礼，但他却在简单的婚礼仪式后，安顿好从内地赶来的父母，第二天就出现在施工现场。

除了热电厂的员工，施工单位的员工也同样殚精竭虑。电建员工不分男女在水压试验期间，每天都工作到凌晨两三点，他们把影响打水压的焊接口数分解到每一天，探伤、金属分析紧跟其后，吃睡在现场。特别是9月7日前后，为了带电一次成功，施工人员每天仅睡三四个小时。电建领导感动地说："我们的员工不是以金钱为动力，而是以企业信誉和生命为己任的信念作为精神动力。"

第三章　捷报频传

激动人心的时刻

2006年10月12日这一天终于来到了。为了这一天，所有参与6号炉建设的工作人员都把压力埋在心底，他们像苦恋中的人，魂牵梦绕着6号炉，喜也为它，忧也为它。

只有通过整套试运，6号炉才能投入生产运行系统。6号炉这个还盖着面纱的"新娘"，就要被揭开盖头，在热电厂正式落户。

所有的准备工作都已提前就位，开工准备组在6号炉与热电厂运行系统进行第一个对接项目的前两个月就制定出了所有系统对接、开工生产方案，下发到了车间。各专业组一直深入施工现场，收集施工和安装中的缺陷，制定整改措施，扩建办在设计单位、施工单位、监理单位之间奔波，协调解决问题。在每天召开的项目例会和每周热电厂生产会上，扩建办都要进行缺陷整改情况点评，督促工作进度。锅炉车间把操作卡、安全预案提前下发到员工手中，做好了应急准备。

这天早晨，6号炉厂房里挂出了一条横幅：预祝热电厂6号炉开工一次成功！印有金色大字的红色横幅，在炉前随风摆动，6号炉西侧厂房还没来得及封堵，西风裹着深秋的凉意吹进厂房，人们却依然热情满怀。

上午的准备工作紧锣密鼓地进行，到了中午，操作室里已聚满了。多位领导以及热电厂生产科室工作人员、扩建办工作人员、工程部工作人员、锅炉车间员工、电建工作人员、三建工作人员、新疆电力调试所工作人员，还有电视台、报社记者，里三层、外三层地围拢在操作台边。生产调度紧盯DCS显示器画面，用对讲机和现场操作人员频繁联系。开工总指挥一声令下："准备点火！"所有人的目光都集中到了6号炉仪表盘上，操作室即刻安静。当按下鼠标键，点击DCS画面上自动点火按钮的时候，立刻从6号炉厂房里传来激动的声音："成功了！成功了！"此起彼伏的鞭炮声也随即响起，为这激动人心的时刻助威。仪表盘监视器屏幕渐渐亮起来，不一会儿两团跃动的火焰出现在屏幕上。人们簇拥在操作台前，望着耀眼的火焰，都露出难以抑制的笑容。

10月14日10点钟，6号炉进入72小时试运和24小时联运，由新疆电力调试所指挥调试，热电厂具体操作，在前期各分项试验中，也是采用这种方法。21日上午11点半，整套试运行圆满结束。经过6号炉启动鉴定委员会鉴定，6号炉具备正常投用条件，正式移交热电厂管理。

这浸透着汗水的工程，这埋藏着艰辛的工程，这包含着智慧的工程，这显露着胆识的工程，这凝聚人心的工程，经过三百多个日日夜夜，终于向人们回报了胜利竣工的圆满结果，这标志着千万吨炼油百万吨乙烯工程建设进程中的第一步目标顺利实现。

"6号炉工期之短，施工量之大在国内电力行业建设中实属少见，能按时达到目标控制点很不容易。这是施工单位、监理公司和热电厂员工齐心协力的结果；这是一次建设与生产深度交叉的工程作业，能做到安全、无重大人身伤害事故，实在不易！"

喜讯接连传来

2006年11月10日是个普通的日子，这一天在《独山子在线电子报》上刊登了一则题目是《热电厂6号炉为今冬用气保障》的新闻，内容是：千万吨炼油百万吨乙烯工程重点工程之一的热电厂6号炉工程自纳入热电厂日常生产管理以来，以其高自动化程度缓解了降温以来的用气负荷，降低了操作人员的劳动强度。目前所带负荷达到80%，为今冬即将到来的大负荷生产提供了用气保障。

6号炉经过一段时间的平稳运行，独山子石化公司安全质量环保处向自治区环保局提出了建设项目环保"三同时"验收申请。2007年1月中旬，自治区环保局一行七人来到独山子，对热电厂环境保护管理工作、煤场管理、废渣处置和综合利用、噪声、废水和废气排放等情况进行了为期一周的检查和污染物排放监测。3月6日从自治区环保部门传来喜讯，6号炉各项污染物监测数据全部合格，完全符合《火电厂大气污染物排放标准》《工业企业厂界噪声标准》《污水综合排放标准》等国家标准。

6号炉顺利通过建设项目环保"三同时"验收，标志着独山子石化公司热电厂本着"增产不增污"的原则发展经济，在增加了发电量和产气量的情况下，没有给环境带来任何影响。

2007年7月27日，6号炉顺利通过建设项目职业病防护设施竣工验收，同时通过验收的还有热电厂新建4号机。由自治区卫生厅、克拉玛依市疾病预防控制中心、石河子市疾病预防控制中心、新疆医科大学和独山子石化公司组织的联合专家组在严格的审核后，专家们一致认为，热电厂4号汽轮机和6号燃煤锅炉扩建项目从设计、施工到投入使用都能严格执行国家职业卫生相关标准、法规。各项职业卫生监测浓度符合国家劳动安全卫生标准，坚持了"安全第一，以人为本"的原则，保护了劳动者在生产过程中的安全与健康。

经过一年的运行，6号炉已经成为热电厂的一台关键锅炉。昔日火热的劳动场面早已恢复平静，那些由庞大的起重设备组成的立体构图在蓝天下了无踪影，充满活力的劳动者已转战到别的施工现场，一个个鲜活的人和事留在了人们的记忆中。历史不会忘记，独山子人民不会忘记，在独山子石化事业发展的历史画卷上，有热电厂几代员工留下的绚丽色彩。

时代前进的步伐没有尽头，超越自我的梦想不会终止，一个梦想实现了，新的梦想又燃起。凭着坚韧品格、顽强毅力、拼搏精神，独山子人相信所有的梦想都会开花结果。

【作者简介　毕鸿彬（女），新疆作家协会会员、中国石油作家协会会员。作品散见于《西部》《绿风》《地火》《华夏散文》《石油文学》等。出版作品集《秋天的音符》。】

三个里程碑

秦汉

1978年10月，中共地质矿产总局党组决定，整体搬迁在青海工作的第一普查勘探大队到新疆塔里木盆地参加石油地质勘探会战。随即，进疆的精兵强将组成第一普查勘探大队（简称"一普"）、第一物探大队（简称"一物"）、井下作业队、地质大队等，恢复"一普一物"番号，预示着地矿队伍的塔里木石油会战拉开帷幕。

28米奠定了第一个里程碑

1980年年尾以后，地质部门在沙雅隆起西端柯吐尔构造上设计了沙参1井、沙参2井和沙4井、沙7井。

6008井队接到进驻沙参2井的命令。6008井队长是王守忠。他中等身材，脸色黝黑，总是一副淳朴、忠厚的样子。

1983年8月12日，在地质组长王小平的现场指导下，王守忠一声令下，沙参2井正式开钻。

1984年9月22日凌晨3时35分，沙参2井在钻至井深5391.18米奥陶系的白云岩时，提钻瞬间，一股强大的气流冲天而起，蓄积了亿万年的油龙顺着钻孔钢管喷射而出。

一声狂吼，打破了塔克拉玛干沙漠的沉寂，响彻了静谧而高远的夜空。

"出油了！出油了！"正在井上作业的地矿部西北石油地质局6008钻井队的工人们惊喜地高呼。

这一值得被历史铭记的时刻，也是西北石油人最为骄傲的时刻！

油气流喷射的巨大吼声，惊心动魄，气流如柱，势不可当，脚下的大地都在颤动。

直冲九霄的油雨"刺破星空"扩散到周围1000多平方米的范围。

塔里木盆地是中国最大的沉积盆地，也是古、中、新生界地层最全，海相、陆相石油并储以海相为主的盆地。塔里木盆地找油的重大突破，不仅为中国21世纪提供了可靠的石油基地，也将使闭塞的南疆走向繁荣昌盛。

黄沙无情人有情，荒凉寂苦人自强。正是塔里木盆地几代地质找油人的写照。

谁也没有料到，井喷这一刻离第三次塔里木盆地油气资源座谈会结束才仅仅10天时间，仅仅只再钻了28米，透迤卧盘长达亿万年蓄积了巨大能量的油龙，终于遇到了喘口气的通道，日产原油1000立方米、天然气200万方。

沙参2井喜获高产油流，它涌动着石油人的热情，喷洒着石油人的自豪，辉映着石油人壮怀激越的石油之梦。

这是我国第二轮油气勘查向新地区、新领域、新类型、新深度进军所取得的巨大收获和我国古生代海相油气勘探取得的突出成果，它以无可辩驳的事实证实了中国古生界海相油气田的存在。塔里木盆地油气勘探发生了历史性的转折。

9月22日凌晨2时30分左右，当班司钻李汉祖在提升钻具时，发现井内泥浆明显上涌，队长王守忠闻讯赶到现场立即采取措施。因防喷器闸板失灵，关闭失败，井喷很快发生。

凌晨3点40分左右，随着井口和两侧放喷管线一声巨响，强大的油气流汹涌而出，扶摇直上。随即放喷管线口被油气流带起的石子撞击产生了火花，突然"轰"的一声巨响，燃数10米高的火团，严重威胁着井场的安全。

王守忠临危不惧，立即带领10多名职工奋勇抢险。

但是井场四周的油气自燃起火，瞬间大火冲天而起，强烈的火焰高达五六十米，井场随即淹没在一片火海中，烟雾仿佛核子武器爆炸形成的蘑菇云。

情急之下，王守忠立即命令职工迅速撤离。而他和副队长卫怀忠则坚守在岗位上。

熟睡的杨怀瑞被震耳欲聋的响声惊醒。他伸手拉了一下电灯开关，灯泡没亮。杨怀瑞心想：坏了，该不是出什么事了吧。他立即下床透过窗户朝井架望去。天哪！井队施工场被熊熊烈火照得通明。躺在他身边的妻子也被惊醒了，大声问老杨："发生什么事了？"

"可能是井喷了。"杨怀瑞急忙吩咐妻子："你快给两个孩子穿衣服，我得去救火。"话音没落，老杨就冲出房门。顿时，他闻到空气中有一股异味，吸到鼻孔里十分难受。在他往井场跑的时候，一眼看到了井队新提拔起来的年轻副队长卫怀忠几乎与自己平行着往井场上奔跑，一边跑一边上气不接下气地对杨怀瑞说："老杨，嫂子和两个女儿撤走了没有？"

杨怀瑞急切地问卫怀忠："那井队怎么办？"

卫怀忠说："除了井队领导，其他职工一律撤走，这是党支部一班人和王队长下的命令，井队有我们管，你们快往2钻方向撤退。"

对于杨怀瑞来说，那是他这一生中最刻骨铭心的一天。

井队工人奉命疏散，奔赴石油部所属2钻，几十里外都能听到井喷的狂啸。

井场上只剩下队长王守忠、副队长卫怀忠和指导员王世荣等人。

王守忠突然想到该向大队报告井喷的情况，他大声呼喊报务员李晓春的名字，但是他的说话声音被油气喷射声所覆盖，根本听不清。于是，他嘴巴对着李晓春呐喊道："快向局里报告！"

李晓春步行到"2钻"后给西北石油地质局发电报："井喷起火"。

次日凌晨，大队领导接到紧急电报，立即与井队联系，但是井队的电台怎么也联系不上。

大队领导在向西北石油地质局报告的同时，局领导研究后，决定骞振斌、康玉柱、汪开荣、赵元哲、刘金带领相关人员赶赴沙参2井。在确定"相关人员"时，刘金向师玉生交代："带上照相机，马上跟我去沙参2井！"

师玉生是大队的宣传干事，但他没有照相机。就向保卫科李文玉科长借来大队机关唯一一台"海鸥120A型"双镜头相机和几个黑白胶卷，于下午4时从米泉基地办公室出发，直奔沙参2井。

9月23日，凌晨2时左右，车子行驶到距井队约50公里开外，一行人几乎同时看到远处夜空下、茫茫戈壁滩深处，一团橘黄色的火光在暗夜里显得特别耀眼。

车子开下了314国道，在离井场约20千米时就听到了从井场传来的井喷震天的巨大吼声。从看到火光到听到声响，骞振斌、赵元哲二位领导都叫司机停车，记下看到、听到的第一手资料，然后继续出发。

24日凌晨4时，在距沙参2井"井喷起火"24小时后，大队领导赶到了井场。只见西侧放喷口喷出白色气流，震耳欲聋，放喷池里大火熊熊燃烧，映红夜空和远处的钻塔；放喷池边上放了大大小小的干粉灭火器。看得出，井队职工为了扑灭大火，用光了所有储备的灭火器材。生活区一片黑暗，只能借助放喷池里的火光辨别方向。

大队领导见到王守忠等人，第一句话就急切地问："人呢？人没出事吧？"

"我们让职工撤到'2钻'了。"王守忠说。

20多小时没合过眼极度疲劳的6008井队队长王守忠和副队长卫怀忠等，简要地向骞振斌书记和赵元哲等领导汇报了情况。

得知井队同志都平安且无伤亡，局、队领导决定去"2钻"看望撤离到那儿的同志们。他们赶到"2钻"，天刚亮。撤到这里的职工全都睡在一个较大的会议室的地上。听到局、队领导这么快连夜从米泉赶来看望他们时，大家十分激动。纷纷站起来要求即刻赶到井队去，和留守在井场的同志一道参加灭火保井。

井队职工杨洪山说："昨天晚上我就不该听队长的话撤到这里来。其他同志留下抢险，我却稀里糊涂当了'逃兵'。一晚上哪里睡得着，想一想，肠子都悔青了。今天无论如何要回井队。没有车，我就顺来路走回去。"

骞振斌当机立断：第一，组织局机关和一普有关人员立即赶赴井场，参加抢险；第二，保证局与井队通迅联系昼夜畅通；第三，弄清情况及时向地矿部领导汇报。

师玉生说，从沙参2井到"2钻"，直线距离约27公里，到处是高低不平的坚硬的盐碱壳。沉沉黑夜撤离时，大家以依稀看到的"2钻"灯光为基本方向，高一脚低一脚地摸索前进。9月下旬的瀚海戈壁，气温很低。由于是紧急撤退，大都衣服穿得少，这时个个冷得发抖。

危急时刻见真情，井队职工发扬团结一致、互相帮助的高尚风格，互相照料着走完这崎岖的20多公里的撤离之路。行进途中，王希全把自己的毛衣脱下给一位衣着单薄的女职工穿，这位女职工又把它让给另一位小妹。寒夜中，一件带有体温的毛衣，在几个人手中传递。王希全还把自己穿的大头鞋让给一位未及穿鞋就跑出来的女工，自己只穿着袜子在遍布坚硬盐碱壳的荒漠地里走到了"2钻"。

大家互相关照：不要走散了，不要摔伤了，不要崴了脚。井队职工鲁继跃、许发明、高俊良三人，护送黄小红、胡玉梅、韩秀英、周凤琴、王春蓉等几位女职工到"2钻"后又走回井队，半道遇到急驰来援的消防车，把他们带回了井队。

新疆石油普查勘探指挥部、队领导从"2钻"返回井队后即召开了会议。会上，6008井队长王守忠决定将全队职工分为三个大组，即刻投入抢险保井的战斗中去。第一组是抢险组，担任危、难、险、重的抢险任务，组长由王守忠担任。第二组为设备搬运组，主要负责将井场、生活区内人力所能及的物资、设备、帐篷、生活用品等搬到新的营区，以防火势扩大殃及设施，将损失减至最低。这个组由副队长李占方、卫怀忠负责。考虑到卫怀忠又是抢险组成员，李占方同志要挑起这副重担，带领井队一、二、三、四班完成这个任务。井队指导员王世荣带领五、六、七、八、九班组成生活组，负责井队及全部来井队人员的生活、接待等工作。会后，沙参2井抢险工作正式有序展开。

在领导的指挥下，王守忠带着抢险组"突击队"冒着生命的危险，带火清除井口障碍物，接放喷管线。火焰随风起舞，飘浮不定，一会儿歪向这边，一会儿又歪向那头。

为了防止负责接放喷管线抢险组突击队员们被烧伤，让每个成员都穿上雨衣，另外专门安排消防队员用水枪朝冲进火海的队员们身上喷水。

此时此刻，王守忠、卫怀忠所带领的敢死队员，个个都和当年大庆油田的"铁人"王进喜一样，是人们心目中的英雄！是新时代地质物探行业的"铁人"！

他们的心中只有国家，完全不顾个人生死。

王守忠亲自带领抢险队员冲进火海，冲向钻井平台。

他们的首要任务是立即用液压防喷器关井，井内有1074米钻具。由于防喷器关闭不严，油气除向上喷外，两侧放喷管线在离井场60米处不时引起大火，情况十分危急。

抢险队员李中华在接放喷管线被烈火烧伤了腿，送往轮台县医院治疗。

放喷口情况有点异常，放喷管温度很高，原油一落到上面就起泡，不久油池就起火爆燃，声响如雷。

平时风风火火的王守忠，遇到如此险情，突然变得十分沉着冷静。

他凭着多年的工作经验，不假思索地对抢险队员们说："大家不要怕，赶快将两侧放喷管线加长至200米以外。快，抓紧接管线！"

时间就是生命，刻不容缓！

队员们个个猛如雄狮，使出九牛二虎之力，争时间，抢速度，奋不顾身，冒着熊熊烈火，争分夺秒地抬着放喷管线在火海里奔跑，接管子。

那气概，那气氛，激烈，悲壮！

　　卫怀忠和李占方同时组织设备搬运组的同志将大部分钻机设备往500多米以外的安全地带转移。

　　抢险队员和井队职工冒着极大的风险抢接西侧放喷管线成功，减少了油气自燃对油井形成的危险。

　　库车驻军某部200多名指战员在沙参2井钻塔南侧挖排油沟、修防火道。泥浆油污湿透了他们的军装。哪里有困难、哪里有危险，人民子弟兵就出现在哪里。他们承担起急、难、险、重的任务奋不顾身，令人肃然起敬。

　　上午，西北石油地质局党委书记徐生道给在现场指挥抢险的骞振斌副局长发来电报，建议给参加抢险保井的部队指战员每人每天补助2元钱的伙食费，以保证他们吃饱吃好。徐书记的这一指示得到迅速落实，相关的劳保用品也送到抢险队员手中。

　　这天，地质矿产部给西北石油地质局发来贺电：

　　你局在塔北地区施工的沙参2井打出高产油气流，开拓了塔里木盆地找油新领域、新类型的广阔前景，是西北石油勘探的重要转折。这是你局全体职工和参加塔北会战的职工坚持党的十二大路线，贯彻落实中央领导同志关于开发大西北指示共同努力的重大成果。对于你们在国庆35周年前夕做出的这一重要贡献，部特向你们，并通过你们向6008井队及其他战斗在第一线的全体同志表示热烈祝贺，顺致亲切问候。希望你们在自治区党委领导下和新疆石油管理局的大力支持下，发扬艰苦奋斗精神，保证安全生产千方百计采取一切措施保住这口井，并立即调整部署，调集力量全力以赴，进行塔北隆起区的普查勘探工作，乘胜前进、扩大战果，力争尽快探明这块地区的油气资源，求出储量，为四化做出更大贡献。

亿万吨塔河油田会战

1996年，是实施"九五"计划的第一年。

在"九五"勘探会上，西北石油地质局总工程师蒋炳南等专家提出了"以中新生界为主、兼顾古生界；以寻找构造圈闭为主，兼顾开拓非构造领域，逼近主力烃源岩"这样一个勘探指导思想，这为西北石油地质局后来发现大油田奠定了坚实的理论基础。

西北石油地质局确定"九五"经济发展规划目标为：获取油气探明储量0.6亿吨，控制地质储量0.8亿吨；打生产井76口、普查评价井38口；到2000年建成3到4块油气开发区，实现年产原油90万吨、天然气5—6亿立方米目标。

随着改革开放的深入推进，西北石油人也深刻地认识到，要增强勘探后劲，在市场经济大潮中立于不败之地，必须搞好油气开发。

在"抓住勘探，站稳开发，放开经营，加快发展"的战略下，西北石油地质局走向了滚动勘探开发、探采结合的道路。

产生的经济效应，不仅仅是对有限勘探费用的有力补充，更重要的是广大干部职工的思想得到进一步解放。

1996年3月12日，为适应油气勘探开发的发展态势，提高集中决策能力，西北石油地质局研究决定，组建西北石油地质局规划设计研究院，后来更名为西北石油局勘探开发研究院。主要承担西北油田分公司油气勘探、开发生产科研、中长期规划部署研究工作和分公司人才队伍建设等。

研究院成立伊始，便在西北石油地质局的领导下，分析此前钻探成果，提出奥陶系潜山具有良好的油气勘探潜力，优选在3个古潜山高点上部署沙46、47和48三口探井和2口评价井。

从1996年开始，西北石油地质局进一步加大了勘探力度，并先后发现了丘里、艾协克等一系列油气田，一个大油田的轮廓逐渐清晰。

这年4月16日，地矿部石油地质局下发《关于西北石油地质局乌鲁木齐市新市区征地及基地建设计划的批复》，同意西北石油地质局在乌鲁木齐市新市区附近征地3.33公顷，总投资750万元。该项目已列入地矿部1996年基本建设计划。

5月1日，西北石油地质局投资2300万元建成的西达里亚集输工程举行正式投入使用剪彩仪式。该项目1995年5月动工，1996年4月20日竣工，年处理原油40万吨，日处理天然气35万立方米，采用一级布站、一热多用全封闭无泵无罐油气集输工艺流程，投产后处理的净化油含水率0.5%左右，达到优质原油标准。

5月10日，西北石油地质局向地矿部申请勘探开发项目12个。其中盆地评价项目5个，面积652826平方千米；区带工业勘探项目5个，面积9698平方千米；滚动勘探开发项目1个，面积642平方千米；油气田开采项目1个，面积312平方千米。已有7个项目获得许可证，获证率58%。

随着国家石油工业体制的政策调整，1996年12月7日，国务院批准地矿部石油地质海洋地质局与地质部脱钩，正式成立中国新星石油有限责任公司，西北石油地质局成为其下属单位，并于1997年7月30日更名为中国新星石油有限责任公司西北石油局。

不忘初心，方得始终。

1997年5月23日至25日，新疆塔里木盆地非背斜圈闭油气勘探研讨会在西北石油局召开。会议代表来自公司总部及其下属生产、科研单位，还有中国地质大学、成都理工学院、长春科技大学及西北大学的专家、学者共55人，特邀代表6人。公司总部领导、西北石油局领导到会讲话，最后蒋炳南总工程师做会议总结发言并形成会议纪要。

会议认为，当前塔里木盆地油气勘探形势严峻，一是各大石油公司竞争激烈；二是巨大资源前景与较少的探明储量形成明显反差。寻找大型和特大型油气田、增储上产是当务之急。因此必须开展非背斜领域油气勘探。

会议总结了20多年来塔里木盆地油气勘探的经验、教训，明确了塔里木盆地具备形成大中型非背斜油气藏的石油地质条件，坚定了勘探信念。也认识到了非背斜圈闭油气藏勘探难度是相当大的。

会议达成以下几点共识：

一是塔里木盆地非背斜油气勘探主要圈闭类型有：地层超覆不整合型、地层剥蚀不整合型和岩性圈闭型，发育的主要层位有上第三系、下白垩系、侏罗系、三叠系、石炭系、志留 — 泥盆系及下奥陶系。

二是勘探的有利地区：库车凹陷南缘、沙雅隆起南侧、满加尔凹陷北斜坡、麦盖提斜坡。

三是勘探的方法技术：地质、地球物理、地球化学多学科综合研究及评价技术；地震勘探及处理方法技术；非地震综合物化探方法技术。

四是近中期勘探目标及部署建议：近期圈闭2~4个非背斜圈闭、中期发现评价1~2个大中型非背斜油气田，部署建议，重点解剖阿克库勒凸起南部、西部目的层、三叠系、石炭系、志留 — 泥盆系、下奥系，库车凹陷南缘目的层侏罗系、下白垩系及塔河南地区目的层三叠系、志留系。

这次会议对后期的勘探工作具有重要指导意义。

1997年，部署在塔里木盆地阿克库勒凸起的沙46井、沙48井先后获高产工业油气流，实现了我国古生代海相碳酸盐岩油气勘探真正意义上的重大突破。

由此形成了多个油气生产区块，宣告塔河油田诞生。

沙48井累产原油74万吨，天然气4000万方，持续领跑全国单井累产纪录，成为我国单井累产之冠。这口井于1997年10月建产，至2005年7月期间自喷生产，日均产油229吨，累产原油64.1万吨，创造了塔里木乃至全国海相碳酸盐岩中的高产稳产记录，成为一口"王牌井"。

正是这口井的成功出油，拉开了亿万吨塔河油田大会战的序幕，塔河油田堪称西北石油地质局发展史上的第二个里程碑！

十年"砺"一剑

1997年，西北油田分公司部署在塔里木盆地北部阿克库勒凸起的沙46井、沙47井、沙48井，在奥陶系碳酸盐岩领域相继获得高产工业油流，由此发现了我国第一个古生界海相大油田——塔河油田。

塔河油田的诞生，标志着中国石化在塔里木盆地古生界碳酸盐岩领域获得重大突破。

短短几年间，56万平方公里的塔里木盆地共发现了14个油气田（藏）。地矿部西北石油地质局与几十个生产、科研、教学单位密切合作，国内外专家、学者十分关注的中国古生代海相地层有无石油问题终于有了结论：中国古生代海相地层有石油。在塔里木盆地古生代地层中蕴藏着丰富的石油和天然气。由此建立的古生代海相油气田理论，填补了我国石油地质理论的空白。

该理论与中新生代陆相成油理论截然不同，主要表现在以下6个方面：

一是油气源岩主要为浅海 — 深海相泥质岩及碳酸盐岩。这些油源岩在长期构造变动作用下，可二次生烃，长期生油。而且具有多时、多层系油气源岩特征。

二是多时代储集岩主要有两类：碳酸盐岩和碎屑岩。不但古生界各时代内十分发育，油气也可以向上部覆盖的中新生界各时代中的碎屑岩聚集成藏，即所谓深生浅找，海相生陆相找的特点，故在塔里木盆地9个层系内均发现了油气田。

三是油气远距离运移。塔里木盆地古生代海相生成的油气以区墩性不整合 — 断裂为输导，远距离运移储集到各类圈闭中。其油气远移距离长达几十公里至上百公里。

四是多种成藏模式。塔里木盆地古生代寒武 — 奥陶系和石炭系油源，经过多期生油形成了多个成油模式，即古生古储（古生代形成油气藏）、后生中储（古生界油源岩二次生烃储集到中生界）。

五是海相原油特点是高成熟凝析油为主。

六是油气聚集特点：古隆起、古斜坡、古风化壳是油气聚集的重要部位，深断裂和区域性不整合是油气运移和聚集的重要条件。

塔里木盆地古生代海相成油理论的总结对我国海相油气勘查工作具有重要的指导作用。

塔河缝洞型碳酸盐岩油气藏与国内外常见的油气藏最大的区别是以形态多样、分布复杂的缝洞体储集油气，油气藏成藏条件和类型极其特殊、复杂，科研人员用"老、深、变、稠"4个字来形容这类油藏。

所谓"老"是指：生油层年代老，属距今5亿年的寒武—奥陶纪。

"深"，指的是：油藏埋藏深（5300 ~ 7000米），是迄今为止国内外发现的埋藏最深的特大型油气藏。

"变"呢？是指储体主要为经多期构造及多期岩溶作用形成的缝洞，缝洞空间发育极其不确定，同时缝洞大小变化极大。

"稠"是指地面原油超稠，黏度达1万 ~ 100万毫帕秒。

塔河缝洞型碳酸盐岩油气藏在国内外极其罕见，尚没有成熟的勘探开发理论和模式，也没有成功的开发实例可供借鉴，属于世界级难题。

在困难和挑战面前，西北石油人没有退缩。

他们解放思想、敢为人先、大胆创新，通过不断实践 — 认识 — 再实践 — 再认识的反复实践、研究和探索，攻克了一个又一个难题，创造了一个又一个奇迹。

他们首创性地提出"缝洞单元"这一油藏概念，研发了以缝洞体"串珠状"绕射波成像为核心的超深碳酸盐岩缝洞型储层精细成像技术，揭开了塔河油田超深缝洞型储层的神秘面纱。

他们自主研发了超深碳酸盐岩缝洞型储层预测与识别评价技术，有了这颗"夜明珠"，研究人员就能将地宫深处的喀斯特岩溶地貌及缝洞型油藏形态看得一清二楚，储层预测符合率由原来的85%升至95%，勘探井成功率由2004年的40%升至2010年的68.8%，开发井建产率由2004年的79.7%升至2010年的90%以上。

正是基于这些认识，在西北油田科技创新成果里，便有了一长串史无前例的专业名词：缝洞型油藏描述技术、缝洞型油藏滚动开发技术、缝洞型油藏储量分类评价技术 ……

经过"十五"以来的持续创新和技术攻关，西北石油人在石油科技上取得突破性进展，攻克了塔里木盆地油气勘探开发中存在的"油气成藏条件复杂且超深、超稠"等一系列世界级技术难题，逐步建立了具有塔里木盆地特色的"古生界碳酸盐岩海相油气地质理论"，自主创新了"碳酸盐岩缝洞型油藏"精细描述等多项核心技术及配套技术。

"十一五"期间，西北油田多项成果获得省部级以上科技进步奖，其稠油降黏井下高效混配器、开窗捞筒等项目，获得国家实用新型专利授权，"塔河奥陶系碳酸盐岩特大型油气田勘探与开发"项目，荣获国家科技进步一等奖。

塔河奥陶系碳酸盐岩特大型油气田勘探与开发科技成果，标志着我国在缝洞型油藏开发方面处于国际先进水平，对推动我国古生界海相碳酸盐岩油气勘探开发具有重大指导意义。

1988年6月，邓小平同志根据当代科学技术发展的趋势和现状，在全国科学大会上提出了"科学技术是第一生产力"的论断。这一论断体现了马克思主义的生产力理论和科学观。"科学技术是第一生产力"，既是现代科学技术发展的重要特点，也是科学技术发展的必然结果。

"十一五"以来，西北油田保持快速发展态势，探明石油地质储量由2005年的6.26亿吨增至2010年的11.05亿吨，累计增加4.79亿吨，年均增长近1亿吨。原油年产量由2005年的420万吨增至2010年的700万吨，年均增加56万吨；天然气年产量由2005年的3.6亿立方米增至2010年的14.5亿立方米，增长300%。快速发展的塔河油田，成为中国石化第二大油田、国内陆上十大油田之一。

西部快上产，得益于科技亮剑。

按照国内标准，地下原油黏度超过50毫帕秒就属于稠油。而塔河油田主力区块原油黏度超过1000毫帕秒，局部区块最高达到130万毫帕秒，形状就像"沥青疙瘩",即使人在上面走动,它也不会变形。这样的稠油占塔河油田总产量的50%以上。

稠油,一度让西北石油人发愁。

唯有创新才能"解稠"。

经过10年探索与创新,西北油田自主创新形成以掺稀油降黏工艺为主、化学降黏工艺为辅的稠油降黏工艺技术,有效解决了超稠油的开采难题。目前塔河油田掺稀降黏覆盖率超过90%,催化降黏节约稀油率超过30%,掺稀降黏累计生产稠油突破千万吨,化学降黏累计产油12.4万吨。结合原油生产面临的稀油深抽及稠油举升难题,油田科研人员通过自主创新与技术引进,重点开展稀油深抽工艺、稠油举升工艺、深抽配套工艺及机采软件等技术的研究攻关,形成多项技术成果,稀油深抽最深泵挂至5312米,稠油电潜泵举升最深泵挂至5020米。

难题接踵而至。缝洞型油藏,产量上得快、自然衰减也非常快,一口日产200吨的油井,一夜之间可能不出油了,这在塔河油田并不罕见。

依然向科技要良方。针对塔河缝洞型碳酸盐岩油藏特征,油田科研人员勇于探索,奋力攻关,创造性提出了向定容型单井单元注入替油、恢复地层能量、提高油藏采收率的新方法。

近几年,他们不断优化注水替油参数,通过开展多井单元注水开发能量补充方式,提高了缝洞型油藏采收率。截至2010年底,塔河油田缝洞型油藏共有329口单井缝洞单元实施注水替油措施,30个多井单元开展了注水开发,注水覆盖储量1.19亿吨,累积注水1047.32万吨,增油240.84万吨,提高采收率1.8%,实现了碳酸盐岩缝洞型油藏开发方式上的跨越,为老区稳产奠定了坚实的基础。

塔里木盆地复杂的地表和地质条件,对石油工程工艺技术提出了挑战。

为了把深埋地下的原油开采出来，超深井钻井技术、超深侧钻井技术等系列技术应运而生。为尽快实现关键技术的创新和突破，科研人员和施工队伍合力攻关，钻井提速效果显著。他们围绕高含水碎屑岩水平井的治理难题，开展了水平井堵水工艺技术研究，控水稳油收到成效。

科技创新已融入塔河油田每一口井和勘探开发的每一个环节。"十一五"以来，西北油田共完成科研课题150多项，1项获国家科技进步一等奖，12项获省部级科技进步奖，61项获技术革新成果奖；获国家新技术专利26项，有10项成果填补了国内空白，数百项技术创新成果应用于生产实践。

西北油田的科技人员感慨地说："塔河油田每前进一步，都离不开科技攻关和新技术应用；每一吨原油储量、每一吨原油产量，都是科学技术的结晶。"

西北油田领导班子思想认识非常明确，他们在打造世界一流企业征程中的定位和责任，确立了"对标世界一流，勇担'补短'重任"的战略思路，全力打造西部资源接替阵地，建设千万吨级大油气田。

进入"十二五"，西北油田发展面临着一系列困难和挑战。勘探上，资源接替处在关键期，但新的资源接替阵地尚不明朗，寻找勘探新的接替主战场，成为西北油田加快发展的当务之急；开发上，通过近几年以注水为主的塔河油田老区综合治理，稳产基础得到加强，自然递减率有所下降，但塔河碳酸盐岩缝洞型油藏稳产难度较大，稳产基础薄弱，自然递减率依然偏高，措施挖潜难度不断增大；工程技术上，制约勘探开发的瓶颈还没有真正消除，勘探开发急需钻井提速技术，深抽、酸化、压裂等工艺技术尚需不断加强研究攻关。

然而，挑战与机遇并存，西北石油人在困难中看到的是希望，是巨大的发展潜力。广袤的塔克拉玛干沙漠是希望的热土、资源的沃土。

西北油田分公司在塔里木盆地拥有37个油气勘探区块，勘查总面积达14.31万平方公里，拥有远景油气资源量达137亿吨油当量，占全盆地的60%。目前该盆地石油探明程度仅10%，剩余资源量非常巨大。

在深入分析资源前景和面临的形势基础上，西北油田确立了"十二五""坐稳塔河，加快玉北，拓展塔中，突破外围，油气并举，持续增长"的工作方针。勘探上，他们坚定实施"1312工程"（一项加速培育的战略接替工程、三项重点突破工程、一项精细勘探工程、两项战略准备工程）；开发上，他们全力打好"新区攻坚战、老区保卫战、工程技术攻坚战"三大战役，将塔河油田建设成千万吨级大油气田，打造中国石化西部资源战略接替阵地。

建设千万吨级大油气田，呼唤着科学技术再展雄风。西北油田新一轮科技攻关会战的大幕已经拉开。

西北石油人坚持科技支撑，着力实施资源第一战略，把勘探作为各项工作的重中之重来抓。首先，他们将"坐稳塔河，靠降低自然递减率和提高采收率"作为撒手锏，围绕提高新井建产率、提高采收率、提高储量动用程度及降低自然递减率开展科技攻关。其次，他们将"打好新区进攻战"作为突破口，坚持油气并举，解放思想，打破常规，深入细致地做好基础地质研究工作，力争在新区获取油气勘探的发现和突破，落实更多的优质资源。

他们牢固树立"人才资源是企业第一资源"的理念，积极拓宽员工创造价值的平台，根据各类人才特点和成长规律，建立经营管理、专业技术、技能操作人才队伍成长通道，让各类人才干事有舞台、创业有机会、发展有空间，使各类人才各尽其能、各得其所。他们进一步解放思想，本着"以我为主、引进为辅、合作共赢"的原则，加大专家型人才的引进力度，加快占领科技人才高地。

西北石油人一路走来，步履艰辛，却信心满怀。

建设千万吨级大油气田

2004年6月，中国石化集团公司党组研究决定，任命中国石化副总裁、油田勘探开发事业部主任焦方正同志担任西北石油局局长、西北油田分公司总经理。

6月的塔里木盆地，风沙和燥热交织，连绵不断的戈壁滩和沙丘不停地从眼前掠过，中午车外温度40度，坐在车里非常闷热，打开车窗，外面的热浪扑进来，更是炙人。关上窗户，车内冷气呼呼，吹得人头昏脑涨。

灰蒙蒙的戈壁滩，刮着追屁股风。车窗外除了灰尘，还是灰尘。有时候灰土落到车窗上，像瀑布一样往下流。

车子在沙丘上颠簸，焦方正脑海里也波涛翻滚，他多么希望这戈壁滩全都变成油田啊！他甚至幻想着每一个沙丘变成一个采油树。

焦方正带领一行人，冒烈日顶风沙，越天山、穿戈壁、进沙漠，一路颠簸数千公里，深入遍布在塔里木盆地边缘的一个个基层队点和边远井站，实地考察油田周边地质地貌，认真听取一线科技人员的意见建议。

通过细致调研，掌握了大量的第一手资料，焦方正以石油专家的理念和智慧，为西北油田分公司的长远发展描绘了一幅宏伟的画卷。

一连好多天，焦方正的目光聚集在塔河油田构造带上，左看右看，时而远时而近，办公室主任走进他的办公室，愣住了，他不知道焦总这么专注地研究什么，也不好打扰。

过了一会儿，焦方正的眼睛忽然一亮，显得异常兴奋，转身准备坐下时，看到办公室主任，他把手一挥，做出一个别打扰的姿势。他紧坐在桌前写下"塔河之下找塔河……"几个字，这才笑着问办公室主任有啥事。

目送办公室主任走出自己的办公室，焦方正越想越兴奋，因为通过这段时间的研究与思考，他已经形成了一个很大的设想。

很快，焦方正提出了"立足大发现、实现大发展"，"塔河之下找塔河，塔河之外找塔河，提高采收率再造一个塔河"的"三个塔河"发展思路，使塔河油田油气勘探开发建设事业实现了快速高效的运行，使西北油田分公司实现了连续跨越式大发展。

这位陕西汉子身上，终归蕴藏着秦人那股不服输的倔劲儿。他梦想着在自己履职这些年，能够在塔里木盆地抱个"金娃娃"。

西北石油局采取了一系列寻找新目标、布设新探井、开辟新区块、扩大新领域的勘探新举措，为建设千万吨级大油田奠定了资源基础。

在开发上，焦方正积极倡导"勘探开发一体化"理念，积极引进各种先进采油技术、工艺和材料设备，科学实施"提高采收率再造一个塔河"的开发战略，大大提高了塔河油田的原油采收率。

在科技创新上，面对具有世界级难题之称的塔里木盆地海相碳酸盐岩勘探开发难题，焦方正强调：科技是第一生产力，千万吨级大油气田的建设、三个塔河战略的实施，离不开科学技术的大力支撑。

有能力、有魄力的焦方正组织和带领科研人员奋力攻关，经过不懈的努力，逐步创立了"碳酸盐岩缝洞型油藏开发理论"；创新了八项碳酸盐岩缝洞型油藏开发技术，并完善了十大配套技术系列，为有效开发碳酸盐岩油藏提供了坚实保证。朝着"千万吨级大油气田"的宏伟战略目标，西北石油局探明石油地质储量，由2005年的6.02亿吨增长到2009年的10.36亿吨，探明了10亿吨级中国最大的特大型古生界海相碳酸盐岩油田——塔河油气田，实现了我国古生代海相碳酸盐岩油气勘探真正意义上的重大突破。原油产量由2005年的420万吨迅速跃升至2009年的660万吨。西北油田跻身中国陆上"十大"油田行列，成为中国石化国内第二大油田，到2013年，实现了油气产量连续十七年增长。

2008年，西北石油局完成勘探西北分公司的重组，从体制上解决了同一地区相同业务管理分散的弊端，提高勘探开发效率和资源利用程度，预示着西北石油局有了走出塔河、实现再次跨越的战略空间。这一年，西北石油局已探明石油储量9.32亿吨，三级储量达到33亿吨油当量。

2010年7月，中国石化集团公司任命刘中云同志担任西北油田分公司总经理、西北石油局局长、党委副书记。这位曾在胜利油田成长起来的专家型领导干部，特别注重科学技术研究工作，对"十二五"期间西北油田通过实施"两大战略"、推进"两大创新"，建设千万吨级大油气田做出了积极贡献。

刘中云提出，第一，着力实施资源战略。始终坚持把勘探作为各项工作的重中之重来抓。首先要咬定塔河不放松。一靠勘探开发一体化，二靠立体勘探开发。把塔河油田的上上下下、左左右右、大大小小、深的浅的、不同类型的油藏吃干榨尽。三靠降低自然递减率和提高采收率两个"撒手锏"。其次是"打好新区进攻战"，实现新区资源的勘探突破。刘中云的这些战略构想，与焦方正的"三个塔河战略"有着异曲同工之妙。这是西北石油局、西北油田分公司实现"十二五"目标的关键。

刘中云采取的具体措施是，要加快巴楚和麦盖提区块勘探。西北油田分公司在巴楚和麦盖提地区拥有3万平方千米的探矿权。2010年7月，部署在和田地区墨玉县境内的玉北1井，在奥陶系测试获工业油气流，首次实现了麦盖提斜坡奥陶系碳酸盐岩领域导向性油气突破。随后，又部署7口评价井和风险井，采集完成1100平方千米的三维地震数据。在突破外围过程中，他主张力争在塔中和天山南部地区取得实质性勘探突破，并与中石油联合攻关，破解山前地震采集处理技术难题，加快碎屑岩隐蔽油气勘探开发。

刘中云对企业创新有着深刻的思考。他认为，西北油田分公司必须坚持"两个创新"，方能实现建设千万吨级大油气田的战略目标。一是要坚持管理创新。要坚持继承与创新相结合，不断调整完善运行机制，全力推进项目化管理，强化精细化管理，优化成本管理，规范市场管理，进一步完善与新形势要求相适应的、具有西北石油特色的"油公司"管理模式。

在刘中云看来，塔河油田持续开发时间长，井况复杂，成本压力大，要转变不计成本、片面追求产量的观念，坚持勘探开发一体化和投资成本一体化思路，强化全成本目标管理。要将成本优化作为"创优争先"的一项硬性指标，优化方案设计和技术措施，优化成本措施结构，优化生产运行管理，深挖降本增效潜力，提升开发管理水平和产能建设质量，增强油气产量的增产潜力。他坚持科技创新，紧紧围绕分公司勘探、开发、工程技术瓶颈进行攻关，加快基础技术研究，强化核心技术培育，加大配套技术攻关、试验和推广应用力度，加强前瞻性研究和技术储备，完善科技管理机制，加强项目管理和成果转化，重点做好"三个支撑研究"，为持续快速推进千万吨级油田建设提供科技支撑。他极力主张做好油气开发支撑研究。围绕夯实资源基础，加快资源战略接替、实现可持续发展开展研究，力争早日取得油气重大突破；围绕提高新井建产率、提高采收率、提高储量动用程度及降低自然递减率开展攻关；做好工程技术支撑研究，工程技术要进一步向勘探开发延伸，紧密跟踪国内外前沿技术，适时引进先进技术，抓重点、分层次开展研究。

西北油田在一任又一任懂专业、会经营、善谋划的经营管理措施有力推动下，对于进一步提高对海相碳酸盐岩油藏在我国油气资源中的重要认识，为千万吨级大油气田建设打下了良好的基础。"十二五"期间，西北油田成绩斐然，捷报频传。

中流砥柱

西北石油局进疆开展石油勘探开发已经走过了30多年的历程，从2008年西部矿权重组以后开始了第四个十年。第四个十年西北石油局按照"三个塔河"的战略构想，走出塔河，怎么实现"塔河之外找塔河"？这中间虽说有了一些突破和发现，但是几次都遇到很大的一些挫折，遇到了一些新的挑战，"塔河之外找塔河"这个目标一直没有实现。

没实现这个目标，就意味着西北石油局在后期的发展当中，还没有找到新的可以提供大规模开发的资源接替阵地。

经低油价"寒冬"的风霜淬炼，西北石油局给党和国家交了一份合格答卷——他们通过部署的优化，理论的创新，在2016年实现了顺北油气田的重大商业发现。2014年9月份，他们部署的顺北1-1H井整整打了一年，2015年9月9日喜获高产油流。初期日产原油185吨、天然气9

万方，且是高品质原油。有望成为新的产能接替阵地。顺北1-1H井获得重大突破。产量高，油质好，这口井的发现意义不同寻常，消息振奋人心！

塔里木盆地在无边的荒凉和朦胧之中更具有强大的魅力，它不仅埋藏着取之不尽的油气资源和其他矿藏，它处处还闪耀着人类文明的火花，这里应当是油气资源的聚宝盆。

以往西北油田分公司在塔里木盆地的油气开发都是找地下的储油气洞穴，通过三维地震技术，也就是给地球做"核磁共振"，显示黑色圆点的地方一般都是储油点。但这一次将思路转为"以超深多成因、多类型裂缝，寻找晚期原生规模轻质油气藏"。通俗来说，以前在勘探过程中，断裂带被认为是油气藏的通道或是"阻挡墙"，而这一次他们发现，有裂隙反应的地方也可以储油。但是这下面的油平均埋藏深度超过7300米，具有超深度、超高压、超高温的特点，尤其是顺北1-1井井深达7500米。这在低油价的寒冬期，稍微有任何一点失误都将给公司带来巨额损失。

7500米的油藏对于负责工程技术保障的西北油田工程技术院来说也是难题。钻井过程中遇见复杂地层，如二叠系巨厚火成岩漏失严重、桑塔木组火成岩地层易垮塌等，若井身结构和钻井工艺设计不合理，会造成钻井事故多发。钻井液技术专家牛晓带领她的团队现场分析地层岩性特点，抽取现场岩屑样品开展室内研究，多少个日日夜夜反复实验，研究出7500米地层稳定技术和钻井液技术，保证钻井顺利钻达油藏。工程技术研究院还自主研发了超深小井眼承压70兆帕、耐温204度液压完井封隔器，成功率达100%。可以说从钻井到完井每个环节都严丝合缝，做到了能钻到油，还能控制好油。

所有的事情都在不允许出一点错误的情况下小心翼翼地运行。

钻头一点一点地在地下7000多米深度运行着，所有人都注意着它，每向下钻进一尺一寸，大家的心就往嗓子眼提起一点。

终于出油了！所有人紧绷的心终于轻松下来。

顺北1-1的成功，标志着顺北油田的勘探开发迈出了非常重要的一大步。

胡广杰一声长叹，内心的压力一下子得到了舒缓。他说："顺北油田的大突破是勘探理论和工程技术突破的结果，二者缺一不可。"

所以，当他听到刘宝增要在顺北再部署的设想时，高兴地说："就该这么干!"

的确，他们都是大手笔！

胡广杰亲自参与了顺北部署6口井全过程，新井开钻以后，他时刻关心着进尺情况，一个劲儿地打电话询问，稍微能抽得开身就往顺北前线跑。

瀚海的骄阳、大漠的风沙锤炼出一支无往而不胜的找油劲旅，西北石油局在塔里木荒漠取得了一个又一个胜利。石油勘探总是时起时伏，有涨有落，愈是到了山重水复之时就预示着大突破、大发现、大发展的来临，这就是找油的哲学。因为石油勘探的成败与决策者的胆识，高科技、高技术、高密度资金的投入直接相关。塔里木盆地勘探程度不高，更为广阔的地域尚属处女地，必须有更科学的研判、更密集的技术和投入及坚忍不拔持之以恒的决心才行。

刘宝增的管理智慧与决策胆识，在人们的期待中如同秋后结出的一颗大瓜，在"极寒期"奇迹般地涌出一股"暖流"。

2016年6月下旬，6口井陆续打到了目的层，陆续见到了高产油气流。随后，这6口井日产均超百吨，一举揭开了大漠亿吨油藏的神秘面纱。

刘宝增及时把这个消息报告给中石化集团公司董事长王玉普和分管勘探的焦方正老总。焦方正受王玉普的委托，6月底专程赶到了顺北，看到这么一个可喜的局面，认定顺北油气田正式发现了。

7月下旬，刘宝增和胡广杰，带着勘探开发的同志漆立新、胡文革一起到北京，向当时的王玉普董事长和党组的主要领导焦方正、马永升等同志进行汇报。

在低油价的寒冬期里，这种喜讯让听汇报的老总们都极为激动。

王玉普老总形容：这是西北油田在寒冬里送的一件棉袄！

焦方正等领导同志对西北油田给予充分肯定，认为顺北油气田的发现已成定局。他主张进行宣传报道。

刘宝增一行又向中国石化宣传工作部主任吕大鹏做了汇报，吕大鹏主任说："你们现在先别报道，王玉普董事长在8月底要到香港进行路演，最好是董事长在路演时对外公布这个消息。"

8月29日，中国石化集团公司董事长王玉普在香港召开新闻发布会宣布，中国石化在塔里木盆地顺北油田勘探取得重大突破，油气储量预测达到17亿吨，其中石油12亿吨、天然气5000亿方。顺北油田的重大油气突破，为处在寒冬中的石油行业带来了暖意。

当天晚上，中央电视台新闻联播播出了这个振奋人心的特大喜讯。

刘宝增说："顺北油气田的发现，不仅实现了'塔河之外找塔河'的战略构想，而且是西北油田发展史上继沙参二井突破和塔河油田开发之后的第三个里程碑，为国家一带一路倡议增添了活力和动力，为我们建成千万吨级大油气田、实现'原油产量1000万吨、天然气产量100亿方'的奋斗目标落实了资源阵地。"

顺北油藏结构复杂，顺北1-4H井需要精确钻探8000米到达目的层，工程技术人员通过对定向工具和超深小井眼轨迹控制技术的深入研究，优化完善后的超深小井眼定向井技术成为"百步穿杨"的保障。顺北1-4H井顺利钻至完钻井深8049.09米，一举刷新同类型超深小井眼水平井斜深世界最深纪录，同时还创造水平井斜深中国陆上钻井最深纪录。

2016年，西北油田持续攻关钻完井综合提速提效技术，攻克了顺北地区裂缝发育、地层易垮塌等钻井难题，初步形成了钻完井集成优化技术，应用分层提速、随钻封堵、小井眼水平井定向等技术，安全高效完成了本轮次6口开发井钻井任务，平均钻井周期比邻井缩短35天，节约投资近6000余万元。

胡广杰说："随着我们对顺北地区勘探开发技术不断完善，未来5到10年，西北油田将重点围绕顺北地区开展勘探开发工作部署，做好投产井精细化管理，同时建设联合站、油气处理站等设施，力争'十三五'建成原油年产150万吨和日产天然气200万方的产能规模。"

【作者简介　秦汉，中国作家协会会员，一级作家、编剧，库尔勒市作家协会主席。著有诗歌集、散文集、小说集、报告文学集和影视剧本40多部，代表作有散文集《琥珀色的远方》等。】

吐哈新传 *

牟德元

高度自动化管理

吐哈石油会战是一场不同于以往的石油会战。

20世纪末，当改革、发展在中国焕发出一种巨大活力时，中国石油天然气总公司就开始勾画新疆地域石油勘探开发的宏伟蓝图——未来油田将实行高度自动化运作：应用计算机集散分布式控制，井站、计配站无人值守，百万吨产能百人管理。这也是中国几代石油人的梦。恰逢此时，如火如荼的吐哈石油会战成为国内外舆论关注的热点之一。吐哈盆地这个地处沙漠戈壁，自然环境恶劣，但发展潜力巨大的区块，成为实施中国石油天然气总公司宏伟蓝图的试验田。中国石油天然气总公司明确提出，要在吐哈油田全面推行生产过程的自动化管理，闯出一条沙漠戈壁地区油田开发的新路。这对新生的吐哈油田来说是千载难逢的机遇。

火焰山下的鄯善弧形构造带，人们在神话般的传奇故事中就早有所闻，她烈火般的"热情"，能把你融化。她的"脾气"是时而黄沙弥漫，

---

* "吐哈"指新疆吐鲁番、哈密地区，吐哈油田就在这一地区。

时而寒风刺骨，时而烈日炎炎。然而她深埋在地底下的丰富宝藏，吸引着调集到这块宝地的勘探者。

1991年，吐哈鄯善油田自动化系统工程开始实施。这是吐哈油田实施的第一套油田自动化系统。当时人们对计算机控制的认识了解很少，在石油行业还很少有大规模作业区综合自动化实施成功的先例，就连当时负责安装组态调试的上海自动化研究室的人员，也是边参加培训边探索。而吐哈参与配合的人员主要以新毕业的大中专生为主，更是缺乏经验。

会战指挥部领导说："时间不等人，边干边学。"

自动化系统所属设备运到鄯善作业区现场后，吐哈石油会战指挥部先后派人到北京、西安等地专业生产厂家进行对口学习，请专家和有关设计人员做各类专题讲座，并组织人员在施工现场学习，全面了解各类仪表现场安装、调试的方法，按设计图纸反复核对各仪表柜信号接点和线路的走向，参与此项工作的人员必须很快掌握自动化作业的大量知识和安装调试方法。

鄯善油田自动化系统投入运行后，不仅在生产管理中发挥了巨大作用，更重要的是，它作为先导性实验油田，为其他油田实施自动化提供了经验，培养了人才。吐哈诞生的第二个油田 —— 温米油田自动化系统在设计阶段，吐哈指挥部就派人与设计单位、外事引进人员一起，参与了方案制定与技术谈判，最终优选了美国哈尼威尔公司生产的TDC —3000系统和美国BB公司生产的RTU自控系统，使得鄯善油田自动化系统存在的问题，在温米油田设计初期就得到根本解决。特别是丘陵油田自动化系统，是按国际水平设计，在各方面总结了鄯善、温米两个油田自动化系统的成功经验和不足，水平有了更大的提高。

自动化技术在吐哈油田的全面应用，取得了巨大的经济效益和社会效益，它昭示人们：一场新技术革命必将带来灿烂的工业文明之花：

实现了"百万吨产能百人管理"和"百万方气百人管理"的目标，为吐哈油田作业区新体制的确立奠定了基础。其灵活调用的动态画面，经汉字化处理的人机界面及生产报表的自动生成功能，大大降低了操作难度，生产过程的运行情况一目了然。在管理方式上，主要依靠作业区生产调度人员，充分利用中控室计算机的综合管理功能，并借助于声光报警，将出现的异常情况及时通知现场巡检人员进行处理，极大地提高了生产调度效率和管理效益。

在各井站、计量站、联合站及原油、轻烃罐区均安装有可燃气体浓度检测仪，将监测信号及时、动态地远传到中控室，一旦遇有油气外泄事故发生，中控室便出现声、光报警，并指出具体报警点，值班人员可迅速组织力量处理现场故障。

油田自动化的实施和应用，使仪表、计算机技术、无线电通信技术等多种高新技术在油田推广成为现实。例如在鄯善油田研究开发了监测投球状态和单井生产动态的多功能检测仪、新型投球器等多种机电一体化设备，与自动化系统联用后，既能就地监测，又能使信号远传，在油田生产管理中作用突出。

吐哈油田自动化系统的应用，为新体制的运作奠定了坚实的基础。但他们并不满足现状，确定了今后的发展重点：在现有的自动化系统上，将各油田生产数据实现网络传输。网络传输的建立，对于吐哈油田的生产管理迈上现代化、信息化轨道，提高管理效益，意义重大。它必将延伸油田自动化的应用范围，对油田自动化事业发展和推动，同样具有非常重要的意义。另一个重点，是在现有的自控系统基础上，进行深度技术开发，以形成适合自己模式的配套小系统，为吐哈油田自动化队伍走向专业化奠定技术基础。为此要借助外部力量，再加上自己的专业优势，开发出部分国外产品的替代件，以降低费用并提高技术水平。这是中国石油工业的奇迹，其中的自动化技术起到了非常显著的作用。

蔡志刚的思绪

一架向西航行的飞机，正飞过天山山脉的博格达峰。一位目光深邃的乘客，透过舷窗，注视着脚下的这片土地，这个大舞台对他意味着什么？

他抑住心跳，陷入深深的思考。

这位乘客是刚刚走马上任的中国石油天然气集团公司吐哈石油指挥部指挥蔡志刚。

1997年11月，中国石油天然气集团公司领导找蔡志刚谈话，告诉他，集团公司准备调他去西部的吐哈油田工作，问他有什么意见。

这对他来说，犹如人生路口上的又一抉择。

从东部到西部本身就是一个很大的挑战。蔡志刚心里很清楚，东部毕竟信息发达，处在改革的前沿阵地，人们思想解放、观念新。从领导一个企业来说，当然在华北为最佳，自己在华北工作了几十年，靠近北京，战友、同学、朋友多。对家庭来讲，子女都在东部，继续留在东部，工作生活两不误啊。

蔡志刚的心里矛盾着。

但集团公司领导期待的目光在注视着他。要知道，中国石油天然气集团公司已经酝酿中国石油大重组，地处西部的吐哈石油指挥部尤其需要一位改革家的组织和胆识，而蔡志刚正是集团公司选择的最佳人选。组织的决定，领导的期待，蔡志刚毅然表示服从组织决定。

事实上，蔡志刚只身前往吐哈，工作生活中面临着比东部更多的困难。他身体患有多种疾病。但在和总公司领导谈话后的第三天，他就风尘仆仆赴吐哈报到了。

去千里之外的茫茫大戈壁，伴随他的是办理提前退休的爱人——从事中国石油事业的高级工程师。

半个月后的一个微寒的日子。

车窗外皎洁的月光和楼群的灯光相辉映。从天山山缝间，吹过来阵阵北风，让路两旁的树叶飘飘洒洒地坠落下来。

一辆小车停在哈密新建石油小区的建设工地前。

车门打开，走出来一个身着大衣的高大男子。他，就是蔡志刚。

他无声地围着工地走着。这个城市和基地已经睡了，一万多举家迁来的职工和他们的家人，也已经睡了。

近半个月调查了解，蔡志刚感到，一些职工片面认为进了油田就进了保险箱，思想上不求上进；个别职工习惯动口不动手，处处靠乙方和协议工，被人讥为"处级工人"；管理粗放的现象时有所显，从严治厂的传统在部分管理干部中淡漠了，高效益、快节奏的作风被人当作"负担"等等。如果这些问题不能得到很好解决，就有可能影响到经过多年艰苦会战锻炼和培养起来的整体队伍的作风和形象。

蔡志刚不愧为一个思想者，他懂得人的价值，懂得怎样去挖掘和运用人的潜能。

他的思绪从缝隙中正开辟一条路：跳出盆地意识和内陆观念束

缚，参与国际竞争，立大志、谋大业，振兴共和国石油工业高视点和新观念……

属于吐哈的二次创业开始了。

二次创业

基本建成的吐哈石油基地，像世外桃源一般迷人，职工家属们悠闲自得地徜徉在温暖的环境里，享受着天伦之乐的幸福。

吐哈油田地处边疆戈壁，经过几年会战和建设，油田已初具规模，职工中有一种小富即安的满足感。客观上说，石油职工在玉门油田艰苦环境工作了几十年，又经历了吐哈会战，如今，家从玉门等地搬过来了，条件好了，有的职工滋长了安居乐业过小日子的思想。蔡志刚从心里理解职工们长期会战给家庭生活带来的不便，更明白，在社会化大生产背景下，企业只能不断开拓、不断发展，决不能守摊子、过小日子。从主观上看，许多经营单位存在潜亏，劳动生产率低，装备落后。油田有9个驻外办事处，指挥部每年要向这些办事处补贴几千万元，且有膨胀趋势，如果任其发展，对吐哈发展极为不利。

蔡志刚深深感到，这种滞后的观念非常要命，因为这是影响吐哈发展的主要障碍。为此，他提出要转变全油田每一个人的观念，树立危机感、紧迫感和使命感。油田组织干部职工学习油田改革发展目标和思路等学习材料，在职工中组织开展"机遇在哪里，挑战是什么，我们怎么办？"以及"转观念、创一流、促发展"等群众性的大讨论，蔡志刚亲自参加一些单位的讨论。蔡志刚要求干部职工正确认识自己，认清自己实力，摆正自己位置，改变那种都想当"老板"，又不想奉献，自我感觉良

好的观念。在学习和讨论过程中，及时引导职工把油田形势任务放在集团公司改革发展的大局中来认识，明确石油工业改革重组、持续发展的大趋势，增强职工为油田发展多做贡献的使命感；用"两论"的观念看形势，既看到困难，又看到前景，充分利用有利条件克服前进中的困难；用发展的眼光看形势，激励职工统一思想，克服困难，增强通过改革重组来加快发展的紧迫感。

经过大学习、大讨论，蔡志刚要求油田全体干部职工要破除因循守旧、墨守成规的思想倾向，牢固树立开拓创新的观念；要破除怨天尤人、无所作为的"等靠要"思想倾向，牢固树立市场竞争的观念；要破除"见物不见人、重财不重才"，仅靠资金带队伍的思想倾向，牢固树立人才开发的观念；要破除重投入、轻产出，重数量、轻质量的思想倾向，牢固树立以经济效益为中心的观念。用思想观念的转变推动改革与发展的实践。在此基础上，油田领导班子提出了二次创业的奋斗目标。二次创业，就是建立适应市场经济、充满生机和活力的现代企业制度，优先发展主业，有重点地发展替代产业和新兴产业，增强企业整体实力，使吐哈油田进入可持续发展阶段。

初期创业是在轰轰烈烈的吐哈石油会战中实现的。而二次创业是在转变观念、统一思想的行动中开始的，它同样犹如一股汹涌澎湃的巨浪，震撼着每个人的心灵，拉开了吐哈油田二次创业的帷幕。

蔡志刚经常说，企业就是要为社会做贡献，创造效益。如果采取各种措施也不能扭亏为盈，就取消这个亏损企业。

吐哈当时个别经营单位存在潜亏，由于历史原因造成了包袱重、人员多、劳动生产率低。为了使每一个经济单元都能创效，蔡志刚采取了几大动作。

第一步，把所有生产后勤单位剥离，使施工作业队伍、单位和外办都减轻负担，卸掉包袱，轻装上阵。生产辅助单位和后勤划为四大块，成立了物业公司、物资采购中心和一些专门的研究机构。目的是让生产经营主业专心搞生产；施工作业单位轻装上阵创市场，自主经营、自负盈亏；科研单位专心搞研究。为生产经营单位创造了良好的经营环境和条件。这可以说是新一轮企业内部的调整重组。

第二步，对油田驻外办事处提出3年扭亏为盈，要求1998年收支平衡，1999年实现扭亏为盈。这个目标提出后，对外办震动很大。蔡志刚耐心地向外办同志讲，外办必须把靠补贴过日子的思想转到自负盈亏，为指挥部创效上来，实现这个目标难度很大，但只要去做艰苦的工作，就会达到目标。直到石油天然气总公司重组，外办才真正看出这是大趋势。各外办齐心努力，当年就有7个外办扭亏。看到外办取得的成绩，蔡志刚心里感到由衷的高兴。

第三步，进行油田内部配套改革。首先对机关改革动了真格。近2万人的油田，指挥部机关人员就达800人，过去这一块改革力度不大，而这次仅机关处室就精简了三分之一，机关人员精简了58%，处室长精简了54%，科级干部精简了58%；二级机关改革在一个月内完成；分离"小而全"、重组资产、队伍结构调整等多项改革措施在三个月内全部完成；养老保险、医疗保险和住房制度改革正式启动，为全面实施现代企业制度创造了条件。

第四步，消灭亏损和亏损企业，培育新的经济增长点。首先大力整顿多种经营系统。油田建设初期，为另辟一条多种经营发展之路，成立了四达公司。由于种种原因，建的许多厂子全都亏损，群众反映强烈，大家的眼睛都盯着蔡志刚，看他敢不敢动硬。蔡志刚仔细翻阅四达的报表，了解各厂经营状况，看到问题错综复杂。知道这个问题如不解决，不仅挫伤群众的积极性，而且也会给油田带来沉重负担。蔡志刚下决心要抓好这个问题，成立专门班子开展清查工作，共清理出各类注册公司97家，对31个单位财务收支情况和全部完工工程项目预决算进行审计监察，基本摸清了多种经营单位的家底。随后，采取舆论监督措施，在石油报上公布拖欠的单位和个人，限期清缴。同时实施效能监察"一把手工程"，各单位一把手亲自抓清欠，这些措施得罪了一些人，但却得到广大干部职工的热情支持。共清理、收缴各类拖欠款1.09亿元，这些资金大大缓解了油田生产资金紧张状况。最后通过重组，将四达公司解体。

对其他亏损单位，吐哈油田提出用两年时间使这些单位扭亏为盈或消灭亏损单位，主要是划小核算单位，让这些单位独立自主经营，公平创市场。到1999年，7个专业化单位和外办都消灭了亏损。这些成绩，使吐哈的整体实力大大增强。

重组改革

改革发展是主旋律，随着国家宏观经济政策的实施和国有企业三年脱困目标的临近，国务院做出了重组石油工业的战略决策。中国石油天然气集团公司决定先在吐哈等几个油田试点。

油田领导班子一方面在职工中大力宣传重组改制的必然性和必要性，做到舆论先行。一方面，着手编制重组方案，同时紧锣密鼓进行清产核资，摸清家底。1999年6月，按照集团公司"四个确保、六个不变"的重组精神，吐哈油田顺利完成了核心业务与非核心业务的分开、分离，主业与辅业人员的分流、分离。同时，确保了职工队伍的稳定，思想的稳定，工作的稳定，安全生产形势的稳定。

1999年底，中国石油天然气集团公司正式发文：任命蔡志刚为吐哈油田分公司总经理、党委书记。

经过重组后的吐哈油田分公司，离上市的要求、离建立现代企业制度的要求还有一定的差距。为了使油田分公司的运行机制早日与国际接轨，真正建立起现代企业制度，蔡志刚以"强化两头，减少中间环节"的管理思想和"抓龙头，保产量"的生产经营思路组织实施：解体了原开发一、二部，成立了以单个油田为单元的6个采油厂，变公司、采油厂、作业区三级管理、三级核算为公司、采油厂两级管理、两级核算，同时加强了油田公司机关的职能，要求两级机关重心前移，贴近生产，贴近基层，靠前指挥。对单位和个人签订业绩合同，实行业绩考核，按成绩评定，按效益兑现，指标层层分解，压力层层传递，使重组前有着不同企业文化、特点、思路的各单位，统一在一个目标上，保证了重组后各油气田目标一致、步调一致，并取得累累硕果：勘探取得重大突破和发现，天然气及副产品生产超计划运行，重点工程进展顺利，销售收入、利润和上缴税费实现三个同步增长，安全生产实现了无重大事故，一大批重点工程相继完工投用。

这是重组改革后公司出现的新气象。

从2002年起，蔡志刚就开始探索扁平化管理方式。过去的传统组织管理中，上级不能越级指挥，下级不能越级请示汇报，决策者的指令要通过很多层才能传达到最基层的执行者，不但时间缓慢，而且传递过程中的失真、扭曲也时有发生。而最有效的办法就是扁平化。2003年，油田公司全面推行扁平化管理后，管理层次大大减少，工作效率和管理水平得到提高。特别是现代信息技术的发展，通过计算机快速和"集群式"

的方式传递指令，达到快速、准确发布指令的目的，避免失真现象，不必通过管理层次逐级传递，增强了快速反应能力。各采油厂积极探索因厂而宜的扁平化组织结构，压缩中间管理层次，缩短信息通道，提升管理水平。公司机关各部门制定了与扁平化管理相适应的工作职能，有序推进公司综合业务集中管理。通过组织管理创新，整合物流、资金流和信息流，把传统的金字塔形组织架构转向现代的扁平化管理模式，形成了以公司职能处室为参谋主体，各单位为执行中心的决策服务系统；以事业部为责任主体的生产经营管理系统；以研究院为核心，工程技术服务为支撑的技术支持系统；以公司生产调度为中心，各单位中控室为单元的生产指挥系统；以生产指令直达现场，岗位迅速反应的生产操作系统。

2003年，油田分公司车辆改革先行一步，在公司基层单位全部推行，坚持"市场化、费用化"的改革方向，对公司207辆自备车办理了资产移交手续，实现了统一管理。实行新的车辆管理方式后，减少专职驾驶员87名，每年同比节约管理费535万元，取得了良好的经济效益，企业"不养车、不养人"的新型用车管理模式基本建立，并为公司全面推行车改积累了经验。

持续重组，建立现代企业制度，建设一流石油公司的条件已经具备：油田分公司人均油气占有量近千吨，油气品质深受市场青睐，人均资源量、经济效益均居全国前列；队伍十分精干，平均年龄只有33岁，23.5%的员工具有大学本科以上学历，处级干部平均年龄只有42岁，且大部分经过石油会战锻炼考验，具备跟踪当代石油高科技知识经验和现场管理能力；开发、引进、积累了一大批先进、成熟、实用的石油高科技。观念上的主动，使新体制展示出无比的魅力。

石油勘探，在世人眼里充满神奇，充满奥秘。在勘探者眼里，它或许是一幅色彩斑斓的画卷，或许是一座冷酷无情的"冰岛"，但在画卷和"冰岛"两个反差极大的物象之间，勘探人义无反顾，他们坚信有把握描绘这幅蓝图。

上个世纪末，石油勘探队伍先行吐哈盆地。在吐哈，地质家们的思想和身体始终处在亢奋状态，他们的思绪一直穿行在侏罗纪时代的门槛周围，不厌其烦地一次次敲击侏罗纪大门。

执着、对话、较量、辩论……侏罗纪最终被这种虔诚的心扉所打动，敞开了它的大门。

经过长时间攻关，地质科学在许多方面都有了很大进展，其中喷薄欲出的是煤成烃理论。

这一理论科学，始萌于60年代，成长发展于80年代和90年代。经过几十年刻苦钻研和艰辛的工作，已成为现实：地质年代的侏罗纪——那个在地质学家心中的画卷，煤系地层怎样运移生成油气？这道长期困惑石油地质界的难题，在吐哈地质学家的不懈探索中得到破解。由此，启动了吐哈油田"造血功能"的"按扭"，现代石油勘探的大幕徐徐拉开。

然而，走向煤系层的道路坎坷而艰辛。吐哈地质专家首先瞄准煤系地层成油理论的研究，对各类样品进行综合比较和化验分析。最终，他们提出了一个响亮的观点：侏罗纪煤系地层生油一定有规律。

这一理论认识，在侏罗纪含煤地层大放异彩，连续获得重大突破：1989年吐哈盆地第一口科学探索井台参一井在中侏罗系三间房组获得工业油气流，发现了鄯善油田。同年8月，托参一井在三叠系获得工业油气流，发现伊拉湖油田。台参一井获得工业油气，发现了中国最大的煤成烃油田，在迄今发现的吐哈所有油田中，侏罗系这一层系所探明的石油储量，占全盆地探明储量的90%以上。

2000年是油田重组后的第一年，吐哈油田地质勘探、开发已是人才济济。人人握灵蛇之珠，家家抱荆山之玉，阵容齐整。油田地质老总袁明生做出了战略性的部署：勘探方向侧重于鄯善弧型带，同时向其他构造带挺进！

火焰山复杂构造带的油气勘探取得重要进展，发现火焰山玉北一号、神东二号等五个有利圈闭，成功钻探火三井，发现了火焰山油气富集带。该发现被列为2000年中国石油股份公司"九大发现"之一。盆地台北凹陷东部的小草湖次凹红台六井也获工业气流，"下凹找气"取得新进展。走出"鄯善弧形构造带"，对西部古弧形带、山前带等重点区带进行精细解释，首次在山前带第三系发现油气层，开拓了浅层天然气勘探新领域。勘探人还结交了一位"新朋友"——三塘湖，这是吐哈石油勘探再一次走进侏罗系、二叠系，发现了新的含油层系，确定了北小湖、牛圈湖、马中二号、黑墩一号、黑墩三号、马中六号等6个有利圈闭，累计控制石油地质储量9892万吨。

三塘湖油田

1992年7月的一天，在吐哈石油会战指挥部的勘探工作会上，总地质师王昌桂盯着墙面上的大地质构造图，用电光笔在一块地方画圈子。

地质专家们不一而同发出声音："三塘湖盆地！"

一番争论后，王昌桂总结道："我相信，三塘湖盆地也是能给吐哈带来希望的地方。"他的构思是，除了在鄯善弧形构造带摆开大战场外，三塘湖是吐哈油田的明天。

随后几年，三塘湖盆地的地质研究和普查，全面深入地展开了。

1998年年底，油田领导蔡志刚、王世信、刘宏斌等人先后来到三塘湖盆地勘查现场部署工作，成立了三塘湖项目筹备组。

1999年1月，王昌桂的几个弟子在北京汇报，得到股份公司领导及有关专家的充分肯定，批准了由他们提出的马6、马7两口预探井。这两口井当年秋天先后获得工业油气流，从而发现马中油田、头屯河组油藏和黑墩油田。吐哈地震、钻井、录井、井下、试采队伍风云而至。

从1993年到2002年，三塘湖石油勘探项目经理部对盆地进行了地震、钻井、电法、重磁力、化探等综合性勘探，在石炭系、二叠系、侏罗系等不同层段先后获得发现。可是，这几个区块初期产量较高，但单井产量下降快，产量低，稳产时间短，裂缝分布规律难以把握，制约了勘探的发现与已发现储量的升级和动用。尤其是102井，采用泡沫泥浆欠平衡钻井技术完钻的水平井，投产后产量很低。这些都导致了低压与裂缝型油藏增产改造难度大。由于勘探难度加大，储量升级被迫减缓。

三塘湖真的就没有希望吗？

2003年后，钻探马13、马14风险探井取得成功，证实了西山窑组大型地层—岩性复合型油气藏的存在，并首次在头屯河组、齐古组获得工业性油气流，含油层系不断丰富，储量规模快速增大。

历经艰辛，还是没有发现大的油田。

勘探何处去？此时，勘探人真是"拔剑四顾心茫然"。

但他们并不甘心。他们冥思苦想，又将三塘湖的地震资料进行重新处理解释，寻找新的目标。通过这一阶段的勘探发现，他们将目光死死盯在了牛圈湖。

然而，接下来的时光仍在困境中徘徊。由于技术与认识的局限性，虽有发现，但规模小，效益差。

面对地震资料准备不足、地质结构认识不清、钻井工艺技术条件差、钻井周期长事故多等，一系列先天不足显现出来。

三塘湖石油人没有退缩，一方面进行地质综合研究攻关，优选确定有利勘探目标，同时加大勘探装备的更新力度，积极开展配套技术研究。随后，泡沫泥浆欠平衡钻井技术系列、压裂增产改造技术系列攻关取得成功，为勘探突破做好了技术上的准备。

2004年，在构造高部位、油层发育和物性条件相对较好、完钻井相对集中的马1井区建立超前注水先导试验井组。11月，牛103井压裂后，日产由1.8方上升到13方。此举表明，牛圈湖先期注水试验获得突破性进展。

2006年8月24日，马17井试油获得日产油27.7立方米、气4046立方米的高产工业油气流，发现了牛东区块。盆地下成藏组合勘探取得了突破性进展，迎来了盆地勘探发展的新阶段。这是三塘湖盆地继条5井之后又一口在卡拉岗组获得高产油气流的预探井，对三塘湖盆地油气储量升级和整体开发动用具有重要意义，被列为中国石油股份公司2007年度八大重要发现苗头之一。

最可爱的人

三塘湖不是风景如画的山水湖泊，暴风雪是三塘湖的特色。

1999年7月，第一批进入三塘湖的大学生高浩宏，来到三塘湖油田开发生产现场，当时真是傻眼了。这里哪有像样的路啊，四周荒无人烟，只有 1 口井——塘参 1 井在生产。到年底他又被调到了距离北小湖油田 100 多公里外的一口单站——马 7 站。这里更荒凉，风更大。有一天，一场大风给他一个"下马威"，呼啸的狂风一刮就是半个月。当时，高浩宏和另一名员工在马 7 井被大风围困。晚上野营房被风吹得来回颠簸，第二天起来一看，有的房顶被风掀起，野营房迎风的一面，油漆像被刀刮了一样。高浩宏出门巡检时，只好艰难地徒步前行，几百米距离，要比平常多用几倍的时间。沙石打在脸上，锥刺一样疼，只好用安全帽捂着脸，侧身前行，巡检完后回来时是逆风，更加难行，只好倒背身子一点一点往回移。

高浩宏曾经在马 7 井、马 9 井、哈 2 平 1 井等单井站驻井试采。闲下来的时候，整个人被无边的孤独和寂寞包围着。晚上，躺在戈壁上看星星看月亮，向哈密方向翘首遥望，想念家人心里有说不出的滋味。但他也说，在单井站上也能够磨炼人的意志、挖掘人的潜能。在此期间，他学会了许多知识，采油、发电、烧锅炉、低压测试、调参等，还学会了做饭。单井站最大的困难就是无法洗澡，2002 年的冬天，高浩宏在井上住了近 60 天，单井上无法洗澡，浑身上下实在难受。他通过电台向领导请假后，乘五十铃车到七十多公里外的淖毛湖乡才洗了一次澡。

这里常年平沙莽莽，狂风嘶吼，碎石乱飞。有人说，在三塘湖待一天就是贡献，待 3 天就是大贡献。

巡检工殷爱武忘不了 2000 年冬天那场大雪。那年冬天特别冷。他在塘参 1 井参加施工，一场特大暴风雪中房子里冷得像冰窖，吃不上饭，喝不上水，他们整整坚持了 24 小时，救援人员才赶来。还有一次是发洪水，殷爱武一个人驻守马 6 井，道路被冲毁，配送生活物资的车辆进不来。井站里菜没了，只剩一桶水和半袋面粉，每天只能一碗素面充饥。

为节约水，脸不敢洗，衣服不敢换，就这样一直在井站坚持了两周。后来有朋友问殷爱武："你为什么自己不想办法出来？"殷爱武憨厚地笑笑："油井在出油呢，离不开人。"

潘义兴是三塘湖牛东采油工区安全员。2002年12月来了一场大雪，潘义兴记得核桃般大的雪花漫天飞扬，天是白的地也是白的，整个是天地相连，能见度只有2米。大风把戈壁上的雪全刮到房屋周围，门被大雪封住，他去巡井也找不到路。零下30摄氏度严寒，把所有房间留存的柴油冻住了，野营房里人冻得受不了。潘义兴就把大家集中到天然气发电机房取暖，因为这里机房吹出的是热风。他和赵兴明在野营房用喷灯把铁板烧红取暖，可极低的温度根本烧不红铁板。

对于大雪和洪水而言，七八级以上的大风才是三塘湖的常客。当地农牧民中有这样一种说法：三塘湖的风，从春刮到冬，飞沙又走石，来去无影踪。在三塘湖，每个人和没完没了的大风有着说不完的故事。有时候，大风让人哭笑不得。你站在荒地上小便，明明选了顺风方向，可刚撒了一半，风突然转方向了，吹得满身满脸都是尿液，搞得你狼狈不堪。营房车密封性能差，遇到刮风，外面昏天黑地，里面也粉尘飞舞。有时碰到吃饭，沙尘扬进碗里，分不清哪是米粒，哪是沙粒。

对常年驻守在三塘湖的员工来说，比大风更可怕的是寂寞。一口井，两间野营房。狂风吹打，烈日烧烤，仿佛没完没了。那里天气酷热，气温最高时达到50多摄氏度。和他们相伴的，只有苍蝇。周围一棵草都没有。偶尔有鸟儿飞来，那是他们最感高兴的时刻……

五年曲折

关注吐哈油田未来的人经常思考的是，这个原油年产量一直在200万吨上下徘徊的西部油田未来的出路究竟在哪里？

三塘湖石油人在马1井上二叠系获得工业油流后不久，又在位于侏罗系西山窑组的马3井钻探中获得工业油流。由此牛圈湖油田浮出水面。

1999年9月，吐哈4531钻井队钻探的马7井喷出工业油流，从而发现马中油田；10月钻探的马6井也喷出工业油流，发现黑墩油田。

2000年9月，由中原45170钻井队承钻的马5井实现自喷，发现石板墩油田。

火山岩地层成油模式及演化途径的建立，是中国石油地质理论和勘探实践中的一大飞跃，对全国其他火山岩地层油气勘探有着重要的指导借鉴意义。

然而，2000—2003年是勘探相对低谷期，钻了一批探井，井井见油但见不到工业油流，终因储层物性太差、压力系数过低未获得商业产油量。这说明低压油藏与裂缝型油藏增产改造困难，使勘探难度很大，储量升级步伐被迫放缓。

石油人渴望在三塘湖盆地干大事业，找到大油田。

正是这一信念使大家欢欣鼓舞，使思路和观念脱胎换骨。三塘湖石油人舍小家，顾大家，忘我工作。为了找到战略接替的大场面，大家吃大苦，耐大劳，无怨无悔。闲下来时，员工聚在一起谈论最多的话题是：未来的三塘湖会是什么样子？学校、幼儿园都会有吧，花园、小区也都会有吧。每每说到这些，大家都会异常兴奋。

然而，人们兴高采烈之后，面对的却残酷的现实。由于三塘湖产量每年才几千吨，2002年6月，指挥部决定撤销三塘湖采油厂，只保留采油作业工区。采油作业工区行使采油厂职能，机构规格为正科级。采油厂其他领导班子成员职务自然免除。

一支支建设队伍，正打点背囊，准备撤走……

几位工程师留恋地在野营房前留影，似乎以后没有机会再来三塘湖了。

留守在三塘湖的只有34人。三塘湖似乎冷清了。从1999年到2004年，三塘湖采油厂早期油田开发工作时断时续，历经三塘湖开发公司、三塘湖采油厂、采油作业工区，直到恢复三塘湖采油厂建制，历经5年勘探开发艰难曲折。

2004年6月，吐哈油田公司决定，恢复三塘湖采油厂建制。

与苏里格、徐家围子这些中国石油近年来的勘探热点相比，三塘湖明显有些落寞。但这并没有影响吐哈油田对这一地区的信念和坚守。对于这个勘探史上曾经三上两下的盆地，许多人有着一个特殊的情结。一位资深勘探专家深有感触地说："每次眼光从地图上的三塘湖地区扫过，心头都会产生一种莫名的悸动。"

2005年，三塘湖盆地地质勘探、开发已是人才济济。具备了全面出击的条件，吐哈油田做出了战略性的部署：三塘湖盆地马朗—条湖凹陷侏罗系岩性地层油气藏成藏条件优越，大型岩性地层圈闭发育，具有发现大油气田的地质条件，应加快勘探，向构造带挺进！

人们惊喜地发现，三塘湖一口接一口油井钻探成功，成为油田"加油""鼓气"的宝地。继2007年9月11日三塘湖油田原油日产突破500吨后，9月20日，三塘湖油田再次传来振奋人心的消息，原油日产突破700吨。时隔不到一个月，10月10日，从三塘湖再次传来捷报：原油日产量已达到800吨。

然而这块"宝地"上丰富的油气资源却普遍先天不足：呈现低渗、低压、低产的"三低"特征，开发难度极大。但现在这一难题经过摸索从技术上得到了解决，那就是"超前注水、井网优化、压裂改造"三大技术有机结合。采取注水开发，恢复地层压力，可保持产量的相对稳定，采收率可提高10%以上。

按照油田公司"牛东加快、牛圈湖治理、西峡沟试验"的整体部署，三塘湖打响了整体解剖牛东地区火山岩油藏阵地仗、牛圈湖区块整体调剖阵地仗、西峡沟浅层稠油蒸汽吞吐开发阵地仗，迎接原油产量的又一上跳。

在三塘湖盆地加快预探发现和勘探开发一体化，实现规模储量的整体升级动用，建成50万吨原油生产能力。

2008年下半年，三塘湖原油产量势头正猛，但要完成全年31万吨产量目标还有一定难度。9月8日，三塘湖采油厂召开百日上产劳动竞赛动员大会，厂长王洪建号召全厂干部员工认清采油厂当前原油上产面临的严峻形势，发扬延安精神、大庆精神、铁人精神和三塘湖精神，艰苦奋斗，全面落实工作部署，以讲政治、讲大局的历史责任感和完成产量的紧迫感，全身心投入到上产大会战中来，坚决完成采油厂全年产量任务。

2008年10月1日，三塘湖原油日产量攀升到1086吨。这是继9月20日日产量攻上1002吨后的又一重飞跃。到10月29日，日产量又跃至1175吨。又经过几年奋战，年产量持续攀升，到2015年，年产量冲刺到40万吨以上。

【作者简介 牟德元，曾任玉门油田电视台文字编辑，《石油工人报》记者，《中国石油报》驻玉门、吐哈记者站记者。短篇小说《邱宝的故事》获石油工人报征文二等奖，报告文学《他们的太阳》获石油工人报二等奖。出版《人与石油的画卷》一书。】

石化领跑者

宋爱华

2009年9月21日清晨6时，当独山子千万吨炼油、百万吨乙烯工程一次投料开车成功时，现场的人们喜极而泣。几年的奋力拼搏与超常付出，终于等到了收获的时刻，所有付出与辛苦化作五彩云霞，随着朝阳的生气充盈到灿烂的天空……

独山子千万吨炼油、百万吨乙烯工程的成功运行，不但创造了我国大型炼化装置一次性开车的新纪录，而且为我国后续大型石化工程的建设提供了优良的范本。它是中国石油"十一五"规划重点工程项目，也是西部大开发的标志性工程，同时也与"三峡工程"等一同入选新中国成立60周年"百项重大经典工程"。

这一"百项重大经典工程"是几万人在几千个日日夜夜里创造的人间奇迹。回望独山子千万吨炼油、百万吨乙烯工程整个建设过程，人们无限感慨：世上无难事，只要肯攀登。

自工程建设投用以来，优质的工程质量、优秀的操作运行，十年来创下了一个又一个奇迹。独山子千万吨炼油、百万吨乙烯工程已成为我国改革创新的代表，也是中国石油又一次走向世界的成功范例。

在新时期，这颗璀璨的西部明珠，越发闪耀出夺目的光芒，在"一带一路"倡议的征途中，正发挥举足轻重的作用。

进入二十一世纪，中国石油对外依存度不断上升，从国家能源安全角度考虑，从中国石油的发展考虑，2003年中国做出了中哈能源合作的战略决策，中哈石油管道开始建设。中哈原油管道作为我国最先开通的陆上能源战略通道，是中国石油在中亚地区投资建设的第一条管线。

中哈石油管道西起哈萨克斯坦的阿塔苏，经中哈边境阿拉山口，终点便是独山子。

中哈原油管道输送到独山子，源源不断的原油怎么消化？

2005年，中国石油天然气集团公司决定：在中哈输油管道的终点即中国石油独山子石化分公司，同步进行加工哈油的配套改造，建设千万吨炼油、百万吨乙烯工程。2月7日，独山子千万吨炼油、百万吨乙烯工程可研报告正式获国家批复，这在当时是国内首家最大的炼化一体化工程，成为国家西部大开发的标志性工程。至此，独山子即将成为一艘驶向世界的石化航母，吸引了全球能源界的目光。

热烈庆贺项目获得批的同时，谁也没有忘记，这一工程不仅仅对独山子意义非凡，更是事关中哈能源合作，事关中国石油国际化经营战略，尤其事关国家能源安全，其战略意义和战略地位都不容小觑。

独山子能否担起这一重任？独石化能不能实现建设一个"国际一流"石化基地的承诺？

中国石油总部要求，把独山子石化千万吨炼油、百万吨乙烯项目，建设成为装置大型、技术先进、效益显著的一流工程，建设成为设计达标、质量可靠、运行稳定的优质工程，建设成为生产安全、资源节约、产品清洁的绿色工程，建设成为带动西部、造福边疆、促进和谐的阳光工程。要"采用一流技术、按照一流标准、选取一流设计院、引入一流施工队伍、建设一流工程"。

独山子石化千万吨、炼油百万吨乙烯工程，总投资三百多亿元。工程包括1000万吨炼油、100万吨乙烯和公用工程三部分。炼油部分建设1000万吨常减压、120万吨延迟焦化、200万吨蜡油加氢裂化、300万吨直馏柴油加氢精制等10套装置（新建7套、改造3套、利旧10套）；化工部分建设100万吨乙烯、60万吨全密度聚乙烯、55万吨聚丙烯等12（实为11套）套装置；公用工程部分主要建设3台10万千瓦汽轮发电机组、5台410（实为440）t/h循环流化床锅炉的动力站，以及系统配套项目。

一个承诺，独山子迎来了自己的主战场！

责任在肩，重任在身，独石化全神贯注大项目，砥砺前行，勇往直前，要实现跨越式发展。

当独山子各族群众在欢呼雀跃之时，身处北京工作组的成员却越发冷静。他们清楚地知道，这时候万里长征仅仅迈出了第一步，后面的工作更为关键。因为摆在他们面前的是一张严格的时间表：中哈管道原油年输送能力达到2000万吨。项目于2004年启动，一期阿塔苏 — 阿拉山口管道在2006年7月建成运营。

中哈原油管道倒逼这一工程必须按时完成，不然源源不断的原油来了，怎么办？工程必须踏点进行，任何一个节点都是牵一发而动全身，每一部分、每个人都需全神贯注地对待。

大项目顺利获得国家批复，与独石化的前期严密的精准筹备工作分不开。对于当时正处艰难发展之路上的独山子人来说，抓住大发展的机遇，就等于抓住了未来。

独山子能够抓住这一机会，不是幸运女神对独山子格外青睐，而是独山子人一直在与时俱进，时刻做好前行的准备，担当时代的弄潮儿。而机会永远是留给有准备的人。

回顾独山子八十多年的发展史，不难发现，是一代代有远见卓识的独山子石油人，发扬自力更生精神，抓住一个又一个发展时机，不懈追求，谱写了从一个胜利走向另一个胜利的历史；也是独山子人不断制定新的发展目标，始终勇担弄潮儿角色，与时代同步，谱写与时代共舞的历史。

20世纪30年代，独山子从两口大锅炼油起步，独山子的炼油事业处在萌芽时期。

20世纪50年代，在国家开发克拉玛依大油田之际，独山子炼油事业步入扩展时期。

20世纪60年代，炼油生产处在探索、积累时期。

20世纪70年代、80年代，炼油生产处于发展时期。

20世纪90年代，14万吨乙烯工程的建设，使炼油生产发生了质的转变，独石化生产从单一炼油走上炼化一体化道路。炼化生产走上了一个新的平台。

21世纪初，中国石油加大对外合作步伐，千万吨炼油、百万吨乙烯的巨大工程建设，奠定了独山子在中国石化企业中的重要地位，独山子迎来了一个飞跃期。

所有力量的积聚，似乎就在等待着这一刻的爆发。

面对机遇，为了实现这一梦想，从2003年起，独石化便提前做准备，公司决策层迅速抽出一支由各方面专家组成的骨干队伍，组建北京工作组，开始了追梦的历程。

2003年11月16日，独山子石化北京工作组成立。技术、经济、安全、生产等专业口的负责人及成员全部到位，集结在北京办事处——玛依塔柯酒店。在此后的800多个日日夜夜里，北京玛依塔柯酒店便如高速运转着的机器，充满着张力与激情。当日18点，北京工作组召开全体会议，确定当前工作要"低调运行、加紧运作、快速推进"。

当晚工作组成员分工，首要任务便是完善《中国石油独山子石化加工进口哈萨克斯坦含硫原油炼油及乙烯技术改造工程可行性研究报告》。这一沉甸甸可研报告，要过五关斩六将，先后须通过中油集团公司咨询中心的预评估和正式评估、国家发改委委托中国国际工程咨询公司专家对项目进行严格评审，最终报送国务院以期得到最终批复。

至此开始，北京工作组成员便进入马不停蹄的高速运转状态，通宵达旦，不分昼夜。也就是从那时起，独石化北京办事处的灯光便一直亮着，各专业口负责人都在紧张地准备各自的材料，每个人都处于随叫随到的状态，要求不得随意外出，也没有人随意外出。有的人一周都未出过酒店，一直高度紧张地准备各种材料。

2003年11月28、29日，可研报告顺利通过中油股份公司规划计划部委托中油集团公司咨询中心组织的预评估。

2004年1月3日、4日，可研报告评估会在北京召开，可研报告成功通过中油集团咨询中心的正式评估，并于2004年1月19日正式上报国家发改委。

2004年3月29日，受国家发改委委托，中国国际工程咨询公司组织专家对独石化进行现场调研，对可研报告进行了认真评审。5月28日完成项目评估报告，继而上报发改委。

2005年2月7日，国家发改委下发《印发国家发展改革委关于核准中国石油独山子石化公司改扩建炼油及新建乙烯工程项目请示的通知》。这一振奋人心的消息传到独山子，独山子沸腾了，当日召开"独山子石化1000万吨炼油、120万吨乙烯工程获批动员大会"，独石化吹响了大发展嘹亮的号角。

时间如此紧迫，项目审批又须按程序核准。当时北京工作组在加强与国家发改委、股份公司总部、板块和中国国际工程咨询公司、股份公司有关部门的联络，全力促进可研报告批复的同时，加快推进技术交流、国内外调研、技术谈判等项目各方面运作进度，充分调动相关人员的积极性，紧跟大发展的节奏和步伐。北京工作组搜集、整理相关的技术资料，广泛进行炼油、化工技术交流工作，按照先国内、后国外的原则，在技术交流期间，穿插安排了考察、调研工作，并聘请国内一流专家尽快拿出最先进的优化方案。

为了抢时间、抢进度，各个专业组按照统一进度要求，取消了所有节假日休息，在单调而重复的工作环境中，每个人都全身心地扑在工作上。

在会务组的熊丽，专门负责整理文件档案，为了将山一样的文件进行分类，她专门用一间房子来整理，整个房间都铺满了文件，还要保密。文弱的她，也顾不上什么形象，跪着、趴着，在地上将众多的文件分类，随要随时都能够取出来。

从2004年9月28日开始，化工组每天早上7点出发，直到晚上七八点钟才回到北京办事处。入夜，工作组成员还要及时对当天的谈判进行总结，调整已经准备好的谈判提纲，为第二天的技术谈判做准备。国庆长假期间，谈判工作仍然照常进行。这期间，化工组组长任立新患重感冒，在每天需要输液的情况下，仍然坚持带领同志们继续谈判。谈判工作刚开始时，化工组每天中午有一个小时的午餐时间，随着谈判工作的不断深入，谈判难度越来越大，时间的紧迫使同志们不得已将午餐时间压缩到十几分钟。

回忆当时，当时负责化工组的任立新说："那时为了跑一个批文，我们各自跟板块谈。早上8点去就找不到领导了，再进去都得排队。因为北京堵车严重，为了避开高峰期，我们6点起床，6点半出发，早早在集团公司大楼办公室里等领导。化工组每晚11点开会，有时半夜也开。当时中油化工板块领导也特别支持，炼化板块领导杜建荣带领板块的六大部门到我们那儿去开现场会。这是从来没有过的。当时化工技术谈判3月8日到5月8日，11套装置，一家至少是三个专利商，还有五家的，我们基本一个星期一家。三十多家，一家一星期，只有两个月时间，时间逼得很紧，不急怎么行！最终两个月11套装置全谈完，签了字。没有这么快的，也没有人破我们的纪录。"

谈判的高强度让一些专家很不适应，以至于抱怨"独山子把我们不当人看。"

当时工作很劳累，能累到什么程度？李冀曾经5天没有挨过床，写东西，写到夜里六七点时直接就睡过去了。还有的人乘飞机过了安检候机时，能沉睡过去，误了飞机。但大家都不觉得苦，而是感到挺自豪。大家的自主管理能力特别强。非常自觉，工作积极性非常高，根本不用督促。

事后回想，李冀说："因为这个经历，搞化工的，一辈子遇这么大的项目，难得有这样的机会。是一种诱惑。当初14万吨乙烯，8年准备，3

年建设；现在100万吨乙烯，从准备到建设用7年时间建成。参加一项工程，意味着7年没有了。一个人职业中有几个七年，作为一种经历很难得。一生能碰到这么大的工程建设项目，是一种荣幸，一种机遇。"

以吕蓓为组长的炼油组时常同步与国内国外多家技术专利商进行技术交流和谈判，由于技术引进牵涉好几个国家，他们提供的资料在语法、技术用语等方面各不相同，工作组只有把专利商技术上的使用习惯转化成统一的标准，才能进行实质性的谈判。工作组成员晚上翻译资料，白天谈判是常态。一家美国公司的代表感慨地说，独山子人，是他工作几十年来所遇到的最谦虚、最务实、素质最高的谈判对手，与独山子人的谈判，是一次非常愉快和难忘的人生经历。

公用工程所需负荷、参数取决于化工组和炼油组的谈判结果，但又必须先于炼油和化工装置建成并具备供电供汽能力。当时国内电力设施建设项目较多，电力设计院、电站设备制造厂的工作量非常饱满，多数厂家订单已排到了2006年，动力站关键长周期设备的订购面临很多困难。在非常艰难的情况下，以李旭升为组长的公用工程组，充分利用调研期间所掌握的第一手资料，据理力争，最终赢得了时间，掌握了主动权，并很快拿出了最先进的优化方案，制造周期较长的主机和主要辅机的招标工作提前结束。在对循环流化床锅炉进行调研考察期间，工作组的同志起早贪黑，来回奔波，仅用10天时间就先后完成了九个使用和制造厂家的调研考察，回到北京后，顾不上休息，又立即开始起草调研报告，制订评标标准。北京工作组为了赶时间、抢进度，经常乘坐"夕发朝至"列车去外地调研或谈判，为后续工作的顺利展开节约了宝贵的时间。设计院的杨峰同志两个眼睛红红的，一看就是严重的睡眠不足。在谈判中，某专利商的资料来得非常晚，工作组的同志齐心协力通宵加班确保了第二天谈判工作的顺利进行。

自古忠孝难两全。炼油组、化工组、公用工程组的同志们每天就这样翻译、消化技术报价资料、准备谈判提纲以及谈判，几乎接近于重复性地工作。他们长时间远离独山子，不能与家人团聚，生活相对比较单调，精神生活相对比较单一。在炼油组，何军、刘维明的电脑桌面上，都显示着儿子的照片，他们只有通过这种特殊的方式每天与自己的儿子见面。常年驻外的吕蔷、杨峰，张澍父母多病，孩子无人照顾，他们中有的人在打前站近一年的时间里，能在家里的时间加起来还不到一个月。吴双清是炼油筹备组最早去北京筹备大项目工作的四个人之一，他与吕蔷、王亚东、杨峰四人组，侧重于炼油的筹划。他们在做着最前锋的工作。2003年7月，他拿着文件资料，就直奔北京，开始了长达三年多的可研审报、批复、谈判、采购等，当时谁也没有料到会用多长时间、结果会是怎样。几年的工作，他用几句话就概括了：那时就是消化资料、谈判、跑板块、抽空到相关的厂家去调研考察，就一个字——忙。那时什么事都不想，只想着怎样把工作向前推进再推进。他说，那时只有一个目标：多干快干，其他什么事都不想，目标就是搞一个先进、可靠、实用的厂子。他还说："当时最急的就是不知发改委何时批，一直都在说，快了快了，有好几次都以为批了，都没批。都等到2月份了，等不及了，想着有几次都没批下来，可能到过年以后了。2005年2月6日回到独山子，没想到2月7日批了，当时刚回到独山子，是有人发短信通知我的。心里很高兴：总算批了。这几年的忙碌不就是为了这一个目标吗？这一工作可以告一段落了。那几年就春节在家里待上三四天，腊月二十八、二十九到家，初三初四就得回北京。"

在现场建设施工时，吴双清感慨道：当初审项目时，也到各厂家实地考察过，怎么也没想有多大。等在建设过程中，感觉到了装置的大，这种大不是尺寸上的改变，而是一个从量变到质变的过程。大到一定的程度，管壁的厚度、管子的长度、应力等各方面都要考虑到。各种操作、装置的安排等都不一样。拿常减压来说，为什么安排这么紧凑，转油线为什么这么大，根据设计计算，它要不低于多少，与减压炉连接管子的长度不能超过多少米，其膨胀率、推力等要求管子尽可能地短，才能相对安全，而材料又有特殊的要求，设计和外商人员就这一个问题讨论了好多次。

有一段佳话：2003年11月，邱波正在上海出差参加一个行业会。接到公司的电话，让他直接到北京。到了北京他才知道要他负责化工方面的工作，回独山子的时间就少而又少了。而2003年7月他才与女朋友相识。从2003年到2006年，邱波都是在外面度过的。远隔几千里，两人只能通过手机交流，每个月都花千八百块钱。2005年春节，公司将在京工作几个人的家属接到北京，邱波现在的妻子，在那时还是女朋友，也随着家属一同来到北京，就是这次相聚，让他俩的恋爱关系终于确定下来。第二年他们的爱情结晶诞生。提起这些邱波一脸幸福的样子。我们项目组一位同事的孩子五月出生，还没满月，就送到丈母娘那里去了，没时间管了。这在大项目是非常普遍的事情。像我们吴利平博士，待那么长时间，婚都没结呢。没时间。是否要等到工程完了以后，干脆与工程建设庆典搞到一起算了。"听他这样说，吴博士就在那儿笑，也不说话。

在这千载难逢的大发展机遇面前，北京工作组作为"先头部队"，逢山开道，遇水架桥，克服了许多困难，取得了很大成绩。到2006年底，北京工作组全部撤回，完成了历史使命，为大发展各项工作的顺利开展打下了良好的基础。

公司管理层多次看望工作组同志，鼓舞士气，增信心。大项目受到了国际、国内高层以及自治区、中石油各级领导、各方面人员的高度重视和关注。时任国务院总理的温家宝当年在新疆视察时讲道：中央对新疆十分关心，也十分支持，在新疆的独山子建一个大石化项目，这是中央对新疆的最大支持。所以，这个项目已不仅仅是独山子人的事情，已上升到了政治的高度，工作组的每位同志所承担的压力和责任非常艰巨。

独山子人肩上负载着沉甸甸的责任和空前的压力。因为建设这么大的工程，既没有现成的模式照搬，也没有成熟的经验借鉴，一切工作要靠独山子人的智慧和胆略，从零开始，自我摸索。

"科学组织，精心施工，快速推进千万吨炼油、百万吨乙烯工程建设"，是独石化人立下的铮铮誓言。

独石化人虚心学习，勇于探索，主动实践，快速建立了切合实际、先进有效的工程建设管理模式。

首先，建立了运作高效的管理体系——矩阵式管理。工程建设实行指挥部—管理部—项目经理部矩阵式组织结构，横向和纵向联系有序。指挥部人员进驻现场，靠前指挥，作息时间与现场施工同步。指挥部与各承包商，既是安全质量责任共同体，又做到各自界面清晰，职责明确。

在承包商选择上，严格资质评审、业绩考察、能力评估和体系审核。选取了寰球公司、SEI、洛阳院等国内一流设计院，选择了中国石油一、六、七，中国石化五、十一等国内顶级石化工程建设公司，引进了美国UOP、德国林德等国际知名专利商，选择了西门子等公司制造关键设备等。还引入第三方管理，英国阿莫科（AMEC）技术咨询公司和IPMT项目管理团队，为现场建设提供了有力的技术支持，提升了现场管理水平。

指挥部强力推行安全、质量、廉政三条高压线政策。安全管理方面，实行"零宽容"政策；全面落实国家工程建设安全法规，严格执行施工安全环保责任书。入选承包商全部签订HSE合同，入场作业人员全员参保、全员培训、全员持证。业主、总包、监理、施工四级HSE体系有效运行，覆盖现场作业、物料引入、装置开工各环节。定期诊断指挥部和承包商安全保证体系的覆盖率和有效性。高频次进行现场稽查，狠罚违章，黄牌预警、红牌清退。

在质量管理方面，全面落实质量终身负责制。建立监理、质检及施工单位立体质量管理体系，开展平行检查，旁站监理，重点加强焊接合格率、垫片质量、管道清洁度、合金钢材质、防腐保温的监督检查。严把材质使用、临氢系统、电气防护关口，隐蔽工程验收合格率100%，一次焊接合格率96%以上。

廉政建设方面，构建立体防控网络。工程监察室与克拉玛依市检察院联合办公，中国石油定期现场稽查。指挥部与部门正职和施工、供货单位签订廉政《责任书》和《承诺书》，强化制度约束，严格过程控制，防止违纪。实现了"决策不失误，行为不失范、权力不失控"和"工程优秀，干部优秀"的初始目标。

严格的管理保证了项目建设的可控与正常运转，即使加班成常态，再苦再累也都能忍受，因为这些都是可控的，最不能忍受的是一些不可控的因素，不可抗拒因素确实影响着工程进度。2008年，在施工最为关键也是建设高潮的一年，工程建设遇到重重阻碍：首先是年初，南方雨雪冰冻，一些大量的急用料，受恶劣天气影响，运输严重受阻。其次是2008年5月12日的汶川特大地震，一些由灾区厂家供应的特殊工艺管线、不锈钢管件等货物受到影响，难以正常供应。因优先保证救灾物资的畅通，一些工程急需的建设物资也难以运出。另一方面是劳动力产生的波动。在大项目施工中，来自四川的施工人员有几千人，因为汶川地震，也无心施工，返乡的愿望特别急迫。5月12日汶川大地震时，炼油第一项目部副经理、工程部副主任工程师唐德宽，下午3点给家里打电话，说那里地震了。父母、哥姐等都联系上了，在成都上学的儿子也在晚上12点发了短信报平安。这样他心里才踏实。他事后才说"要是不知消息，我早跑去四川了。"大项目工程指挥部一方面安抚四川籍施工人员的情绪，另一方面以最快的速度帮他们订返乡的车票。在这种情况下，一部分四川施工人员在与家里取得联系中，得知家中平安，也改变主意，毅然留下来继续建设大项目。

同样是2008年，我国成功承办了第29届北京奥运会。为了确保奥运期间的安全有序，国内港口、航空、铁路和公路运输限制因素增加，一些超大型设备受到限行，转道增加路程，而国外FOB交付的货物订舱困难，船期出现滞后，运输周期又延长。同时，外商服务人员来华签证困难，设备安装调试进程延缓。虽然困难重重，但是工程依然按计划进行。指挥部克服着难以想象的困难，调动一切可调动力量，积极采取措施，消化这些外部不利因素，确保工程不受、少受影响。

天津港是中国北方最大的综合性港口，大项目许多大型的关键设备、核心设备都是从国外成套引进，到天津港后运往独山子。两地相距4200多公里要途经6个省，要经戈壁、山脉、桥梁、涵洞等，沿途有上百个收费站。特殊的地域条件决定了大件设备运输只能采用公路和铁路运输。运输的难点一是设备精度要求高，运输过程中的安全必须保证；二是设备重量大，最重的348吨，车辆和道路都面临考验；三是运距长、运输条件恶劣。采购部的陆敏说："2007年的时候，全国范围内加大了治理超限设备运输的力度，大件设备的运输成了制约工程进度的瓶颈。最困难的时候，我们有十辆大件车同时押在星星峡。我们的大件设备停在路边，排列大约1公里长，最高的5.4米，最宽的达6米，最长的近70米，这些庞然大物运不到工地，急得人嘴角起满了泡。"最终凭着勇气和智慧，大项目大件运输圆满完成。有一组运输记录：运距最长的设备绕行8000公里；最重的设备372吨，100吨以上超限设备305台，均安全到达，累计完成743批次、4.3万吨的进口物资运输工作。

无论路上还有什么艰难险阻，独山子不服输，依然一步紧似一步地前行着，距离奋斗的目标越来越近。在工程建设三年多时间里，先后有16万人参与建设，整个工程仅钢结构用量就有46万吨，可以建起4座鸟巢；而装置中各类管线总长度达3600公里，可以从独山子一路铺到北京。

这是一片让人痴心牵挂和情系于此的土地。当2005年8月22日大炼油大乙烯工程开工奠基仪式隆重举行后，在这块平整的、占地596公顷的戈壁滩上，当黑色的奠基石被披上第一锹土时，也就栽种下了所有的希望。几万名建设者痴心牵挂，情系于此，三年多的风霜雨雪，倾心打造，把这片寂静的戈壁荒滩，变成了一片火热的施工现场，车辆穿梭如织，机械轰鸣不断，一座座塔器竞相拔地而起，交错的管廊、道路勾勒出雄浑的轮廓。最终变成耸立巍峨塔架的现代化工厂 —— 一个现代化大型石化城基地令人瞩目。

在"世界一流石化基地"这一目标的感召下，全体建设者以博大胸怀，携起手来，树立起了共同实现目标的信心。

从奠基以来，独石化公司领导层就把指挥部搬到了施工现场，一直到投料开车成功，几年来主要领导每天都到现场去检查、指导，现场解决问题，主管施工和生产的领导吃住都和施工人员在一起。他们以身作则，带头奉献，把自己融入工程建设中去，视自己为施工大军中普通一员，在工作中和员工增强了血肉联系，彼此尊重，相互信任。

3年多来，胡锦涛、温家宝、曾庆红、习近平、曾培炎等党和国家领导人先后亲临现场，视察独山子大项目，对独山子寄予厚望。自治区和中油总部的领导也多次亲临现场指导。领导的关怀、重视和支持，为项目建设创造了良好的外部环境。

2007大件运输的高峰时期，各种超大、超高、超重、超强的特大设备从沿海地区运入独山子，自治区交通压力剧增，自治区领导亲自挂帅，组织相关部门进行协调，确保了超特大件设备的运输。专为一个企业设备运输进行协调，这在过去是从未有过。自治区海关商检、安全等有关部门对大项目同样给予了大力支持。

施工现场，身着不同色彩工装的施工人员，将现场点缀得丰富多彩。他们是业主、是施工人员、是总包人员，为了同一个目标，在项目上他们尽着自己的职责，保证着工程的安全、质量全面受控。三年多的运行实践，各项管理取得了预期的成效。在施工建设过程中，奋斗与超越催生了一个个奇迹：两座108米高的丙烯精馏塔现场对接封顶吊装仅用1个月时间；8台15万吨的乙烯裂解炉，单台规模为国内最大，其中辐射段钢结构框架安装创下平均1.4天吊装一个框架的神速；10万方原油罐从施工到进水试压仅用3个月，等等。

奇迹的产生在于人的主观能动力最大限度的发挥，在于有效使用先进的设施，在于人与物的密切配合。工程从资金、设备到人力的投入，在独山子都是前所未有。工程建设高峰期，投入各种工机具上千台次，建设者人员超过4万，占到独山子常住人口的一半以上。当时称为全国最大的1350吨履带吊车千里迢迢赶到工地，以力拔山兮气盖世的气魄，完成多处高处吊装，快速推进了工程进度。

工程之巨大，相类的设备也都不可同日而语。出现了"管线比罐粗"的类比。在现场装置管线直径最大的有三米多，相当于小厂的塔罐。粗大的管线决定了相应的巨大焊接量。由此专业化生产引入现场，工厂化管道预制厂的引进和投用、自动焊机的投用，混凝土集中搅拌，满足了工程项目大型化的需求，这些都是提高工程质量、加快施工进度、提高技术要求等实施科技创新的重要举措。

工程量巨大，每年有效施工期只有8个月左右，新疆地处西北，每年11月到次年3月，是冰天雪地的环境，不能像内地那样全年施工，但圆满地完成了项目建设。"从未见过像独山子这样的业主"，"很少见到像独山子这么辛苦的业主"——这是参与建设的队伍对独山子人工作热情和奉献精神的共同的评价。虽然工程项目管理采取了总承包和分包等模式，但指挥部人员在施工组织的全过程控制、施工现场管理的全方位监督，给建设者留下深刻的印象。

三年的巨大付出，树立起一座新工厂的同时，也吸引和造就出一大批有志之士。

人称美女博士的吴利平便是其中一位佼佼者。获得博士学位后，吴利平毅然来到大项目施工现场，与建设者们一起忙碌。从施工、开工到运行，她一直在一线。随着大项目建设和开工运行，她也从技术员、副主任工程师到主任工程师，获得了"感动独山子十大人物"、克拉玛依"十大靓丽女性"、"十大杰出青年"、"新疆青年五四奖章"获得者等诸多荣誉。

施工现场还涌现出许多典型代表。严把质量关的许明建，被大伙亲切地称"许标"。从2005年进入大项目工程指挥部后，许明建就开始参与规章制度的编制，他参与编制了49个大项目工程质量管理规章制度和程序文件，为确保各项施工质量目标的实现提供了制度保证。在工程建设过程中，他提出了工程统一使用商品混凝土，从前期就保证了混凝土的质量；他提出的混凝土内直径16毫米以上的钢筋要求机械连接，以增强构筑物的强度。他的这一方法运用后，2008年股份公司检查组来大项目检查，对这个做法专门提出了表扬。就是严格的"许标"们，严格保证了大项目施工质量。

泼辣敬业的安全卫士黄宁这个工作时间不长的小姑娘，现场监管安全，尽职尽责没有一丝的"通融"。她不惧日晒风吹，二十多岁的小姑娘皮肤变得十分粗糙。当时公司领导专门派人送她一套高级化妆品，以示对她的关怀。

慷慨自古英雄色，甘洒热血写青秋。为了给国家交出一份圆满的答卷，给后人一个完满的交待，独山子人为荣誉而战，独山子人很自豪。独山子南部那一片工业森林，那高耸的钢塔、银色的管网，在绿地和阳光的映衬下，熠熠生辉。夜晚的工业区，更是异常美丽，万盏灯火把塔林映衬得玲珑剔透，点缀出一片火树银花不夜天。独山子不仅是矗立在祖国西部的国家石化城，也是国际石化企业中的重要一员。独山子已成为国内外瞩目的现代化先进企业。截至2017年3月29日，我国首条跨国原油长输管道——中哈原油管道，累计向中国输送原油达1亿吨，成为我国三大陆上能源战略通道中第一个建成投用且输油量达亿吨的跨国管道。管道原油年输送能力达到2000万吨，其中2010年至2016年连续7年输油超1000万吨。在独石化，源源而来的原油被加工成石化产品。

十年磨一剑，大项目引进的先进技术、优良设备和建设过程的施工质量，再加上人员高超操作，各装置运行指标优良，目前独石化30项重点监控指标，15项进入中油前三，炼油专业达到国际先进，新区乙烯燃动能耗保持全国第一。公司是首批"国家环境友好企业"，先后三次获得"全国五一劳动奖状"、五枚"全国五一劳动奖章"，连续五年被评为"全国乙烯生产能效领跑者"，两次被评为"中国石油炼油乙烯业务最佳实践标杆企业"。2018年6月19日，工业和信息化部会同国家市场监督管理总局发布2017年度19家能效"领跑者"企业名单，独山子石化公司荣获乙烯行业能效"领跑者"第一名。至此，独石化公司已经连续第五次获得乙烯行业能效"领跑者"第一名。

【作者简介　宋爱华（女），供职新疆独山子石化公司。新闻作品曾获中国企业报新闻奖、新疆新闻奖。】

吐鲁番采油工

曹志军

一

我的职业是采油工，最初的工作地在玉门的老君庙油矿，一九九一年随吐哈石油会战的队伍来到新疆的吐鲁番，从玉门采油工变成了吐鲁番采油工。

刚来吐哈油田，我被分配在鄯四站。鄯四站地处吐鲁番盆地鄯善构造带，站名由井名而来。鄯四站旁边就是鄯四井。当时我二十四岁。

鄯四是我们吐哈油田最早的采油站之一。四周是寸草不生异常寂寞的戈壁荒漠，向北望去是高耸的铁灰色的天山，天山在白天像一面魔镜在太阳光下时而闪亮，时而阴暗。到了夜晚则在月亮的余晖下时隐时现，似乎有高人在里面耍弄魔法一样，给人神奇莫测的感觉。而它的南面，隐约可见火焰山的轮廓。山根有一个叫七克台的村镇。

几间野营房，几个四十方的油罐，一套简易流程，加上周围几口正在自喷的油井，当然也包括鄯四井在内，组成了鄯四采油"临时站"。

在天山和火焰山之间的这片广袤的戈壁滩，钻塔林立，机器轰鸣，车辆穿梭。钻塔上如串串珍珠的灯光将夜晚的戈壁照耀得亮如白昼。在寂寞的二十四小时只有凛冽的风盘旋在空中的戈壁滩上让人赏心悦目。

当时跟我住在一起的还有另外跟我年龄相仿的两个采油工，一个是嘴巴烦人的胖子，一个是性格柔弱的黄瑾。这两位现在也跟我在一个单位工作。胖子叫李少群，只因为胖，人们才省去了他真名。有人叫他胖子，有人叫他李胖。不管叫他什么胖，胖子都乐呵呵乐于应答，从不计较。胖子还生性豪爽，乐于助人，人们都乐于跟他交往。缺憾是好嘲笑人，也喜好吹牛。比如谁的脸上糊了油，他一般会说："哎！都是老工人了，干活还是不利落！"要是谁今天没精神，他会笑着说："肯定是晚上没干好事！"等等。

而当他跟同事们聊天时，不管人们说什么，他都会说："这事我知道！"惹得人们直翻眼。谁要驳斥他，他便会涨红着脸，一副生气的样子，人们便不再计较。不过时间一长，同事们也就习以为常了。

黄瑾性格却截然相反。不管你说什么总是先微微一笑，然后再判断话中的含义和决定脸上的表情，或发表赞成和反对的言论。别看黄瑾言语少，有时说出的话犹如醍醐灌顶一般，全都是至理名言，近乎哲人。

我们三人轮换着巡井，给拉油罐车装油。说闲话，斗嘴皮，还相处得来。一天早晨天刚蒙蒙发亮，鄯四站还被笼罩在一片寒冷的空气当中，院落里就传来了拉油司机的脚步声。我们只好从温暖的被窝里钻出来穿好棉工作服，戴上帽子和手套走出房门。

冷风嗖嗖刮得嘴角生疼。我们低下头，紧缩身体，并把脸贴进上衣领子里面遮挡寒风。

"囊死给！"（维吾尔语口语：妈的）像是从嗓子眼挤出来的沙哑而又僵硬的声音。我们抬头一看是个矮个子，大眼睛，身体粗壮，脸色黑红的中年维吾尔族拉油司机。来人头戴一顶黑皮帽子，黑色棉衣上沾满了油污。脚穿一双翻毛皮鞋，一条绳子扎在腰间。他两肘夹着腰部低下头，把止不住的鼻涕揩在带油的手套上。鼻子上下及眼睛周围都沾满了油污。

司机见我们向拉油道走去，急忙弯腰小跑着到车上去了。

拉油道是用推土机推出来的一个两头浅中间有四五米深，比汽车稍微宽一点的一个壕沟。进口和出口是稍缓的斜坡连接着地面，形状像中医碾药的碾槽。它的正上方是一根从相互连通的储油罐里引出的放油管线，放油管末端连接着一根方便放油的黑色橡胶管。

储油罐的后面有一台油气分离器，从分离器上部引出一条管线一直引到一百米外的戈壁滩上，在那里点燃，冒出四五米高的火焰。虽然分离器把大部分天然气引出去烧了，但储油罐里照样有天然气溢出，拉油道里散发出淡淡的天然气味。

拉油道的入口处停着一辆破旧的黄河牌带拖挂拉油罐车，车门上边印着"新疆运输公司"字样。刚才那位司机正端坐在驾驶室轰隆着车子，等待着我们发号施令。

胖子一摆手，司机立刻将车子开进拉油道。动作利落地将车上的罐口对准上方的放油管，然后爬到罐顶上打开罐盖，把放油橡胶管插进汽车罐口。

黄瑾见司机准备妥当，用劲开放油闸门，冰冷的闸门却纹丝不动。

他又和胖子一起用尽全力开，闸门还是不动。闸门被冻住了！

我去掉手套，用手在储油罐上一摸，感觉罐内的油还有温度，心想闸门肯定不会冻得太结实，便回到野营房取来暖水瓶，将一暖壶水缓慢地浇在闸门上。然后三人一起使劲，"嗨"的一声闸门被打开了！油呼噜噜、扑哧哧流进了汽车罐内。

这会最兴奋的当属司机，刚才见闸门冻住打不开心情低落，这会儿看见闸门开了，原油顺畅地流到罐内，高兴起来，微笑着竖起了大拇指对我们说："儿子娃娃！"

进入汽车背罐的油流速度，随着放油管线的畅通，不断加快，罐口溢出了白色雾状的天然气弥漫在罐顶。胖子对司机喊道："离罐口远一些！"司机点点头往后退了两步。主车装满后又装拖车。

油装满后，胖子和黄瑾手拿铅封、铁丝和铅封钳爬上罐顶打铅封。

司机则脸上洋溢着喜悦，看来对我们几人不畏寒冷装油很是满意。他把两联介绍信递给我，我在上面填写了装油数量，将一联交给了他。司机笑着看了我一眼，挺了挺大肚皮问："你是汉族还是回族？"我说："回族。"司机又笑着问："找上羊羔子了没有？"

司机看我茫然，笑着解释说："就是老婆子！"原来是这样。我开玩笑说："没有！你给我们介绍个？"

司机笑着说："没问题！小伙子长得帅气，还愁找不上老婆！下次就给你带个来。"我笑着说："那就带来！"司机做鬼脸说："没嘛达！（没问题）"

在罐上打铅封的胖子和黄瑾听着哈哈笑了起来。

打发走司机，我们又给几辆来车装了油，到食堂吃完早饭。食堂是清真的，我之所以被安排在这里上班，大部分原因是这里有戈壁滩上唯一的清真食堂。

吃完早饭，太阳才缓慢从天边爬上来，把红色的光芒洒在一望无际的戈壁荒漠，给戈壁滩和散落在戈壁滩上的钻机涂上了一层血红的颜色。井架屹立在风中，柴油机吼叫着，钻杆飞速旋转着向地下钻去。

放眼望去，南面的一片开阔地上已经有一些车辆来来往往行驶，还有一些推土机在蠕动。据说那是试验站和联合站的建设工地。

寒风并不因为太阳的升起而停止，毫无忌惮地在戈壁滩上肆虐，卷起了被推土机推起来的，和被汽车轮子碾起来的尘土在工地的上空飞扬。尘土不断从地面上被刮起来，又不断地飘向空中，随风向戈壁滩弥漫开来，不断飘向远方。

又是一个早晨，在司机的脚步声中，我们又从温暖的被窝里爬起来穿戴好衣服，为了防止闸门被冻，便提上暖壶到拉油道旁装油。

估计是昨天聚集在闸门里的油没有多少含水，我们很轻松地就打开了闸门，提来的暖壶自然没有用上，被黄瑾放在了两罐的缝隙中。

正在装油时，见远处戈壁滩上快速开过来一辆黄河拖挂拉油车，车后扬起一溜尘土。胖子看着车笑着说："就是跑得再快，也得等我们一辆一辆地装。"

说话间车子已经开到了拉油道旁，一个急刹车扬起的尘土迅速扑向放油口，给我们洒了一身的土。胖子生气地手指了一下来车，大声警告说："还想不想装油了！"

这时黄河车的车门开了，打开车门从车上下来，原来是那天早晨来装油的矮胖子司机，仔细看时，车上还坐着一个围着红头巾的女人。

胖子笑着说："我还以为咋啦！原来是拉个娘们儿来炫耀来了。"黄瑾嘟囔说："真不知道丢人的！"

司机关上车门，手拿介绍信笑呵呵向拉油道走来。我们谁也没有理会。

司机诡秘地看了我一眼，笑着一把拉住我的手就往没人处拉，我生气地说："干什么？有话就说！"司机悄声说："我给你带了个漂亮姑娘！是我老婆的妹妹。"

我一下涨红了脸，甩手撒腿就跑，被司机一把抓住："哎，小伙子，儿子娃娃说话要算数！我把人都给你带来了，连看都不看一下就想跑！"不由分说拉着我走到车跟前。打开车门，向车上招手。

我慌张地向车上看，见车上坐着一个围红头巾，穿黑色羽绒服的漂亮维吾尔族姑娘。

司机笑着示意姑娘下来。姑娘微微一笑，从座位上起身弯腰在司机的帮扶下从车上下来。

姑娘个子中等，脸色红润，鼻梁高挑，她先用两只水汪汪的大眼睛凝视了我一眼，然后默默含笑。

胖子和黄瑾从放油口走过来好奇地望着姑娘在旁边干笑。

司机拉着我带着姑娘径直走到我们住的野营房跟前，不由分说打开房门把我和姑娘一起塞了进去，把门关上。

真是个野蛮的家伙！把玩笑话当成了真的，这事要是让队上的人知道了还不传为笑话！

房间里一片狼藉，我们的被褥都没有叠，两床中间的凳子上还摆着昨晚没有吃完的菜。

我非常尴尬，坐不是，站也不是，走也不是，正在为难。姑娘见状却对我微微一笑用汉语说："你好！"我急忙回答说："你好！你好！坐坐！"说着把我床上的被子往里一推，姑娘含笑坐在了床边。

姑娘也就二十出头的年龄，长得眉清目秀，浓黑的眉毛下闪烁着一双明亮的大眼睛，像会说话一般。她似乎也有些害羞，眼睛一闪一闪地看我。

我定睛看姑娘时，姑娘微笑着露出了两小排洁白的牙齿。她的眉毛在眉心处连在了一起，随着眼睛转动而动。眼皮上的睫毛长而又弯，映在眼里像湖边的垂柳轻拂水面。眼睛似刚融化薄冰露出冰面的两眼清泉，纯净明亮清澈爽心。挺直的鼻梁下面还有一个微弯的小勾，似有勾魂的韵味。她嘴唇红润，整个身躯都充溢着蓬勃的朝气。女人的美丽和柔情似乎都写在这白皙而美丽的脸上。

我感觉心脏在剧烈乱跳，强劲的血流充斥全身。

我急忙稳定了一下情绪，故作镇静问："你叫什么名字？"姑娘回答说："阿瓦古丽。"我说："你的汉语说得不错！"阿瓦古丽说："上学时学的。"我问："上的什么学？"阿瓦古丽说："上的汉语学校，上完初中，就没有再上。"

阿瓦古丽见我站在地上，将身子挪了一下说："你也坐嘛！"我说："我给你倒水喝。"阿瓦古丽笑着摆摆手。而正当我收拾杯子给她倒水时，却找不到暖瓶。忙说："我去到外面取暖瓶来！"阿瓦古丽起身将我轻轻拽住，笑着说："我不渴！"我只好尴尬地坐在了她的身旁说话。

司机把我们推进房间后，笑嘻嘻走到拉油道旁边。见前面的车子装满油开了出去，没等后面排队的车子反应过来，便发动着车子绕过前面排队的车快速开进了拉油道，把车停下，气得后面排队的司机直骂："囊撕给！"

胖子大声喊说："把车开出去！"司机下了驾驶室笑着说："你不知道我今天起得有多早？要是来排队，我肯定是第一！"胖子说："你不来排有什么用？"司机笑着做个鬼脸说："还不是为你们的朋友办好事！"

胖子哈哈大笑。黄瑾笑着说："给装上吧！看那姑娘长得不错！"司机笑着说："就是嘛，还不快快地给装上！"说着迅速爬上罐顶打开罐盖，把软管插进罐中。后面的司机见他插队成功，都嘲笑说："唉，要想不排队，就给带羊羔子来！"两人并不理会，打开闸门装油。

　　胖子笑着说："姑娘还很漂亮！"司机说："我们维吾尔族姑娘一个比一个漂亮，你们要喜欢，我再带来两个姑娘？"胖子和黄瑾连忙摆手说："我们都有了！"人们都哈哈大笑起来。

　　司机装完油后，来到野营房门前喊："哎！谈好了没有？"听到喊声我急忙打开房门。司机笑着看了我们一眼，对我说："干脆就留到你这算了？"说话间，阿瓦古丽也微笑着从房间走了出来。

　　司机笑着问阿瓦古丽："咋样？"她笑着点点头，回头看了我一眼，向罐车走去。

　　罐车走了，我呆呆地站在戈壁滩上遥望汽车扬起的尘埃，直至尘埃消失，才回来装油。

　　胖子一本正经说："姑娘真不错！我敢发誓，要没媳妇，就坚决找个维吾尔族姑娘！"黄瑾附和地点点头。

　　过了几天，司机又把阿瓦古丽带了来。这让我喜出望外！不过这会不是司机把我们推进野营房，而是我激动地搀扶着她进门坐到了我的床上。几天不见如隔三秋！阿瓦古丽也很高兴，我们说了几句问候的话，肩膀就挨在了一起！过了一会我情不自禁伸出颤巍巍的双手把阿瓦古丽搂在怀中。她缓缓回来脸来，满脸绯红，表情羞涩说："你长得好！"

　　我感觉热血都在沸腾，急忙说："你才长得跟天上的仙女一样漂亮！"

　　当然这是真心话，我确实喜欢这张笑脸。她让我心潮澎湃。我轻轻地捧着这笑脸，闭目在上面吻一下，紧接着就相拥在一起。她的身躯像甘露一样，滋养着我，让我激动得浑身战栗，感觉魂魄像是飞旋了起来，酣畅淋漓。

　　这是我平生第一次跟一个女孩儿的亲密接触，感觉是那么甘甜，那么美好！一直等司机装好油，我们才不情愿地分开，恋恋不舍地把阿瓦古丽送上了车。

没想到，有了这段相识，在以后的好长一段时间都没有了下文，那个胖司机再来拉油时没有带姑娘来。我急切地询问！司机面露难色说："我那个岳父不同意，还骂了我！"

胖子和黄瑾也很是恼火，都围着司机要姑娘。司机万般无奈下，答应下次一定把她再带来！

司机走了，再没有来过。一打听，才知道他早到南疆拉油去了！这分明就是逃跑！

有什么办法呢！司机不带她来，我有什么办法呢？再说仅仅接触了两次，除了知道姑娘叫阿瓦古丽，别的什么都不知。我整整睡了两天，胖子和黄瑾都来安慰。

"算了，就当没这回事！"我失望地哀叹着说。

从此，我心里就不时会泛起一股无明之火，有不发而不能活的感觉。脾气自然变得暴躁起来。虽然觉得不对，却克服不了，渐渐的莫名其妙发脾气竟成了习惯。胖子和黄瑾先是怒不可遏，最后只能无可奈何，接受现实。当然胖子还是二话连篇，只是遇到我发火时不吭气罢了。

二

时间很快过去了一年，鄯善油田建成。鄯四临时采油站也完成了它的使命，拆除了。我和胖子还有黄瑾都被分配到了新建成的温米油田上班，并学了执照，驾驶巡井车巡井。

温米油田在鄯善油田南面不远的戈壁滩上，跟鄯善油田那片戈壁滩一样，同属于鄯善县管理。与鄯善油田不同的是，戈壁滩上密密麻麻分

布着无数条给村庄供水的坎儿井。坎儿井是给紧挨着油田的名叫七克台的村镇供水的。

温米油田面积不大，也就几十平方公里。不但面积不大，地下的原油也不相连。说是一个温米油田，实际上它是由很多个更小的油田组成。人们把这样的小油田叫区块。有的区块因为太小，钻成的油井自喷不了多久，就得装抽油机。虽说是新油田，新装的抽油机却随处可见。

抽油机一装，加盘根的活就来了。

按设计，盘根盒里加的是胶皮盘根，可胶皮盘根不耐磨，也经不住挤压，一挤压就变形，无法密封住井里的油气。人们就找来跟盘根盒空隙差不多宽窄的抽油机电机用报废了的皮带，加在盘根盒里，很是结实耐用。废皮带加盘根在玉门时就已经开始用，据说是由当时名气很大的603岗位的采油工们首先使用的。

温米油田井下的压力要比玉门油田大得多，用废旧皮带加盘根就成了必然的选择。

一般加废皮带，都是用起子使劲往盘根盒里塞。在玉门，由于井下压力小，不需要加很多的废皮带进去，操作起来还算省事。

而温米油田就不同，不用很大劲，不加进足够数量的废皮带，就无法密封住井口。用榔头直接砸，又恐伤了盘根盒。采油工们为了把更多的皮带塞进盘根盒里，有时把起子捣弯，有时把手碰破，血流不止。准确地说，凡采油工都毫不例外经历过这种流血的场面，我当然也不例外。

一天我突发奇想，用从方卡子上卸下的一片卡瓦对准废皮带用榔头砸，感觉比用起子效果好。但是这样的卡瓦用来加盘根有一个致命的缺点，它的内侧有牙，很容易损伤光杆，还有一个缺点是太小，我便用钢锉一点点把内牙给锉了，每次使用时在上面再垫一个榔头。

同事们见这个方法好，都学着找来卡瓦，将内牙齿搓掉。巡检领班也觉得好用，让我画个图。我便画了个没有牙齿，又大一号的一个卡瓦形状的东西。领班让人专门加工了一批这样的东西，给每个采油工发了一个。采油工们一个个都高兴地欢呼"万岁！"

而对这个东西的叫法却是五花八门！有叫瓦片的，也有叫卡瓦的，感觉都很别扭。因为它既不是瓦片，已没有了牙齿，连什么都卡不住！最后在胖子的建议下，起名：犟半截。没想此提议一出立刻博得了一致响应。之所以会有这个想法，是因为我的同事们给我起的外号就叫犟半截，况且他们在背后都这样称呼我。这事我早有耳闻，只是装着没听见罢了。谁让我的脾气那么倔强呢。

现在人们把这个东西起名叫犟半截，虽然有调侃的意思，却也没有恶意，况且也是对我发明的肯定。也就认了。

从此后，但凡被我翻过白眼又不好翻脸的，帮他加盘根时，他的嘴里总是喊着："砸扁你这个犟半截！"算是解气，让人哭笑不得！

时间很快到了夏天，炙热的阳光将裸露的戈壁烘烤得异常炎热。时间仿佛凝固在酷热中，太阳好像也定格在了天的中央，斗志昂扬地不断喷吐着烈焰。在如此强烈的光照下，一切生命都不得不远离。此刻在这片戈壁滩上所能看到的只有三种东西：一是从上而下坎儿井的一个个灰色的土堆；二是夹在坎儿井中间的自喷井井口；三是新装的疲惫旋转的抽油机。

由于太阳光照强烈，我的皮卡车的车体跟屹立在戈壁上的抽油机一样，油漆很快就被晒得脱落，露出了钢铁本来的颜色。在这片晴朗的没有一丝云彩的火热的天空下，任何东西都遮掩不住它本来的面目。

按照计划安排，不但今天该我值班，还要对所管的十几口油井全部进行取样。按工作量算，要不是争取中午同事们休息这段时间取样，无论如何也没办法完成取样任务。因为下午和晚上还要对三四口油井进行单量（单独计量）。这只是正常的工作，如果再赶上有油井作业投产，不知道要忙活到什么时候。于是我便趁中午别人回去休息的空当加班。

我开着皮卡车在一口油井的井场外停了下来。下了车，戴上安全帽。虽然有安全帽遮挡，感觉脸庞还是被阳光炙烤得滚烫。一滴滴汗珠从面部流了下来，滴在工作服上，还没等留下印迹就消失在灼热的空气中。

我从车里取出一双蓝色手套戴上，走到车后从车厢里取出一只样桶，和一坨棉纱，一手提样桶，一手捏棉纱进了井场。

竖立在我面前的是一个自喷井出油井口。井口上安装有几个闸门和两块压力表。我习惯地看了一眼压力，弯曲下身体，打开样桶盖将样桶接在放空考克下，用手一拧考克，一股股油流流进了样桶。接着摇晃了一下手中的样桶，感觉流进样桶的原油已经有了一定分量后将放空考克关住，盖上样桶盖，用棉纱将沾在考克上的油擦净。我提上样桶，手捏棉纱出了井场，将样桶和棉纱放在了车厢内，又开车向下一口行驶。

两个小时后，我顺利地取完了分管的十几口油井的油样。

天上依然挂着火红的太阳，仍不断地烘烤着地面和我的皮卡车，当然还有酷热难熬的自己。我感觉有些疲倦，眯眼望了一眼火红的太阳，再向四周看，北面高耸的天山山峰上此刻没有了任何雪的踪影，山的表面在阳光的照耀下闪耀着耀眼的光芒，更增添了脚下戈壁滩上的热度。而我站的这片广袤的戈壁滩上，连平常略带黑色的石头也被晒得变成了灰白色，像正在灼烧还没烧熟的石灰石。戈壁滩上的一个个坎儿井的土堆外，一个个自喷井口，和一台台旋转着的抽油机，都无法遮挡天空中的炎炎烈日。

　　我着实不想再钻进闷热的让人窒息的皮卡车里。但望着坎儿井尽头的绿地，不把车开过去，是无法躲避酷暑的。

　　我犹豫片刻，咬牙钻进了皮卡车。正当我开车向戈壁滩边缘的葡萄地行进时，不小心差点撞在了车前出现了一个坎儿井的土堆上。心中一惊，急忙打方向避让。抬眼看时又不觉一惊！

　　面前的这个坎儿井土堆井口上的覆盖物没了踪影，敞开的井口上还能看见冉冉升起的水汽！

　　在这片戈壁滩上，每个坎儿井土堆的中心的井口上都搭着木材或树枝，上面再覆盖上厚厚的泥土，以防止杂物和尘土落入。由于盖在井口上的泥土跟土堆的颜色一样，表面上看，看不到井口的形状，看到的只是一个个颜色相同的土堆。

　　这个井口是怎么回事呢？我心生狐疑，下车去想探个究竟，心想或许是个不错的去处！我上了土堆，慢慢靠近井口时，立刻感觉一阵阵清爽，从井里升腾起来的水汽沁入心扉。更让我惊喜的是，口井不是竖着深入地面，而是个斜口。自上而下还有脚踩的台阶。井口虽不大，但人弯腰还是能走进去。

　　我站在井口前迟疑了一会，再抬头仰望天空中灼人的太阳，最终在凉爽的诱惑下弯了腰。

　　井内一片漆黑，在我看来，在这片浩渺的戈壁滩上，即便坎儿井再深，再黑，里面也不可能隐藏有危险的动物。所以大胆走了进去。也确实，在火炉一样的戈壁滩上，除过开车巡井的采油工外，很难寻觅到其他生命的痕迹。

　　我摸索着往里走了两步，感觉清新的水汽已经环绕身躯，心清气爽，无心再往里行进。对于我来说进洞的目的只是纳凉，而不是探险。我缓缓地将身体贴在凉爽的台阶上，掉转方向，将头伸向井口方向，枕上安全帽，闭目躺在了台阶上享受起这难得的冰爽世界，不一会就进入了梦乡。

睡梦中感觉像是有人在拽我的裤腿，而后又觉得像是有人在亲吻我的脸庞，觉得可笑。心想是梦呗，无须计较。渐渐的竟能感觉到脸庞边有呼吸的气息。我惊奇地睁开蒙眬的眼睛，映入我眼帘的竟是一位漂亮姑娘的笑脸。弯眉下一双纯洁的像两汪清水的眼睛沁人心扉，两眼一动像月光下摇曳的西湖，即便是有无数团烈火都会悄无声息地熄灭在其中。

是阿瓦古丽？我激动得差点流下眼泪。但当我定睛看时，却是一张甜蜜的汉族姑娘的脸庞。

姑娘仍然微笑着。我非常纳闷问："你是谁？"姑娘停止了微笑，轻轻地拉住我的手说："跟我来。"姑娘的行为虽然让我诧异，但是我还是不由自主缓缓起身，跟随姑娘走下台阶，向幽深处走去。

里面并不低矮，能容得下两人直起腰来行走。光线也不黑暗，姑娘飘逸的身躯和台阶下潺潺流水清晰可辨。

姑娘穿一身洁白的连衣裙，两尺来长的秀发飘在身后，边走边说："这里面可不是谁想来就能来的地方。"我不解地问："为啥？"姑娘突然止住脚步回头笑着说："仙境呗！"我顿觉飘飘欲仙，笑着说："是仙境！"姑娘咯咯地笑了起来，笑容灿烂得让人陶醉，笑声像悦耳的银铃。

姑娘笑着又转身向前走去。走了一会儿台阶没了，面前被一个湖泊挡住了去路。湖泊清亮幽深，闪耀的光芒像姑娘的眼神。姑娘转身笑着问："你敢下去吗？"我尴尬地笑了笑，眼神迷离。

正当我迟疑时，立刻又感到如痴如醉，头晕目眩。站在我面前的竟又是阿瓦古丽！没错，就是她！我急切地拉住她的手，激动得浑身酥软，急切地问:"你到哪去了!"

还没等回答,我就紧紧地把她抱在怀中。我感觉到她的身体异常冰冷,急忙松开手查看,不想怀中竟又是带我来此的姑娘,不觉一惊。还没等我反应过来,姑娘"哎哟"一声,脚底一滑,"扑通"一声仰面跌落在了湖泊中。

我立刻伸手去抓!可惜手指连碰都没碰上,姑娘就快速向湖底沉下去,她的面容似乎在变幻着,一会是姑娘,一会变成了阿瓦古丽。嘴角上挂着微笑,眼中却充满着期盼!

我立刻感到撕心裂肺的痛楚,大吼一声,毫不犹豫地跳入湖中,紧紧将她抓住,同时我感觉到了她即刻紧紧地将我抱住,一起快速地不由自主地向湖底沉去。

虽然我并不后悔跳进湖里,可身体在湖水中迅速下沉,预示生的希望越来越渺茫!难道生命就此结束了吗?

这时我隐约感觉从湖面上伸下来一根长长的木杆在肩上重重地戳了一下。求生的欲望促使我迅速抓住了救命的木杆。当然一只手还不忘紧紧地搂住她。木杆向湖面上升去,我像是已经看见了光亮,心中燃起了生的希望。

当头露出湖面时,立刻感到了一阵灼热,强烈的光亮刺得我睁不开眼睛。无奈两只手都忙着,只能耐心等待让眼睛适应。我终于睁开了眼睛,面部却正对着天空依然耀眼的太阳,身旁既没有阿瓦古丽,也没有姑娘。定睛看时,左手紧贴在胸前,右手竟然紧拽着一条动物的后腿。正在纳闷时,动物一使劲挣脱开,飞奔而去,照体态判断,应该是只黄羊。

原来是南柯一梦!我有气无力地躺在井口,回味着梦中的情形,心中痛楚，热泪盈眶。估计是我的出现惊动了在井中纳凉的黄羊。不知黄羊在井中犹豫了多长时间，才决定从熟睡的我身上逃跑。可能是黄羊挤着从井口往出跑，不留神在才踩在我的肩上。真是可笑！这只腿竟然被我当着救命的木棒抓住。这事要让那个善于嘲笑人的胖子知道，不知要笑成个什么样！

"真会享受！"井口不远处传来的了胖子粗壮的声音。真是不愿见谁，谁就来。我镇定了一下情绪，揩了一把眼睛，手提安全帽从井里爬了出来，拍拍身上的尘土，将安全帽戴在头上，以遮蔽空中的太阳。

胖子已经站在了面前。他头戴安全帽，身穿天蓝色工作服，脸色通红，多肉多毛的脸上不断流淌着汗珠。连上嘴唇和鼻子中间留的小胡须上都向下滴着汗水。很奇怪！这人平常都是敞胸露怀，很少戴帽子。怎么今天一下像变了个人似的，大热的天工作服扣子还一个不落地扣着，连安全帽也戴得端端正正。

胖子气喘吁吁说："我刚上班来跑井，就看见从你车跟前跑出一只黄羊来，正想开车追，不想一眨眼黄羊就跑得没了影子！"我干笑着说："我还抓住了它的一条腿，都被挣脱了，你连个毛都没碰上还想着逮住，真也敢想！"按照平常，胖子听到这侮辱的话肯定会脸色涨红，大声喊叫骂娘！没想到胖子擦了一把汗，只是"嘿嘿"笑了两声说："还是你厉害！"说着，绕过我走到井口，我也随着转身仔细端详刚才让我魂牵梦绕的地方。

胖子李少群摇晃着脑袋，仔细看着井口自言自语说："真是好地方一个！"我说："我也是才发现。"李少群诡秘地笑着说："还是你有福气，这样的地方也能发现，还在里面睡了一觉，感觉很好吧！"我干笑着说："那是！"

　　胖子看了我一眼一本正经说："要被当地的农民发现，看见你在他们的坎儿井里睡觉可不好玩！"我听着不舒服，瞪了他一眼，胖子不再吭声。

　　"李师傅你们在看什么呢？"一个银铃般的声音从身后传了过来。我吃惊地回头，见面前亭亭玉立着一个女子。女子头戴安全帽，身穿天蓝色工作服，嘴角挂着微笑，弯弯的眉毛下面闪烁着一双水汪汪的眼睛。我心中诧异，这不正是梦中的女子吗？我纳闷地问："你是谁？"

　　还没等女子回答，李少群嘲笑说："把你的毛病改一改好不好！不要一见到漂亮姑娘就眼睛泛直！"接着解释说："她是今天刚分派来我们作业区实习的石油大学的大学生，领导指定让我带她实习！"

　　我纳闷，怎么会在梦里梦到眼前这个女子？是不是还是在梦里呢？我捏了一下鼻子，肯定不是做梦，继续问："你到底是谁？"

　　姑娘微微一笑说："我叫王倩。"

　　李少群埋怨说："有你这样问话的吗？第一次见到人家姑娘就逼着问名字！合适吗？"我恼了，冷冷地说："我问人家名字干你什么事！"

　　李少群瞪着圆圆的小眼看我。不发火吧，在姑娘面前没面子。想发火，又恐我的火气会更大，只好冷笑着说："算你厉害！"径直甩手走了，经过姑娘身旁时说："小王我们走！"姑娘点点头，笑着看了我一眼，回头跟李少群走了。

　　李少群走了，我不知道他会怎样给同事们绘声绘色描述我的行径！哎，这人就这毛病，这么多年了，就是再要好的朋友也会照说不误。

　　看来梦里的事也只能存在于梦里。我边走边想上了车，到"1号计量站"改单量去了。平常采油工们把对油井单独计量叫着"单量"。

　　我神情恍惚改完单量，已经快到下班时间。正想给"中控室"汇报时，发现车上的电台坏了。我们巡检的值班室紧挨在联合站门口，平常快下班时采油巡检工们都会聚集在这里。我只好开车来到了联合站找同事们车上的电台给中控室汇报。

联合站门外的树荫下聚集着一大堆等待下班的采油巡检工。我开着车远远就见李少群站在树荫下，两手不断摆动着给同事们说着什么，旁边还站着王倩。其中竟有人听得哈哈大笑。我想肯定是讲着下午的事，虽然胸中郁闷却也无奈。觉得离他们越远越好。当然也不想用他们任何一个人车上的电台，便径直进了联合站，到中控室去了。

李少群和王倩当然也看见了进联合站的我。等我给中控室汇报完情况出来时联合站外已空无一人，都下班回家去了。唯独留下我一个人望着西斜的依然还吐着烈焰的阳光。

在我值班的这一个晚上，一会儿这口井投产，一会那口井交井，整整折腾了一晚上，一直到太阳又重新照射到戈壁滩上，才算消停下来。

我填完值班记录坐在会议室里等待同事们的到来，还没坐多大一会，就斜靠在椅子上睡着了。幽深的坎儿井，还有微笑着的女子，当然还有阿瓦古丽。女子端坐在面前微笑着。我纳闷地问："你到底是谁？"姑娘笑着把脸凑到眼前回答说："我就是王倩！"笑容灿烂，笑声甜美。

哈哈！哈哈！耳边传来的是一群男人粗壮的笑声。我吃惊地睁开眼，映入眼帘的竟然是身穿工作服的王倩的笑脸。王倩笑着说："师傅，我是王倩！"又是一群男人粗壮的笑声。

我环顾四周，见周围坐满了同事，他们都咧开大嘴边笑边看着我和坐在身边笑容灿烂的王倩。

这时，端坐在会议桌正中的"巡检领班"笑着对王倩开玩笑说："你太有魅力了！昨天刚来，就惹得我们的小伙睡梦里都叫你！"王倩看了我一眼笑而不答。坐在对面的李少群翻一个白眼笑着说："是个没出息的！"惹得人们又笑了起来。我狠狠地瞪了一眼，胖子才耷拉下脸。

巡检领班叫白强，是个三十出头，性格豪爽，浓眉大眼的男子。别看是个领班，手下却管理着三十多号采油巡检工。白强笑着对我说："你今天回去休息，明天早晨来，我就把王倩分给你，由你带着他实习，保证再不会梦里喊她了！"人们都又笑了起来。我尴尬地起身说："昨晚的事我都写到记录本上了，没啥事我走了？"

白强点点头。我涨红着脸头也不敢回，径直出了会议室，又惹来人们一阵狂笑！

我的情绪坏到了极点，感觉命运像是在捉弄我！我出了会议室，开车火速向坎儿井井口驶去，决心到里面一探究竟！看看里面到底有没有水流和湖泊，还有那个长得像王倩的姑娘。但等我到达井口时，发现井口已经被人用一个个结实的木条封住，上面还盖了厚厚的一层土。只好作罢！

我在宿舍休息了一天，早晨上班，巡检领班白强并没有忘记昨天的许诺，让王倩跟着我巡井实习。李少群干笑说："这下如愿了！"我瞪了一眼，胖子嘿嘿地笑着走开了。

我不知道王倩是否知道我梦中的情景。按时间计算，她应该不知道，因为我在坎儿井做梦的时候，王倩应该坐在李少群的车在上班的路上。中午刚睡觉起来，不可能再睡。再说巡检车里没有空调，车里热得跟蒸笼似的，谁能睡得住。没睡觉，当然就不可能做梦。

算了，想这些梦里的事有什么用呢？镇定了一下情绪后，开始巡井。记录井口压力，检查油嘴，取样，到1号计量站"改单量"。王倩只是跟着下车在一旁给我传递工具。

又来到一口井上，这是一口抽油井。车还没到井场外，一股刺鼻的味道就串进了车里。王倩忾了忾鼻子笑着问我："师傅，什么味?"我当然知道，这是抽油机光杆摩擦井口盘根散发出的类似胶皮燃烧的味道。这种味道是油井不出油，光杆缺少了润滑干磨盘根，连续不断的干磨导致高温，把盘根烧焦、烧糊，散发出了这种难闻的臭胶皮味。

真奇怪，这是一口刚刚由"自喷转抽"的油井。就在昨天单量时，还出了三十多吨油。每天能出三十多吨的油井怎么会出现烧盘根的现象呢? 我停下车，戴上手套向井口走去。王倩下车跟在身后。

电机嗡嗡地叫着，高大的抽油机在早晨明亮的阳光下不停地上下运动，盘根盒里仍然不断散发出刺鼻的胶皮烧焦的味道。确实不出油了! 我迅速绕过抽油机，走到配电柜跟前，按下了"停止"按钮。抽油机晃动了几下，停止不动了。

我到井口，仔细看，井口上方本应明亮的光杆沾满了黑色的胶皮粉末，变得黑乎乎的。为了防止计量站的油返回到井口，我关掉了从井口去计量站的回压闸门和套管闸门，打开放空考克。顿时一股股天然气从考克里'噗噗'冒了出来，冒了一会，气量开始由大变小，渐渐地连一点气都没了。

站在旁边的王倩说："有可能是井筒给堵了，连气都没了。"我摇摇头说："不会的。井筒里的抽油杆上面都装着'刮蜡器'，只要抽油机转着，抽油杆在井筒里动着，井筒就不会被堵死。再说即便是井筒堵了，套管里还会不断有气出来。"王倩点点。我思索了一下又说："不出油了也应该有气，连气也没了，应该是井下泵的'固定凡尔'被卡住堵死了。"王倩眨巴了一下眼睛笑着夸奖说："师傅你真行!"我顿觉脸上一阵发热，额头上似乎有汗珠下落。

哎，男人就是这么没出息。王倩见状咯咯地笑了起来。

我走到了车跟前，王倩跟在身后。我打开车门，拿起电台话柄，正准备呼喊时，却犹豫了，迟疑地放下话柄。王倩问："咋了？"

我说："喊也没用！这会人都忙着，还不如我们自己解决。"王倩迷茫地看着我说："三千米深的井，几十吨重的抽油机，别忘了我们要解卡的固定凡尔在井下三千米的深处，谈何容易！"我笑着说："只要你配合，我们就能把卡给解掉！"我之所以有这样的信心，是因为在玉门三天两头碰泵，已经熟练了这项工作。

王倩眨巴了一下眼睛，迟疑地说："你要碰泵，我只能配合你拉刹车，别的什么都干不了！"我说："这就够了！"

王倩点头说："行！"而后又有些犹豫说："要碰泵的话得三个人！"我笑着说："那都是书上的话，你没实际干过当然觉得难了。只要我们两个配合好，没有问题！"王倩笑着警告说："我可只能给你拉刹车，剩下的得你自己干！"我说："只要你把刹车拉好就行！"王倩点点头，走到了刹车旁边做好了拉的准备。

我走到了配电柜旁启动抽油机，见抽油机驴头刚转到了井口位置上方，便按下了"停止"按钮，对王倩喊道："刹住！"王倩听到喊声一拉刹车，刹住了抽油机。

我又出井场，从车上取来工具袋放在井口旁边。从工具袋里取出方卡子，卡在抽油机光杆上。然后走到配电柜跟前，对王倩喊："把刹车松掉！"王倩松开刹车，我启动抽油机，随着抽油机的旋转，抽油杆向井下运动，只听得井下"咚"的响了一声，抽油机卸掉了负荷。我迅速停掉抽油机，喊道："刹住！"王倩又拉紧刹车。

我爬上井口，把抽油机驴头下面的方卡子松掉，往上提了约四五十公分，卡住，然后对王倩喊："松刹车！"王倩心领神会，慢慢松开刹车，抽油机吃上负荷，又将刹车刹住。我卸掉光杆上的方卡子，从工具袋里取出锉刀，把光杆上的毛刺摸着锉掉，又走到配电箱旁边。

王倩松掉刹车，我启动抽油机。抽油机每旋转一次，就听着井底下响一下。一连响了五下。王倩笑着说："差不多了，书上讲，最多只能碰五下！"

"多碰一下不要紧，就碰六下吧！"我笑着说。抽油机又旋转着碰了一下，我才将抽油机停下。在王倩的配合下，我又把光杆提到了原来的位置，锉掉毛刺，启动抽油机，抽油机开抽了。

为了验证碰泵效果，得等待一会。我和王倩便站在抽油机的阴影处，吸着还没被太阳加热的空气，听着抽油机嗡嗡的叫声，眼望戈壁，和远处连绵起伏的天山，觉得天阔地广，心胸开阔。觉得在巍峨的天山下的这片广袤的戈壁上只两个人似的。

我似乎感到身躯跟天山一样伟岸，心胸跟戈壁一样宽阔，想着又觉得可笑。

我笑着说："望着周围这个世界感觉还挺好！"王倩笑着说："师傅，你没觉得自己也伟大吗？"真是，心里想什么都能猜到！我苦笑着摇摇头说："我要伟大就不会有那么多搞不明白的事了！"

王倩笑着问："是什么事呢？"我欲言又止。王倩当然知道我要说什么，她笑着举起右手说："我对巍峨的天山发誓，永保师傅的秘密！"我又犹豫地看了她一眼，迟疑了一下说："真奇怪！那天在坎儿井里，梦里梦见的那个人跟你长得一模一样。"

"哈哈！"耳边响起了爽朗的笑声。王倩笑着说："怪不得一见面就问我是谁。"而后又好奇地问："梦见我在干啥？"我说："梦见你在井里拉着我往里走，走到一个湖泊前。""最后呢？""最后你掉进了湖泊中。""你呢？"王倩追问道。我说："我急忙跳下湖泊把你抱住！"我当然不会说阿瓦古丽的事。

"哈哈啊，竟有这事！虽然滑稽，还是让人激动！"我急忙强调说："我说的都是真的！"王倩即刻笑弯了腰，尔后直起腰来轻声说："我相信！""再后来呢？"我说："我感觉有个木棍戳了肩膀一下，便握住，被拽出了水面。惊醒来一看，是个动物的腿，一慌神让它给跑了，看样子像个黄羊。"

"太神奇了！太神奇了！那天我和李师傅都看见有个黄羊从你睡的那个坎儿井前跑了！说明真有其事！""嗯！"我点头说："事后我有些纳闷，第二天想到坎儿井里看个究竟，谁知被哪个爱管闲事的给封住了！"

王倩也觉得遗憾，意犹未尽，说："师傅过一会我们再去看看行吗？"我说："已经被封了，看也白看！"

王倩叹了口气，转变话题说："听说你脾气很大，给我的感觉却性格开朗。看来人们都是有偏见的。"王倩当然听人说了有关我脾气倔强的事。

我不知道王倩夸我是为了逗我开心，还是出于真心，觉得尴尬，只好向宽阔的戈壁看去。戈壁滩上除过油井外还零星地屹立着一些钻井的井架。油井间不断有红色的巡检车穿梭，扬起阵阵尘土。鸣响着汽笛的井架上，隐约可见旋转的钻杆和钻工晃动的身影。远处的天山在早晨明媚的阳光下呈现出了一副柔和的面孔，在阳光下闪耀着奇异的光彩。

突然，王倩指着井口惊呼道："油！井口冒油了！"我定睛看，见井口盘根盒内沿光杆的缝隙有黄绿色的油往出溢，接着发出"哧哧"的声响。

出油了！我也一阵喜悦，立刻上前从工具袋里取出一大一小两把管钳，对着盘根盒拧了两下，盘根盒便严严实实将油封在了井口内。

王倩一副喜笑颜开的表情，恭维说："师傅你真厉害！"这时的我无论如何也装不了谦虚，像胖子一样笑着摆摆手吹嘘起来，说："这也就是小菜！等明天跑完井，把盘根再给加一下，最少管保一个月没问题。"

三

原本是想等早晨跑完井，再加盘根。那时候同事们也都干完活消停下来，也好喊人过来帮忙。可当我开车到了昨天碰泵的那口井上时，盘根盒又在向外滋油。褐黄色的原油顺着井口往下流，已经流到了地上，在井口处缓缓摊开了一大片。估计是昨天盘根盒里的盘根基本上都被烧坏了，紧了一下，也就勉强熬过了一段时间。

我不得不停下抽油机，加盘根。但是加盘根不是一个人能干的活，这时候正是巡检工最忙的时候，肯定喊不来人帮忙。我看了一眼站在身旁的王倩，从头到脚都干干净净，心想要是让她配合，还不给弄上一身油。再说也不忍心让她干这样的活。只好在电台上呼喊。

平常遇到像加盘根、碰泵之类一个人干不了的活，采油工们都是互相帮着干。当然我也无一例外地给所有同事帮过忙。我喊了好大一阵，也正如我所料，同事都回答说忙着走不开，让等一会，干完活儿再过来。

虽说胖子嘴巴逞能，关键时候还是仗义，答应赶来帮忙。

在胖子来以前，我开始做准备工作。戴上手套，把榔头、盘根、起子、"犟半截"、废皮带、黄油、管钳、棉纱等加盘根的工具一一拿到井口放好，又到车厢里取一把铁锹，把溢在井口跟前的原油铲出井场外。

将胶皮闸门关好，打开盘根盒，站在井口上用起子把废盘根往外掏，掏尽后，将一个新盘根放了进去。王倩则戴着手套，手捏棉纱擦沾在井口上的原油。

随着一股土雾涌来，胖子开车来到了井场外。他穿一身天蓝色的工作服，乐呵呵下车，摇摇摆摆进了井场，边走边喊着说："不是日能得很吗！一个人能碰泵，还连个盘根也加不了！"

我翻了个白眼说："爱干不干！不干了走开！"胖子并不在乎，还是一副乐呵呵的样子，走到井口前笑着说："也就我这人心好，看你小伙儿可怜帮你。"我并不理会，说："把废皮带给我！"胖子从地下取上一截废皮带交给我。我接过皮带，将一头塞进盘根盒内，一头交由胖子拽着，转身对王倩说："把榔头给我！"

胖子笑着对王倩说："还有犟半截！"王倩不解，我笑着用手指着说："就是地上放着的像瓦片一样的。"王倩将胖子称作犟半截的东西拿在手中端详了一下，一副迷茫的表情。胖子笑着指着我说："这个东西就是他！"王倩更加不解。胖子笑着解释说："这东西是他搞的，所以才叫犟半截！"

王倩才咯咯笑了起来，说："真有意思！"然后夸奖我说："师傅真有本事！"话音里充满了激动。

我故作谦虚说："这算什么！"说着从王倩手中接过榔头和犟半截，将起子递给她，让放到地上。我左手握犟半截，右手拿榔头，将犟半截对准盘根盒里的废皮带，用榔头击打，"咣、咣、咣"，伴随着响声，废皮带被一点点砸进了盘根盒内。

"下来！"胖子翻一个白眼，还没等我停止动作，胖子又一脸严肃说："下来！"

　　我知道他的用意，是嫌我动作过于迟缓，速度不够快，当然也有在女士面前显摆的嫌疑。我从井口上跳了下来，胖子一猫腰上了井口。伸出两只胖乎乎的手接过榔头和犟半截。他竟然没戴手套！我急忙把手套脱下往胖子手里塞。胖子一摆头笑着说："我从不用那玩意！"我又将手套戴上，拽住皮带，警告说："当心你的胖手！"胖子嘿嘿一笑，右手握紧榔头，对准左手握的犟半截咣咣咣猛烈敲击，嘴里喊着说："叫你不老实！"惹得王倩看着我咯咯直笑。

　　废皮带迅速被砸进盘根盒里。正当盘根盒快被皮带塞满的时候，胖子嘴里念叨说："最后一下！"随着继续挥舞的榔头落下，却没有听到榔头敲击犟半截的声音。只见胖子龇牙咧嘴起来，接着，鲜血从手指上滴落下来。王倩惊讶地叫道："胖师傅的手砸了！"

　　"让你逞能！"情急之下，我小跑着到车上拿来一坨干净棉纱，给捂在手上。然后查看伤情。胖子憨笑着说："小事！就砸了一点皮。"我拽了一下被砸伤的二拇指，胖子一咧嘴说："真没事！"我说："动一下！"胖子动了动二拇指。看指头能动，我才放下心来，笑着说："这就是逞能的代价！"

　　胖子笑着说："反正是给你干活受的伤，罪责无论如何得算在你的头上！"

　　"好！"我说："没问题，下班了我带你到医院包扎。"胖子摇摇头说："不用，这点小伤！"我笑着说："要么就把犟半截给你改进一下，管教你再砸不上手！我说到做到！""还有呢？"我明白胖子的意思，只好说："请你喝酒！"胖子笑着说："这还差不多。"

四

晚上说好了请胖子喝酒，已经订好了饭馆。单请胖子一个人喝酒没多大意思，下班前顺便把黄瑾和王倩也一起喊上了。

临出宿舍门前，接到了母亲从玉门打来的电话说："明天有个老乡给你介绍个对象，要按时去！"真是添乱！放下电话我心中很不是滋味。不过一想也确实该找个女人了。跟我一般大的同事们都已经结婚，有些已经有了孩子。时至今日，也只有随便找个女人生孩子，过日子了。

在吃晚饭以后的一段时间里，我陷入了频繁会"朋友"的尴尬境地之中。

想着再也见不到阿瓦古丽，说不上她早就成了别人的新娘，我就心灰意冷！虽说是对新来的王倩有点喜欢，也不过是相处而已，是永不能说出口的。虽然身边有回汉通婚的先例，但像王倩那样的"天鹅肉"我这样没有文凭的癞蛤蟆想一下，估计都是罪过！至于说谈婚论嫁，最多也只是个画饼！

而靠自己找，无疑也是空谈，因为认识的人当中，连一个回族姑娘都没有。

基于这样的考虑，我便按照老乡的指点去相亲。

我那个老乡也是个热心人，一连给我介绍了好几位"朋友"，当然都是回族，结果自然都是没成。

王倩依然跟着我实习，不知谁把我相亲的事说给了胖子，胖子那个漏勺嘴巴又漏给了王倩。跑井的空档，我开着车，王倩笑问："师傅，听说你眼头很高，几个姑娘都没看上眼？"我本想发火，但看着王倩微笑的表情和好奇的眼神，不由得软下心来说："不是我看不上她们，是她们看不上我!"王倩摇摇头笑着说:"不可能!师傅长得这么端正,怎么会呢!"

我无心解释,便不再理会。王倩又看了我几眼欲言又止,估计是想找个话题调和一下尴尬的气氛,笑着说:"那天胖师傅手被砸时,师傅说要把犟半截给改进一下,你想怎么改一下呢?"

其实有关对犟半截的改进,在胖子手流血的一瞬间就想好了。胖子的手之所以被砸,一个原因是他没站稳,本应砸到犟半截的榔头,偏离方向砸到了手上。还有一个就是犟半截本身原因,要扶正犟半截,手就得抓住它,榔头稍一偏离就会砸在手上。我想要是在它的下边缘焊上一个手柄,手握在远离它的手柄上,榔头就不会砸在手上。为便于携带,可以在手柄和它的连接处焊两个小铁环相连。

我不知道王倩是真的对改进犟半截感兴趣,还是为了逗我开心。但她的话无疑激起了我的成就感和自豪感,便言辞激昂地说:"在它上面焊个手柄。"王倩突然眼前一亮,先是"啊"的尖叫一声,而后大声说:"犟师傅你太牛了!"我翻了一个白眼,王倩自知失口,立刻做个鬼脸笑着赔礼说:"师傅,对不起我不是故意的!"可以说,她是这样当面这样称呼我的第一人!要是别人这样叫我,非跟他计较不可!可偏偏是她。

为了打消王倩的顾虑,我说:"没什么。"虽然这样,也没能减少我的兴致,我接着阐述说:"为了让它不占地方,把手柄搞成个活的!"王倩立刻又激动起来,情不自禁地抓住我的胳膊说:"师傅,你是我见到的最厉害的师傅!"

我心里好笑,她也就跟过胖子和我两个师傅。不过我很少被这样鼓励过,感觉很激动,学着胖子的语气笑着大声说:"这都是小菜!我还能让盘根盒不再刺漏!"

"真的吗师傅?"王倩像是完全成了我忠实的跟随者,紧紧地拽着我的胳膊侧身仰视。我感到心潮澎湃，涨红着脸说："当然！"王倩目不转睛地像一个信徒在等待佛的旨意一样，等待着下文。

我僵硬地像背诵课文一样说："盘根被烧是因为油井不出油，光杆缺少润滑，干磨盘根。如果我们在油井不出油的情况下，也给光杆润滑，盘根就不会被烧掉。"

王倩眉头微皱，眼睛立刻明亮起来说："就是，师傅你说得对！""那怎么实现给光杆润滑呢？"王倩执着地问道。

因为这事我已想了好多遍，便不假思索说："在盘根盒盖子上焊一小截带孔带盖的管子。"王倩一副洗耳恭听的模样。我继续说："这个带孔带盖的管子，形状像一只倒放着上下一样粗细的杯子，这个杯子的底部有一个能通过光杆的孔。你应该把它想成一个底部带孔的一只杯子，将这个杯子扣在盘根盒盖子上完全焊接，不留空隙，然后在里面加注上机油。"

王倩眨巴了一下眼睛，两手比画了几下，似有所悟，突然大叫一声"哇！"吓了我一大跳。"师傅你太伟大了！"王倩激动地说。听她的口气，我像是个造物的神。

我所管辖的油井，既有自喷井，也有抽油井。我带着王倩，一口挨一口地巡井。每到一口抽油井上，王倩都目不转睛盯着盘根盒看，边看边不断点头。

也正好凑巧，一个晚上，那个被我们新近碰泵加盘根的井不出油，盘根又被烧了，等我早晨上班，跑井到井场上时，又出油了，油从烧掉的盘根盒里漏出来摊放在井口和井口的地面上，肮脏恶心。我急忙从车上取出两把管钳，紧了一下，盘根盒才停止了漏油。

加盘根又在所难免。我笑着说："但愿能多坚持一会，坚持到跑完井。"

王倩说："师傅，我们去做一个你说的那个盘根盒吧，不然这井还不把人折腾死！"

至于怎么加工盘根盒我已经琢磨了好几遍。我所说的用来焊接在盘根盒盖子上底部带眼的杯子并没有现成的，加工起来也得好几道工序。几经思考，我决定，用油壬代替。油壬是井口出油管线的连接部件，它由三部分组成，两端部分都连接在管线上，中间部分是把这两部分连接在一起的一个带丝扣的箍子，这个箍子一头是敞口的，一头是个略小的缩口，直径大小刚好跟盘根盒盖子相仿。虽说油壬箍子的小口比光杆宽敞很多，比想象中的带眼的杯子要大，却也不会影响效果。为了不至于光杆把机油从里面带出来，我想只要往里面塞些棉纱，就足以解决问题。而所需要的油壬，我车子上的工具箱里就有好几个。把箍子卸下来就可用。

虽然有了这样的想法，但最近几天来苦于没有碰上电焊车，只好暂时作罢。

此刻王倩的话提醒了我，就在刚跑完的那口井场边上就停着一口电焊车。周围几个人正在焊接井场围栏。何不这时把盘根盒盖子卸下来，让把油壬箍子给焊上？要是管用，说不上连盘根也不用加了呢！

说干就干！我说："你还得给我帮忙。"王倩有些迷茫地看着我。我说："你拉刹车，我们把盘根盒盖子卸掉。"王倩兴奋地点点头："师傅你尽管说就是了！"

卸盘根盒盖子比碰泵要简单得多，我停掉抽油机，让王倩拉紧刹车。把紧固光杆的胶皮闸门关上，卸掉盘根盒盖子，然后在光杆上打上方卡子，摘掉抽油机负荷，拿上扳手，爬上井口，去掉毛辫子，将盘根盒盖子从光杆里取了出来。

我让王倩清理井口上的油污，自己拿上盘根盒盖子准备开车去找电焊车。王倩无疑是想亲眼见证新盘根盒的诞生，笑着对我说："师傅，我也跟你一块去好吗？"我说："好吧！"

电焊车的师傅很配合，当我拿着盘根盒盖子和油壬箍子说明了焊接的方法后，几人很痛快地停下了手中的活儿焊接。王倩兴奋得像迎接一个新生儿到来一样，对手握焊枪的师傅甜言蜜语鼓劲说："师傅，一看你就是个专家，肯定能焊严实，一点也不漏油！"师傅心里明白王倩的用意，笑着说："你放心，要是漏了，我给你爬到井口上焊去！"

不一会，箍子就被严实地焊接在了盘根盒盖子上。等稍微凉了一会，王倩戴上手套，抢着拿起焊接在一起的油壬箍子和盘根盒盖子，头也不回就坐在了车上。我给几位师傅说了声感谢的话，便开车返回了井场，将加工好的盖子装在盘根盒上，给里面塞了些棉纱，从车厢里取来机油壶，加满机油。

在王倩的配合下，我上紧毛辫子，去掉光杆卡子，用锉刀将光杆损坏处挫平。一切准备就绪，王倩松刹车，我开启了抽油机。

抽油机嗡嗡响着，焊上了油壬箍子的盘根盒看起来很是别致。光杆随驴头不断地上下运动，上面附着的机油清晰可见。我说："要是下午不漏，就说明成功了！"

王倩将凝视光杆的眼睛，慢慢转移到了我的脸上，郑重其事地说："师傅，你是我见过的最棒的师傅！"我虽然被夸奖得心惊肉跳，还是故作镇静笑着说："你才见过几个师傅！"王倩强调说："我说的是真心话！"

我当然相信她说的是真话，而且还相信我的这个临时徒弟已经崇拜起我来了。王倩见我没有过多的表情，嫣然一笑，小声问："师傅，你不是说在梦里梦见了我了吗?"我立刻感觉到脸上僵硬起来。王倩却咯咯地笑了起来说:"师傅,别不好意思,这说明我们是有缘的!"

当我急速调整情绪,正眼看她时,一向性格开朗的她脸上竟泛起了红晕,眼睛闪烁着,微笑着盯着我看。我一时也不知所措,想回避她的目光。又觉得那样像是胆怯的表现,便不由自主也凝视起她来。

她还是微微笑着,像在坎儿井里的表情一样,缓缓向我移动脚步,等近到我能感觉到她呼吸的气息时,她的嘴唇微动,红扑扑的脸上又增加了一丝羞涩的表情。轻声而坚定地问:"你敢像在梦里那样抱着我吗?"声音虽然轻到只有我能听到,却掷地有声富有挑战性。

"当然!"连喜欢的女子都不敢抱,也没男子汉气概了!我毫不犹豫地双手搂住她的腰身。我想,不管搂抱的程度如何,只要抱了,就证明敢!当我双手接触到腰身时,她便缓缓地踮起双脚,双手搂在我的脖子上,将温热的嘴唇挨到了我的嘴角。

我迅疾像被电击了一样呆若木鸡,浑身的血液像大河大江咆哮的洪流在狂啸!在此洪流下身躯变得异常脆弱,既像是漂浮在河上的一片枯叶,又像是轻浮在空中的一缕烟云。我已不再是一具完整的身躯,像是被融化了一样,没有了形状。我的身体颤抖着,大汗淋漓!

渐渐地我感到嘴唇被温暖地吸吮着,暖流在全身流淌。我又感觉脸在发烧!身体滚烫,当我情不自禁地双目紧闭,将她紧紧搂在怀中时,王倩挨着我的鼻子轻声说:"师傅你弄疼我了!"我才意识到,确实搂得过于结实,连我的手臂都发酸。

我睁开眼,轻轻在她额头上吻了一下。她又将嘴唇挨到了我的嘴角上。

"哎!差不多就行了!"我立刻被吓了个半死,急忙松开手!

当我回过头看时，一辆皮卡车早已停在身后，胖子坐在驾驶室里咧开带毛的嘴嘿嘿干笑！

王倩羞得躲在了我身后。我冲到胖子跟前，揪住他的衣领威胁说："敢给人讲，我扁你！"胖子并不在乎，笑着说："还不赶快说两句好听的！"我只好松开手，赔笑着："中午请你吃饭！"

"这还差不多！"胖子又笑着调侃说，"你们也太专注了！我先把车停得远，看你们没反应，把车都开到了跟前，还是没反应！""你肯定是把车溜过来的！"胖子嘿嘿笑着。

王倩像是已经从羞涩中挣脱了出来，从背后钻出来笑着说："好胖师傅，你也当过我的师傅是不是？"胖子笑着说："放心好了，就是喝喜酒的时候别把胖师傅给忘了！"

王倩拽了一下我的衣襟，见我没反应，便挨在我的身上，满脸通红笑着说："保证忘不了！"

胖子眼尖，他也无心观察我的表情，而是把目光落在了形状起了变化的盘根盒上。他下了车，走到井口前盯着盘根盒看了一会。笑着说："我明白你这玩意的作用了，这也应该叫犟半截！赶明儿我给领班建议，找个电焊车，给每个盘根盒都焊上一个，管保每口油井半年都不用加盘根！"

"这不行！这是专利！"王倩大声说。"哈哈！"胖子笑着说，"在我们这儿没专利！"

由于焊制盘根盒盖子耽搁了时间，加上刚才的情景，已经错过了食堂的开饭时间，再说我也答应请胖子吃饭了。我说："走，今天我请李师傅吃拌面？"胖子说："好！"王倩笑着说："我还是喜欢吃七克台人做的汤揪片子！"胖子笑说："拌面比汤揪片子贵！"王倩微笑着一甩头，将披肩

的长发甩在了身后，说："我只要对味的，不要贵的！"

七克台是建立在国道两侧的一个小村镇。它最初的模样像偏远戈壁上伫立的几个车马小店，四周空旷肃穆。是石油会战的拉油车辆促进了它的快速发展。当成百上千辆拉油车涌进小店时，七克台的乡民们都被惊呆了！

人们一群群涌进车马店等待着吃饭住宿。毫不吝啬地掏出人民币，刺激得老板们眉飞色舞！看着门外焦急等待着吃饭和住店的人们，只能惋惜店面太小！车马店的接待能力明显不足。

正当人们抱怨无饭吃、无店住的时候，不经意间，七克台的公路两旁就迅速竖立起了一栋连一栋的二层小楼，吞噬着成百上千个拉油司机。至于七克台当时建了多少栋二层小楼，谁也没去数过。一时间七克台宛若一座不眠之城，从早到晚，从晚到早，都堆满了拉油罐车，汽车的轰鸣声，老板的喊叫声，人们的嬉闹声回荡在空中，久久不能散去。

可是好景不长，就在去年，当温米油田到鄯善油库的输油管线建成后，汽车拉油便戛然而止，七克台又恢复了往日的萧条。那些火急一时的二层小楼也安静了下来，开始饱尝寂寞的煎熬。

现在的七克台，当然没了喧嚣，除过零星的过往车辆驻足外，来此吃饭的大都是温米油田个别没能赶上午饭的石油工人，也包括像我这样的回族。人们不紧不慢，林林总总分散在已经为数不多的几个饭馆里，仔细地咀嚼食品。老板们则眼望空荡荡的街面，回想着昙花一现的繁荣。

我们三人来到了一处饭馆。一个留着小胡须的维吾尔族小伙接待了我们。我和胖子每人要了一盘拌面，给王倩要了一碗汤揪片，坐在屋外的桌椅上吃。正吃着，感觉一个熟悉的身影从身旁闪过，我抬眼看，是一个裹着灰白色头巾，身穿紫花色连衣裙的维吾尔族姑娘背对着我进了里屋，跟接待我们的维吾尔族小伙说话。

我心中一惊！这背影太像阿瓦古丽了！已经记不清，有多少次梦里梦见了她。她灿烂的微笑，美丽的脸庞，清澈的眼底，宛如仙子的动姿，哪怕是微微一动的眉毛都在我心里留下了刻骨铭心的记忆！

要在昨天，我肯定会立刻起身跟着进去，看看到底是不是我日夜思念的阿瓦古丽！

现在不同了，我心中已有了王倩！王倩似乎注意到了我的表情变化，迷惑地盯着我。

多嘴的胖子咧嘴说："我怎么看像那谁？"我瞪了一眼，胖子不再吭气。

再一想，长得相像的人多了，便不再理会，低头吃饭。快吃完时，感觉那个熟悉的身影缓缓向我移动过来，停在了面前。王倩吃惊地回过头看了一眼，立刻将炙热的目光向我投来。

我感觉不抬起头来是不行了！当我紧张地抬起头来时，首先映入眼帘的是紧缩的连在一起的两行眉毛，一双清澈见底的眼睛像是散布着一些忧虑，笔直的鼻梁上像是覆盖着一层污垢，微翘的诱人的嘴唇上缺少了往日的红润。

阿瓦古丽！

我不由自主站了起来。王倩吃惊的眼神在阿瓦古丽和我身上交替。"你好！"阿瓦古丽坚定地向我问好，嘴角露出了一丝微笑，瞬间又消失在阴云密布的脸里，而后瞪着迷茫的眼睛在王倩身上浏览。

我的身体僵硬地屹立在桌前。我不明白，她的笑容为什么变得那样短暂。灿烂的，美丽而充满活力的脸庞为何变得如此暗淡！肯定是饱受了无情的痛苦煎熬。

"犟半截!"王倩厉声道。还没容我醒过神来,阿瓦古丽就转身走了!动作之坚定,行动之迅速,容我瞩目望她时,留在眼帘的只有灰白色头巾和紫花色连衣裙了。我呆呆地望着她的背影,直到她消失在街道的尽头才缓缓坐在了椅子上。

"傻了吗?"我尴尬地坐了下来。王倩一脸怒气,胖子表情古怪地看着我。我已无心再吃,起身结完账向车子走去。胖子自己开车走了。在回火车站驻地的路上,王倩脸色惨白,一路无语。下车时头也不回走了,远远望去,身躯像在抽搐。

下午上班时,王倩红肿着眼到车前说:"我病了,给请个假!"说完回宿舍去了。我只好开车来到了单位,给领班说:"王倩说她病了,给请个假。"领班笑着说:"是不是你欺负她了?"引来同事们一片嬉笑。

人当然不能有多个选择,特别是恋人、妻子。算了,既然阿瓦古丽走了,就让她走吧。自己不能一边搂着王倩,一边又去找阿瓦古丽。

虽然心里这样想,还是心神不定。我感觉内心在遭受痛苦和恐惧的折磨。要是没这一面,也就罢了。问题是她清清楚楚出现了。看着阿瓦古丽的模样着实让人怜悯,自那两次见面后已有两年时间,在这段时间内,阿瓦古丽到底发生了什么变故,一概不知。不探个究竟,心中总是不安。

由于早晨加工盘根盒耽搁了时间,还剩几口井没跑完。虽然没了王倩在旁边说话,但该干什么还得干什么。我先到早晨改造盘根盒的井上看了一下,见并没有原油泄露出来。心想,要是王倩在,不知会怎么激动地欢呼!但是很遗憾,看样子她着实生气了。

第二天早晨上班,我故作镇静不作声,发动着车子拉着王倩向单位上驶去。王倩怒目而视,我装作没看见。没想到王倩立刻抡来一只拳头,砸在我肩膀上，大声吼道："昨天那个维吾尔族是咋回事？"我干笑着说："别影响我开车。"感觉却如坐针毡，浑身已浸泡在汗水中。

王倩不耐烦了，大声喊道："说啊！"我痛苦地咧嘴干笑着说："完了我告诉你！""不行！现在就说！"

隐瞒已不可能，我只好原原本本将认识阿瓦古丽的过程讲了。

讲完后，胆战心惊地回过头来看。王倩满脸泪痕愤怒地说："犟半截！你要明白，你不可能同时娶两个老婆！"而后伤心地啜泣起来。

不一会，王倩突然抱着我的肩膀哭着说："只要你不再去会那个阿什么古丽，我就原谅你！"我表情木然。王倩立刻愤怒地说："你要不答应我就立刻跳车！"说着果真打开了车门！

我的妈呀！我急忙刹车，劝慰说："这个玩笑可不敢开！""我不是跟你开玩笑！你到底答应不答应？"说着像是已做好了往下跳的准备。我急忙将车停下。王倩立刻扑进我怀里，而后抬头用期待的眼神看着我说："答应我好吧！啊？"

都怪我太无耻！看着泪眼蒙眬的王倩，我心如刀绞！多可爱的姑娘啊！我真不愿看着她哭，更不愿让她伤心欲绝！

"我答应你！"

王倩立刻转忧为喜，笑着将脸贴在我胸前，一副陶醉的模样。

此后，王倩甜蜜地，形影不离地跟着我，还见人就吹嘘说："我师傅的那两个'犟'半截不亚于采油的一场革命！"等等，喜悦之情溢于言表。

人们都用羡慕的目光看着我。有人说我是癞蛤蟆吃上了天鹅肉！有人却给我们断言，成不了！理由当然很简单，她是大学生，我不是；她是汉族，我也不是。其实在油田也不乏回汉结合的夫妻，只是还没有女大学生嫁给采油工的。

又轮到了我值班，临下班时，王倩恋恋不舍离开了我，坐胖子的车回宿舍去了。

按规定，值班人要把几口产量大的油井挨着巡视一遍。我在食堂吃完饭，休息了一下，见太阳还高高地挂在西边的天空上，心想趁着天亮把几口"重点井"跑完，不然等天黑了路不好走。

我便开车来到了一口自喷井井场。井场周围长满了绿色叶子的葡萄藤蔓，葡萄藤蔓被悬挂在离地面一米多高的水泥杆的铁丝上，底下缀满了一串串熟透了的晶莹剔透的葡萄。

自喷井井口高高地屹立在井场上，压力表的指针在扑哧哧喷涌的油气声中不停地晃动。我眼盯着井口，绕周围转了一圈，见一切正常，正准备离开时，忽然听见葡萄架下有一个熟悉的声音像是在对我呼喊。我心中一惊，低头往葡萄架下看。

葡萄架下一串串晶莹剔透的葡萄中间，弯腰蹲着一个穿紫花色连衣裙的维吾尔族姑娘。姑娘左手提一串葡萄，右手拿一把剪子向我招手微笑。身旁放一筐刚剪下来的葡萄。

阿瓦古丽！我的心怦怦直跳。

现在我一直挂念的漂亮的阿瓦古丽就蹲在面前，她表情犹豫，眼里闪着泪花，我迟疑地向身后看了一眼，见没别人，便弯腰进了葡萄架下。

葡萄藤下确实是个好地方，翠绿的叶子里面隐藏着一串串晶莹剔透的葡萄，如诗情画意一般。特别是在这烈日炎炎的夏天，是个避暑纳凉的好地方。更不要说一对男女头顶葡萄，让翠绿的葡萄叶轻抚脸颊，含情脉脉地在里面相对而坐，或耳鬓厮磨。其情其景就是神仙也羡慕。

望着久别重逢的阿瓦古丽，心中说不上是激动还是愧疚。还没等我反应过来，阿瓦古丽便移动到了身边，突然"哇哇"地哭了起来，不容分说，就扑在我怀里。

不知过了多久，阿瓦古丽微笑着抬起头来，满脸泪痕地说："我还以为见不到你了！"我笑着安慰说："这不就见到了嘛！"

我问："你怎么在这？"阿瓦古丽抬起头来反问："你怎么在这？"我指着葡萄架外的油井说："这井归我管！"阿瓦古丽也学着我的样子，手指葡萄地说："这地归我管，我家就住在地的那边。"

也就因为一句玩笑话，维吾尔族拉油司机就将叫阿瓦古丽的小姨子带来跟我相见。虽然只相见了两次，相处的时间也不过一两个小时。就在这不足两个小时的时间内，彼此都留下了深刻而不可磨灭的情谊实属奇迹！可是这个奇迹确确实实发生在我们身上。我们彼此谈吐和举止都使对方感受到了一种前所未有的清新的气息，这气息像一块磁石一样迅速而牢固地把我们都吸引住了！虽然此后再无音讯，觉得再无见面的可能，但心里还一直惦记着，总希望有再次相见的时候。

也是天遂人愿，终于在饭馆里相见了！可是晚了！准确地说也就晚了几个小时。也就在几个小时前，王倩才在我心里占据了阿瓦古丽的位置。我喜欢阿瓦古丽！很明显，也喜欢认识不久的王倩。

现在可悲的，让我还不知的是阿瓦古丽已经结婚了！她的丈夫当然不是我，而是那个在饭馆打工的小伙！她去饭馆是给丈夫说话，父亲病了，她得回家一趟。

那天中午当阿瓦古丽在饭馆跟丈夫说完话，回头看见我时，激动的心情当然无以言表！可是面对身后的丈夫和坐在我对面含情脉脉、面容秀丽的姑娘，无疑让她伤心！可是再伤心也得见上一面，哪怕一个照面，最少也能给她证明自己还活在世上！就是这样也是真主有眼！

当阿瓦古丽真正面对我时，她的心当然在流泪。想着身后的丈夫，看着我对面那个漂亮姑娘，只能问候一声，洒泪而别！

告别我的阿瓦古丽回家吃过饭，便回到了娘家，看父亲只是个感冒，并无大碍，第二天又回去了。

今天他又来到了父亲家，父亲的病已经好了，她告别父亲正想回家时，想起了父亲地里的葡萄还没摘完，便拿着剪子，提上几只筐子来到葡萄地里帮父亲采摘已经成熟了的葡萄。

正当阿瓦古丽采摘葡萄时，感觉像有熟悉的影子在葡萄藤外晃动了一下，不由得心中一惊！虽然觉得不能再相见，还是把目光移到了葡萄地外。定睛一看，见在井场上晃动着我的身影，内心立刻翻腾起来，想即刻冲出葡萄架去！可一想，自己已经有了丈夫！或许那个漂亮姑娘已经是我的妻子！

哎，都是父亲的事！也正因为父亲的干预，跟我相会了两次才没了下文。父亲为此还把姐夫给狠狠骂了一顿！然后把她关在家里，严加看管！为此她不知在背地里流了多少次泪！呼喊了多少次！

没过多久，父亲就把她许配给了一个家在七克台的维吾尔族小伙，结婚了！她想，这辈子再不会再与我这个让她心动的人相见了！

现在，我又出现在了她的面前，是见还是不见？正在犹豫时，见我要走，情急之下，才向我喊了一声。

她看见我听见喊声，放下手中的东西向她走了过来。这让她激动万分！激动得甚至不知道将手中的葡萄和剪子放在筐子里。一直等我走到跟前时，才醒悟了过来，紧接着潸然泪下！

看着楚楚动人而又伤心落泪的阿瓦古丽，我心中一热！在我的记忆中，她是美丽的，甜美的。现在见她落泪，怎能不让人怜悯！可是，此时我的心中有了王倩。毋庸置疑，我也喜欢王倩！

看着泪眼蒙眬的阿瓦古丽，我又心如刀割！

阿瓦古丽见我弯腰蹲在她面前，满脸泪痕的脸上透着羞涩。我不由自主伸出颤抖的双手去揩她的眼泪，还没等挨上她的眼，她便一把拉住我的手贴在脸上，而后紧紧地扑在我的怀里，号啕大哭起来！我不知所措。

也不知过了多久，天已渐渐黑了下来，我又揩掉了她脸上的泪珠。

月亮的光芒从葡萄藤的空隙中照射进来，印在我们的身上。空气清新而幽暗的葡萄藤下因为有了我们的存在，不再寂静。等月亮渐渐远去，星星布满天空时，忽然葡萄地外面传来了一阵急促的脚步声，还没等我们反应过来，一股强烈的手电光亮照射在我们身上。

"囊斯给（妈的）!"是一个维吾尔族男子愤怒的声音。阿瓦古丽"啊"的尖叫了一声，迅速猛然推开我，急促地说："快走!"我一愣神，阿瓦古丽又声嘶力竭地吼道："快跑!"

我立刻预感到了危险，迅速消失在葡萄地的深处。身后传来一阵愤怒的叫骂声，和葡萄藤被猛烈地撞击声响。

我急忙摸索着出了葡萄地，快速奔到车上，发动着车子跑了！

无论哪个民族，对男女之间的事都极为敏感！何况我们两个是在深夜待在葡萄地里。不管怎么解释，人们都会把想象力发挥到极致。现在就是后悔不该进那惹是生非的葡萄地，也已经晚了。

我知道此事不会完结！

当早晨的太阳刚升起时，让我无法预料的事毫无悬念地发生在了联合站门口。阿瓦古丽的父亲和丈夫带着四五个行侠仗义的朋友，开上手扶拖拉机，满面怒气地来到了联合站，找那个昨晚跟阿瓦古丽厮混的人算账。

　　昨晚到葡萄地的人正是阿瓦古丽的丈夫。他晚上从饭馆回来到岳父家找妻子，却不见阿瓦古丽。岳父说看了她一眼就走了，会到哪去呢？阿瓦古丽的父亲心里很是着急！急匆匆拿上手电寻到了葡萄地里。当手电筒的亮光照射到女儿身上时，旁边竟然还有一个男人！

　　因为天天在周围巡井，阿瓦古丽的父亲当然认识我，而且还奇迹般地知道我叫"犟半截"。为了给女婿伸张正义，他亲自出面，担负了辨认歹人的职责。他跟女婿一道要我承受应有的"罪责"。

　　手扶拖拉机停在了联合站门口，维吾尔族男人们气势汹汹站在联合站门口，引来了采油巡检工的围观。王倩当然也在其中。当他们听说是跟我有关时，都惊得目瞪口呆。王倩更是气得泪流满面。

　　我开车远远就看见了几个维吾尔族人的身影，知道大事不好，便开车一溜烟躲了。

　　阿瓦古丽父亲瞪圆了眼，足足搜寻了半个小时，也没见我的踪影。

　　几个开外租车的维吾尔族司机都皱着眉头说："不要闹了，闹也没有用，自己姑娘、老婆管不住，怪不了别人！"连自己的同胞都不帮助自己，气得阿瓦古丽的父亲和女婿带着朋友，开上手扶拖拉机走了。

　　我在葡萄地里的经历立刻被传开。至于说我在葡萄地里跟维吾尔族姑娘在干什么，已经不重要了。人们所关心的是，那几个男人还会不会再来。当然我也担心这事，只是期望着他们不要再来。庆幸的是，在以后的一段时间里，他们并没有出现。而我则被领班调到阿瓦古丽父亲见不到的别的区块巡井去了。

　　事情算是暂告一段落，也没有人问我，我和阿瓦古丽在葡萄地里干了些什么。在人们心目中答案是肯定的！一个男人和一个女人在漆黑一片的葡萄地里难道还有其他的什么事可干？王倩虽然有些不太相信，还是大声怒斥我：流氓！一连好几天不跟我说话。

不过，王倩确实是个执着的情深义重的好姑娘，过了几天，便又依偎在我身旁说："只要你再不和那个维吾尔族女人来往，我就原谅你！"激动得我半天说不出话来。王倩依然又像以前那样情深意切。

转眼王倩的实习期快结束了。

记得在王倩实习即将结束的前一天早晨，让我一直担心的事终于出现了。最让我难堪的是，父女两个竟然在我们开班前会的时候闯进了值班室，站立在了门口。阿瓦古丽父亲满脸怒气，手里还紧握着一把弯头镰刀。阿瓦古丽则一脸的恍惚，眼睛迟疑地在会议室里搜寻，最后将目光停留着在我的脸上。我感觉这目光里包含着期盼，也包含着惊恐与不安。时间仿佛是凝固了。人们都像被点了穴位，呆若木鸡。值班室里回荡的只有人们的喘息声。

他们当然是冲着我来的，当我缓缓站起来时，人们的眼睛才开始迟疑地在我和阿瓦古丽父女身上移动。

在沉寂了片刻之后，阿瓦古丽父亲终于也将目光落在了我的脸上，怒目圆瞪说："我的阿瓦古丽离婚了！是因为你的事！你要是儿子娃娃，就娶了她！"人们都立刻认识到了问题的严重性，都惊恐地看着我，也看着王倩。我顿时感到头晕目眩，一个清晰的念头立即出现在脑海里：也就是从这一刻起，我将永远失去可爱的王倩！

正当值班室里的人们神情恍惚的时候，室外传来了"轰"的一声巨响，震得人们的身躯都在战栗。紧接着传来了"呜呜"的声音。这种声音采油工们听着都很熟悉，也异常恐怖！它是油气从管线里往出喷的声音！

"油组间!"不知是谁发出了一声惊呼!紧接着一股浓烈的油气味就涌进了值班室!

人们立刻都站立了起来,将阿瓦古丽父女俩拨开向室外奔去。情急之下,我拽起王倩迅速冲出了室外。在站内值班的人也惊慌失措地跑了过来。

室外,跟值班室相隔不远的油组间已雾气缭绕,从门口正在往出喷涌着原油!

"快!快到站外去开车关井!"领班声嘶力竭地喊道。人们都迅速冲出了站外,发动着车子向各自分管的油井奔去!

我见阿瓦古丽父女还站在值班室里面,急忙对他们喊道:"快走!"

父女俩也意识到了危险,跟我们一起跑出了站外,被我和王倩一同拉上车,拉着跟我们把油井一口口关掉。

看着油组间的油一股股涌到了院内,不一会就淹没了整个院落。领班手握电台焦急地呼喊着:"中控室!中控室!1号计量站油组间管线爆裂!赶快通知把联合站的进口关掉!"

等我们所有人把油井关掉,返回计量站站外时,计量站周围已被领班拉上了一道红白相间的警戒线。

指挥部和事业部领导也都赶到了现场,唯独没见消防车到来。估计是领导们当时没有估计到事态的严重性,通知得晚了,还在往这里赶的路上,果然远处能隐约听到消防车的呼啸声。

此时戈壁滩上刮起了风,虽说不大,却也能把人的衣角吹起。计量站院内已是原油的世界,院内容不下的油已经从大门口流出了站外。从流的流速来看,并没有减少的趋势。

怎么回事?人们都思索着。油井关了,联合站的闸门也关了,管线里能有多少油呢？人们都焦虑地皱起了眉头。面面相觑。

我想油流不止的原因无外乎有两种：一种是采油井关井的时候，自喷井没有关严，井内照样有油喷出来；再一种是联合站的闸门没关严，油回到了汇管里，从爆裂的单井管线里流了出来。要是这样，只要进去把单井来油管线上的即开式闸门关掉，就能将汇管里的油流切断。

我又认真思考了一下，确定只有将爆裂的单井来油管线关闭是解决目前问题最直接最简单的方法。

于是我将裤腿挽起，甩掉两只鞋子，还没等人反应过来，我已拨开人群，钻进警戒线踩到了油里，走进站内，一步步向油组间走去。身后立刻传来了人们声嘶力竭的呼喊："回来！回来！快回来！犟半截回来！"这是王倩声嘶力竭的声音，不由得让我心酸！

既然走进去了就没有再回去的道理！虽然我的行为有些冒险，但着火的可能性小，外面都拉着警戒线，是没有火源能靠近的。主要怕的是被天然气熏倒。可我心里还是有底的，因为现在正刮着风，院子油里的天然气会被风不断刮走，主要是油组间里。我想只要我在油组间门口看清楚是哪个管线在漏，就憋一口气，进去把闸门关掉即可！再说那些单井闸门都是即开式的，只要用力一扳，就解决问题了！

即便是有问题，我想也不要紧，不就是个死嘛！死在抢险的道路上，也不枉在我热爱的油田上工作过一回！再说现在这景象，要真死了，或许还是对外面两个女人最好的交代。

不想了！这时站外也没了喊声，人们都屏住呼吸，捏紧拳头看着我。我快步踩在我熟悉的路上，只是这路上多了没过小腿熟悉的原油。

当油的气味进入我的鼻腔时，更坚定了我向前走的信念，因为那气味只是淡淡的，像是在玉门罐顶上闻到的浓度。

等到了油组间门口时，油气流的尖厉的怪叫声刺得我的耳朵生疼，我深吸一口气，屏住呼吸，躲过有气流的喷射，侧目一看，见只是温五井的油井管线爆裂，爆裂的地方在连接汇管的闸门外！这让我喜出望外！证明我的判断是正确的！

动作要快！这是我的唯一念头。

我往里一跃，就被油流给冲了出来。急忙抓住门框，才进入了房间。我像是冲进了油的瀑布里，被强大的油气流冲得东倒西歪。我紧憋着呼吸，心里非常明白，只要这时哪怕是轻轻吸一口气，就会永远躺在这油流中，跟同事们永别了。

始料不及的问题来了！在强大的油流面前，我根本走不到温五井的闸门跟前。便趴在地上，像游泳一样，才艰难地"游"到了闸门旁。我眯着眼睛，瞄准闸门，心想，就看这一下了！不由分说，用尽全力，将闸门手柄扳到了一边。

瞬间，油组间及周围立刻变得鸦雀无声！而就在同时，我听见外面传来了人们的欢呼声！

剩下的任务就是快速地冲出去！可是我气憋得太难受了，再加上驮满原油的身躯增加了体重，已没了行动的力气！我非常渴望能吸一口气，以增加力气！可是为了活命必须坚持憋气！

但又想，要活着出去，怎么去面对外面的两个女人呢？

正在犹豫时，外面立刻传来了人们撕心裂肺的呼喊："出来！快出来！"

因为没有了油流声，他们的声音我听得非常清楚！在众多的男男女女的声音中，我清楚地听到了王倩和阿瓦古丽的呼喊！这分明是对生命的呼唤！

看来人们都不希望我死！不然他们就不会那样扯开嗓子呼喊！

还是活着吧！为我的同事，和我爱的人活着，这样他们就不会为我伤心难过！

至于王倩和阿瓦古丽，我想此刻我活着虽然让他们伤心，但伤心程度绝对比不上死亡！

我气憋得感觉眼球都要迸裂，艰难地爬出了油组间，眼望着期盼我的人群，一步步向他们奔去！

我拖着满身的原油奔跑着，敞开心扉呼吸着油的芳香，像是回到了快乐的童年。真是一片快乐的油面。我看见王倩和阿瓦古丽同时呼喊着向我奔来！这让我无限悲戚！幸好旁边有人拦阻，要不然如果这时有什么不测，死亡的就不止我一人！我想为了她们，也为了期盼我的同事们，我一定要在他们进入油流前，跑出这片死亡之地！

我奔跑着！人群中爆发出"加油！加油！犟半截加油！"的呐喊声，激动得我头晕目眩！

消防车呼啸着四散在计量站周围，消防员手握消防带严阵以待！

当红白相间的警戒线接触到了我的胸膛时，我高兴极了！为我的速度而高兴！因为王倩和阿瓦古丽都在奔跑着，却没有一个人跑进这条警戒线！

我看见了王倩满面泪痕的笑脸！看见了阿瓦古丽激动的脸庞。我想以后只能对不起可爱的王倩了！便紧紧地抓住她的手，准备说"对不起"的时候，话还没说出口就跌在了她的怀里！

【作者简介　曹志军，1990年参加吐哈石油会战，先后在吐哈油田
鄯善采油厂、油田开发事业部，温米采油厂等单位从事计划统计、生产
调度、原油储运，采油等工作。长篇小说《燃烧的大漠》获第四届中华
铁人文学奖提名奖。】

希望之路

郝贵平

联合攻关，科学探索

作为一项重大的科研攻关课题，修筑沙漠公路摆在科研人员面前的一个严峻任务，就是如何确定路基、路面的结构组合，采用什么材料和方法，达到路基、路面的永久坚固与稳定。

国内国外没有成套的经验可供直接照搬。撒哈拉沙漠和中亚、西亚的沙漠，虽有沙漠公路，但，多数公路的基础层是粘土、泥岩或砂岩，有的路面就直接铺在砂砾上。而塔克拉玛干沙漠基本上为粉状形态，世界上没有哪一个沙漠，沙粒的平均直径低于它。塔克拉玛干沙漠公路的路基、路面以及所用材料的研究，首先是一条路中之路的探索，其技术关键是新型筑路材料试验研究、新型路面结构试验研究和沙漠路基稳定试验研究。

1991年9月5日，在塔里木河以南40.8公里处的沙漠边缘，竖起了一个刻有"沙漠石油公路0公里"的路标牌，在这里将开始沙漠公路路面结构的施工工艺试验，同时配套进行防止风蚀路基和流沙埋没路面的沙害治理试验。

这是经过专家多次论证以后部署的试验方案：试验总长度为两公里，试验内容包括柔性、半刚性、刚性三种类型的8种方案。

中国石油天然气总公司工程技术研究院建筑设计所女所长杜芷君，是筑路材料、路基路面结构及路基稳定研究专题和沙漠公路施工与养护技术研究专题的实施研究人员之一。8月1日，塔指召开了两公里试验工作论证会，在确定8种试验方案的同时，明确要求在专题小组的领导下，由杜芷君承担现场负责工作，组织研究人员在8月底以前，必须完成两公里试验路段的选线工作，拿出施工方案和各种材料的经济分析报告书，以便确保9月5日按期进行试验修筑。

时间太紧迫了！

杜芷君于1968年毕业于清华大学建筑系，一直搞厂区道路总图设计。设计沙漠公路路基路面结构和探索修筑材料，对她来说十分陌生；尤其是，没有任何先例可以借鉴，没有任何经验可以参考。她的面前几乎是一片空白。

可是，她是研究人员的现场牵头人，她必须迅速组织大家拿出开展工作的进度计划，同时必须尽快投入进度计划的具体运作。8月1日晚，她和专题组的同行们连夜讨论，完成了进度计划的部署，第二天就风尘仆仆地赶到两公里试验所在地——肖塘。

8月的沙漠，正是如炙如灼的时候。在沙漠的酷热环境里，浩漫无边的空气像透明的油状物，在沙丘上面的空间里悠悠地火烤一般地蒸腾着炽热。满眼是一丘一丘的黄沙，在炽烈的阳光下，松软的沙面灼灼发烫。专题组的技术人员虽然穿着厚底皮靴，依然感到像踩在烙铁之上。他们在大小沙丘上爬上爬下，一次又一次移动标杆，校正经纬度，选择两公里路段的最佳走向。从8月3日到5日，只用3天时间，就完成了测量选线工作。

沙漠公路试验段和以后的正式修筑，就这样起了头。在测量选线的几天内，专题组白天在野外作业，晚上在工作条件尚未完善的野营房里，用应急灯和手电照明，在地板上绘制测量图，趴在床边上整理资料。到8月7日，一份完整的测量选线报告就送到了塔指科技处。他们的测量选线报告，得到了兰州沙漠研究所凌裕泉副研究员、新疆交通科学研究所彭世古高级工程师、李崇舜副研究员等专家的评价肯定。最后，经沙漠道路科研攻关领导小组审定，便很快付诸具体的设计实施。

这些工作，只用了15天时间。

专题组又日夜奋战12天，完成了两公里试验路段的具体设计和包括转角位置、平曲线半径、路基纵坡设计等项目在内的20多张计算表格及1/1000的地形图。原要求8月31日上报的所有测量、计算图纸和施工设计资料，到27日就全部完成。

50天以后，沙漠公路8种结构两公里试验修筑的主体工程顺利完工。但是，直到1992年元月下旬，在长达两个多月的时间里，正式沙漠公路路基路面结构的最终方案仍然没有确定下来。

这并不是说8种结构方案都不能采用，或者说都是失败的。在塔克拉玛干沙漠修筑一条上等级的常规公路，国内外没有任何现成的经验可以借鉴，是名副其实的开天辟地的事业。两公里修筑被称为"先导"试验，其目的就是要通过试验，比较、筛选出一两种施工方法比较简便，成本造价又较低的方案。各路专家对8种结构试验结果进行了反复的讨论和比较。8种结构无论从理上和实践上讲，都是可行的，但不是造价过高，就是施工方法存在诸多问题。比如，利用NS材料或水泥等加固剂

拌合沙漠沙稳定路基，不但工作量过大，操作笨重、繁琐，而且需要大量的拌合水，这在具体的施工操作上很不方便；大沙漠的客观地貌情况，又决定修筑沙漠公路必须采用无便道施工 —— 不允许在沙漠公路旁边先修一条便道，以解决材料运输和施工辅助作业等问题，而必须现修现用，单道推进。这同时又给筑路施工单位提出了新的问题 —— 必须根据这一客观实际，选配筑路施工机具和探索筑路施工方法。

这，又是一场攻坚战。

塔指副总工程师王子江、陈希吾等专业人员，进一步探索造价较低，施工较方便的最佳路基路面结构方案。他们想：既然用 NS 材料和水泥拌合沙漠沙造价高，加水困难，那么，沙漠边缘有的是取之不尽的胡杨林土，采用不花钱的胡杨林土拌合不花钱的沙漠沙，充分利用土的粘结能力，混沙压实实现路基的密实稳定，不是可以大大降低沙漠公路的造价吗？

经过多方考察论证，这个设想不可行。因为胡杨林土虽然本身与水可以结块，但它不能与沙漠沙产生化学反应，形成稳固的胶结体。它与沙漠沙混合后，虽然具备一定的粘结性能，但沙漠沙表层水分极少，戈壁土有限的粘结能力也不能充分发挥作用，即使能够产生一定的粘结作用，又因为沙粒与粘土处于游离状态，遇到外力冲压，仍然极易破碎。

那么，以 8 种试验为参照，从中到底可以生发出怎样一种接近造价低、施工方便这一设想的路基路面结构方案呢？

这时候，塔指根据沙漠石油勘探急需沙漠公路的形势，要求科技人员在两公里试验的基础上，尽快研究、优选出一种"技术上可靠，经济上合理，施工速度快，操作性强"的方案，以便加快沙漠公路尽早投入实际的修筑施工。

据此，沙漠道路攻关协作组提议，1992年再次进行一次5公里的扩大试验段试验。杜芷君在工程技术研究院的支持下，对8种结构的造价，分别进行了详细的计算；又结合施工操作较为方便的原则要求，进行了沙基不洒水和干压实的实验，通过分析、研究，对路面结构提出了新的方案。

长庆筑路公司经理文杰堂、副经理张景斌也提出，他们在内蒙古毛乌素沙漠筑路时，曾用过编织袋装沙子的方法。在修筑胡杨林区道路的时候，有过在土质路基上辅设编织布，再辅压砾石层，有效防止砾石经重压钻入土质路基，避免路基下陷和开裂的施工经验。他们还用160吨轻型震动压路机进行沙基不洒水静压和震动压实验，证明震动干压实效果最佳。

新疆交通科研所也推荐了他们在准噶尔沙漠火烧山油田修筑公路时，在沙质路基上铺一层编织布，然后依次铺压砾石和沥青的结构试验方法。

公路专家、工程技术专家和筑路施工单位的试验、经验和理论上的探索，对于沙漠公路最终采用编织布加砾石和沥青的路基路面结构方案，起了"归顺认识和归顺思路"的作用。综合这些试验、经验和理论上的探索结果，一种符合沙漠供水困难，不允许首先开通一条施工便道等实际情况的无便道施工、干压实沙质路基施工工艺，以及在铺设编织布的沙基上，科学施用较薄砾石层、沥青层的"强基薄面"施工工艺和方法，终于诞生了！

这是联合攻关的显著效应，是联合探索的必然结果。1992年4月，塔指召开沙漠公路两公里试验路段试验评审和总结验收会议，编织布砾石结构的新认识和新方法，得到了多数专家的认可和赞同，被认为是从8种结构方案试验中获得的突破性进展。

优美的线形艺术设计

修筑沙漠公路，选线举足轻重，是整个研究攻关的基础。

这一项目，由塔里木石油勘探开发指挥部、新疆生物土壤沙漠研究所、新疆交通科学研究所、兰州沙漠研究所和新疆石油管理局勘测设计研究院联合承担。研究的主要内容是：摸清沙漠公路选线地区工程地貌类型；掌握沙漠公路沿线各类地貌地段风沙运动规律；寻找在各类地貌地段道路具体走向与沙害的对应关系等。在确定了沙漠公路的宏观走向以后，从1990年至1994年，50多名工程技术人员和科学研究人员先后参加了道路具体走向的选线和测设。

沙漠公路在具体的选线和测量设计中，遵循的避绕高大复合型沙丘，避重就轻尽量减少沙害和利于防沙，距宏观方向离而不远选择有利地形，争取路线短捷，灵活设置直线和平曲线等原则，以及遇到复合型横向沙垄选择沙垄结合部设线，遇到复合型纵向沙垄选择垄向低地设线，遇到复合型穹状沙丘断然避绕等线路设计方法，是科研人员联合攻关的成果。这些成果，直接运用于沙漠公路的设计和修筑以后，转化而成的黑色柏油公路，像一条舒缓柔顺的黑色飘带，曲直有致、平缓流畅地展示在浑黄渺远的茫茫沙海。这是绘制在塔克拉玛干沙漠上的优美的线形艺术浮雕。如果说中国的万里长城是以立体的雄伟气势著称于世，那么塔克拉玛干沙漠公路则是以平面的柔美韵味令人感叹不尽。

然而，美的塑造并非易事。在沙漠公路选线和测设当中，技术人员历经的千辛万苦难以想象，他们的深情厚意更令人难以忘怀……

新疆石油管理局勘察设计研究院的王连成，带领由45人组成的沙漠公路选线测设工作队，于1993年3月29日开进沙漠，从满参1井附近沙漠公路拟定路段的71.7公里处开始，向塔中4井方向，测量设计沙漠公路的具体线路。

刚刚工作两天，就遇上一场罕见的沙暴。飓风仿佛掘地而过，卷起的细沙逞着野性的疯狂，向勘测队员们冲击而来。飞起的沙粒打在汽车上，车头、车箱发出沙啦啦的击打声。打在人们的脸庞上、手臂上，脸庞、臂腕像被千万针尖连续刺扎。飞扬而起的沙尘遮天蔽日，吞噬着整个世界。勘测队的技术人员、民工、司机，一张嘴便是一口沙，脸庞、脖颈粘附着擦拭不去的细微沙粒。大家背向风头，有的用纱巾包着头部，有的用单衣围着脖子。劲风猛烈撕扯着他们的衣裤，随风飘起的衣角在剧烈地抖动。

王连成带领的勘测队员们，基本上都是20多岁的年轻人。而在靠近塔中4井一端担任30公里沙漠公路线路测设的另一支29人的队伍中，却有几位是50岁上下的老专家、老教授。

新疆交通科学研究所的防沙专家彭世古当年62岁，担任30公里测设选线小组副组长。他患脑动脉硬化，肋骨曾被切掉两根，但他同年轻人一样，每天在沙漠里跑前跑后，进行现场指导。兰州沙漠研究所大气物理专家凌裕泉副研究员（后晋升研究员）一次随队进行野外测量，黄昏收工时，后面沙漠车上的人以为他坐前面的沙漠车赶回营地；当发现凌裕泉被丢失在沙山深处的时候，队长周兴佳赶忙派车返回原路寻找，发现凌裕泉沿着沙漠车的辙印，只身一人正在一步一步往营地赶。他没有任何沮丧和埋怨，反而说："今天这样的情况，对我是一次很好的沙漠锻炼哩。"比起彭世古、凌裕泉，兰州沙漠研究所52岁的陈广庭副研究员说："我是他们中间年龄最小的，每天测量，都是我在前面扛标杆。"

　　这些研究员和副研究员们，在自己的学科领域都是有专著问世，颇有建树的知名人物。但是，他们结合沙漠公路的专题攻关研究，也把自己的这一段人生，融汇进塔克拉玛干沙漠公路的修筑事业。

　　他们每日经受着沙漠车的剧烈颠簸，经受着凛冽风沙的无情撕扯，经受着步行测量的艰辛与劳苦。在沙漠，他们绝然没有知识分子的斯文。包括防沙治沙研究工作在内，他们长时期与风沙较量，面颊黧黑粗糙，一身风尘。在无遮无掩、如波如浪的秃裸的沙丘之间，有一座孤零零的帆布帐篷，就是这个29人的勘测队伍的"营地"。帐篷里，沙地上垫一层编织布，被褥放上一铺就算是床铺了——因为地方太小，自然不可能是单人单铺，而是29人挤在一起的两排通铺。这些颇有声誉的高中级知识分子，和司机、民工名副其实地同吃同住同劳动。帐篷"门口"的一小片空地，算是他们的"灶房"；依次靠着五六条鼓鼓囊囊的白布口袋，那是进沙漠时从市镇上买的维吾尔人喜欢食用的馕饼，因为已经干透，所以不怕发霉，是便于储存的最好食品；依次摆着五六只白色塑料大桶，那是从沙漠外面带进来的淡水；依次摞着装有炸酱面和泡菜的纸箱，那是他们最好的"蔬菜"。此外就是一套液化气炉灶、一麻袋大米、一口锅和几层蒸大米的笼。他们谁也不敢单独洗脸，每天，不管你是专家，还是民工，十几个人才用一盆水洗脸。他们为沙漠公路的修筑施工打基础，所干的工作十分重要，而食宿生活却简陋到了极点。从4月5日到17日，他们在没有人烟、寂寞异常的沙漠深处，默默地一段一段完成着未来沙漠道路的线路选择和测量设计。他们唯一的追求就是选出一条短捷的、合理的、易于防沙治沙的道路方案，完满交出一份高质量的测绘图。

穿越荒漠地带

从轮南油田到塔里木河，再从塔里木河到肖塘，沙漠公路要穿越几十公里的红柳丛和胡杨林。其艰难、艰苦的程度不亚于沙漠腹地。而长庆筑路人在打通这段道路的过程中，用鲜血和汗水凝结成了许许多多鲜为人知的动人故事……

32岁的长庆筑路公司路面队副队长赵旭，高挑的个子，留着密茸茸的小胡子。他讲述了沙漠公路路基穿越一片茫茫无际的红柳丛的故事：

1991年，长庆油田机械筑路公司的人马来到塔里木，承担沙漠公路的早期施工工程。当时的任务是打通轮南油田到沙漠边缘的肖塘的荒漠通道。赵旭和副队长孙景胜、测量工孔凡林勘测公路线路。孙景胜在20公里以外的地方用烟火给赵旭和孔凡林打信号。赵旭观察经纬仪，孔凡林在前面移动测量花杆，俩人始终保持80米左右的距离往前测量。中午时分，他俩遇到一片望不到边的红柳丛，一米多高的红柳挡住了测量仪的观察视线，测量被迫停止下来。

他俩坐在荒地上一筹莫展。孔凡林折断手里的一根红柳枝，狠狠地一摔，说："这样等下去不是办法，干脆，我们用脚把红柳往倒里踩！"

俩人就钻进红柳丛开始用脚踩。踩踏了一阵，鞋被戳烂了，脚也被扎破了，才踩出几十米。红柳丛三四百米，用脚踩，不是办法。

这时，孔凡林脱掉信号服上衣，包在头上，又把裤筒一挽，躺在红柳前，一翻身，压着红柳向前滚去。滚过的地方，顿时显出一条通道来。在他滚压的时候，韧性的红柳杆不时将身体反弹回来，他一边利用惯性向前滚，一边顺势撑起手臂，为滚动的身体加劲。一米，两米，三米……他一口气向前滚动了十多米。

孔凡林的行动，深深地感动了赵旭。赵旭看见，孔凡林滚过一段以后，便停下坐起，歇一口气，取掉包头的信号服，回头看一看滚压的效果，又包上头，顺地一躺，又向前滚去。等到滚倒几百米的红柳丛，赵旭发现，孔凡林的信号服被划开一条条长口子，他的脊背、胸脯和上下肢，出现了一道又一道血痕。

赵旭想埋怨孔凡林怎么这么不爱惜自己的身体，可是，又一想，他不这样做，行吗？这天，就是在孔凡林蹚开一条"血路"之后，他俩才顺利地完成了红柳地段的测量任务。

谈起这件事，赵旭说："我们干的事情，其实很平淡，修筑公路本身就是我们的工作嘛。我一不是党员，二没写申请，一个命令，就到沙漠里来了。来了以后，孔凡林这件事对我震动太大了，改变了我对许多事情的看法。以前，我对党员带头作用似乎没有什么特别的感觉。孔凡林这件事使我亲眼看到了共产党员的特别之处。现在回想起来，我也感到后悔，后悔当时自己为什么就不能替换一下孔凡林，后悔自己为什么不去用身子压红柳。孔凡林是共产党员，他的举动，总在我脑子出现，我没有替他，总感到好像欠了他一点什么。后来我经常对照孔凡林的感人行动想一些事情。我感到，一个人没有那样的思想境界，就不会有那样的行动。"

赵旭还说："我当副队长以后逐渐发现，工地上所有的人都像孔凡林那样默默无闻自觉自愿地干，不讲报酬，不计时间，只要一声令下，个个像小老虎似的。我当副队长根本不用费多少心，也不用做什么动员。有了任务，一声招呼，大家都心领神会了。人，一来到沙漠，怎么就变得那么齐心，积极性那么高……"

塔里木河两岸至今保存着世界上最完整的原始胡杨林。从轮南油田起始，沙漠公路必须穿越几十公里的胡杨林区，才能抵达真正的沙漠。而胡杨林区的浮土，像散包的水泥一样又干又细，车轮碾过几轮以后，便像稀粥一般，车开进去，轮胎几乎全部陷没。随着车轮的移动，车前的浮土便荡开一道道波纹。车一停，那浮土上的波纹还能向前荡几米。在这样的环境里筑路，推筑路基的推土机手就受尽了浮土的折磨。正是大漠多风的四五月份，几乎不含水分的胡杨林土，在推土机铲刀和链轨的卷带下，便飞起漫天的尘土。推土机手每天都在尘土的弥漫和包围中作业，个个满头、满脸、满身的尘土。有人形容他们"真像出土的文物"——要不是两个眼珠子动弹，他们真的就是"出土文物"了。

有一次，日本NL广播电视公司的一位女记者，来到胡杨林区作业段，想采访一位正在工作的推土机手。已经是暑伏天气。她一靠近轰轰震响的推土机，就感到一股热浪夹带着刺鼻的浮土味扑面而来。她看到推土机手光着上身，只穿一条短裤，浑身上下扑满白面一般的浮土，脸面被浮尘扑染得脏兮兮的。如此高温的天气，她发现推土机手的脸上却没有流汗的痕迹，就奇怪地问：

"这么热的天，你的汗水哪里去了？"

推土机手回答："汗一出来，就被高温蒸发干了。"

"真不可思议！"女记者说，"请你站起来，允许我给你录像好吗？"

"谢谢了！谢谢了！"推土机手摇摇头，谢绝了。

女记者大惑不解。在她的采访经历中，采访对象一般都是愿意上镜头的。而这位推土机手，却出乎她的意料。

女记者走后，推土机手说："让你录个屁！咱这出土文物的模样，要是录了像，让老婆娃娃和熟人朋友看见了，那不扫他们的兴吗？更何况，咱屁股底下的汗怎么也蒸发不走，勾渠子里湿漉漉的，咱短裤里头夹的是鼓鼓囊囊的卫生纸，这个样子录了像，还不把人丢死哩！"

在一位筑路人的笔记里，写着这样的话："身前的一切苦，我们都受了，身后留下一条坦坦荡荡的沙漠路——那是筑路人永久永久的怀念和追忆……"

人与风沙的"拉锯战"

塔克拉玛干被外国人称为"恐怖的大沙漠"。其"恐怖"的含意是指常常发生在这里的大沙暴：飓风狂飙从天而降，滑石粉一样的黄色的粉沙被席卷而起，浓烟似地布满整个天空，风携黄沙着魔似地在沙海上空扑搅翻腾，横冲直撞，风声如雷，天昏地暗。用"恐怖"二字形容沙暴给人的感觉，毫不过分。

三四月份的大风沙果然名不虚传。4月27日，长庆筑路人遇上了第一场大沙暴。路基队的推土机按照测量队插在沙地上的标志两两相对，推出堤坝一样的路基梁子，还来不及平整压实，就被一场突如其来的沙暴卷得面目全非。路基梁子仿佛被撕咬一般，凹出一道又一道缺口，有的路段几乎被一扫而空，变成了凸凹不平的沙丘沙坑。

只有折回头再推！

可是，一夜过后，返工修出的路基又荡然无存。他们再折回头，再推！

重新修整的路基又在一夜之间被破坏得不成样子。

这场沙暴整整刮了三天三夜，路基队的勇士们没有停工，没有懈怠，一边继续往前推进，一边修补被大风撕开口子的路基，每天前进两公里的施工速度丝毫没有减慢。

塔克拉玛干的风魔凶恶而又顽皮。它屡屡与路基队的人们交手，整得你哭笑不得。路基队是筑路施工的先头部队，总是远离营地，两辆连接起来的宿营车总是孤零零地随着路基的延伸向前移动，是推土机手日餐夜宿的唯一依托。一天夜里，炊事员聂登贵在迷迷糊糊的梦境里，觉得床铺摇晃不止，一阵一阵倾斜。他翻身坐起，几乎从歪斜的床铺上跌落下来。"莫非是闹地震了？"他匆忙点亮蜡烛，果然看见营房车里的一切已歪斜得不成样子，而营房车外，风声像雷吼一样，夹杂着尖厉的呼啸。他顿然意识到："睡不成了，营房车快要翻了！"

原来，外面大风骤起，营房车朝风的一面，车轱辘下的沙子被风掘起，掏成一个大坑，车轮便慢慢地陷落下去。聂登贵喊醒几位酣睡中的推土机手。大家发动着一台推土机，把营房车拖出沙窝，向前转移几米，又抓紧时间，和衣而睡。

推土机手太疲劳了——白天，除了吃饭、加油，全部时间都在驾驶推土机推筑路基。夜晚，为了恢复体力，必须抓紧时间睡觉。营房车挪了窝，大家在呼吼的大风中又进入了沉沉的梦境。

可是，一个时辰以后，营房车又歪斜了。他们又从梦境中惊醒，又发动推土机，拽着营房车挪窝，挪了窝，又和衣而眠。这一夜，他们就这样被沙暴折腾了三次。

路面队与大风沙的较量却是另一番情景——

白天，烈日喷火，热浪灼人。刚出炉的沥青砂石料温度高达160摄氏度，更让人感到气浪灼烫。出炉的沥青沙石料被装上车，运往摊铺的路段；摊铺机缓缓地把灼烫的沥青料匀在路面，碾压机沉重光滑的铁滚随后碾压而过，黑色的沥青路面就显现出平平整整的形象来。这一连串的作业，都是伴随着灼热的烘烤而进行。路面队队长明永德真想把队员们拉回来，冲冲澡，吹吹电风扇，可是，他只能想想而已。前方，路基队每天以两公里的速度向前挺进，他的路面队必须紧紧地咬住他们。可是，大风总是骚扰路面队。6月7日，他们始料不及，一炉沥青料石刚刚烧拌好，沙暴便席卷而来，风扑沙打，工人们难以挣眼。风真噎人，刚一张嘴说话，沙子就会扑进嘴里。暂时停工吗？不！倘若停工，不但影响进度，而且拌好的沥青料就会凝结在料斗里，造成不良后果。必须顶住风沙，连续作业！风沙像一把无形的大扫帚，一阵一阵从人们头顶扫过。摊铺沥青的路段上，工人们吃力地挥动扫帚，挥扫着大风卷上砾石路面的一堆堆浮沙；来一车沥青料石，便扫一段、铺一段。狂风掀起摊铺路段上的编织布，工人们便分出几人，趴在编织布上压住，扫一段，压一段，铺一段。黑色的柏油路面，就这样像无风的日子一样，照常向前延伸而去……

在塔克拉玛干沙漠筑路，必须打破常规的8小时工作观念，集中时间打歼灭战。每天都是10多个小时的鏖战，劳动量之大可想而知。如此特殊的环境，如此强度的劳动，要求出征的人员必须身强力壮，是精兵强将。长庆石油勘探局对远征塔里木修筑沙漠公路的职工进行了严格的体质检查，光血液化验就占了6项。单从体格而论，长庆局临战前如此严格地挑选筑路队员，就是为了保证队伍与风沙、与恶劣环境斗争的能力。有的工人也真逗——为了抗击风沙，干脆把一头漂亮的秀发用剃刀刮光，一身红色信号服上面便显出白光白光的"圆葫芦"，这样，就不怕沙子钻了，免去了每天都要洗发的"工序"。

人能抵御风沙，抗击风沙，机器却不能像人一样有更多的"主动性"。当人依靠精神的力量对风沙顽强抗击的时候，不会说话的机器却毫无掩饰地袒露着它们被风沙摧残的伤痕——在内地，推土机的空气滤清器至少可用半年，而大沙漠里最多使用半个月；内地一台机器的水箱能用十几年，沙漠里不到一年就被沙子磨烂；一台设备在内地"三级保养"的最短时限是4个月，而在沙漠，不到两个月就要大拆大卸，大动手术。

这一切，筑路工人称之为是同风沙展开的"拉锯战"。"拉锯战"战败者是大风沙，胜利者是筑路人。"拉锯战"的战果是沙漠公路高速度地向前延伸！

中原筑路人拼搏大沙海

与长庆筑路人比翼齐飞的，还有来自河南濮阳的中原石油勘探局的筑路队伍。

中原筑路公司推土机班班长孔凡华率领11名工人，驾驶6台220匹马力的推土机，在沙漠公路157公里处推开了中标30公里修筑工程的第一铲。

一上铲就是两座大沙山。推土机倾斜着拱上沙山的坡面，机器发出闷雷似的沉重的呼吼。前进，倒退，再前进，再倒退，一铲一铲推筑的路基梁子，一米一米地向前延伸，路基两旁显现出"非"字形的一道又一道沟槽。

8月的沙漠爆火一样奇热无比。气温高达四十摄氏度，地表温度高达70摄氏度，各种机械设备像炒栗子一样灼热发烫。苍蝇落在汽车的引擎盖上，立即被灼烫而死。许多机械的水箱一启动就开锅。翻斗车的刮雨片被高温烤得化成了细细的丝线。摊铺沥青的机械操作手，为了降温，在驾驶室里放上浸了水的海绵、布袋，头上顶着湿毛巾，但不大功夫，海绵、布袋、湿毛巾就成了干布条。由于汗碱侵蚀，高温蒸烤，许多司机的脊背、屁股和大腿被腐蚀成片片疹斑，有的甚至溃烂淌血。他们就用卫生纸垫在短裤里坚持工作。

烧乎乎的空气蒸腾着难忍的酷热，光着膀子的皮肉只觉得仿佛有火在烤。推土机驾驶室内的操纵杆和铁踏板被爆烈的日光炙烤得能烫掉皮肉。机器不时散发着热量，驾驶室简直成了烤箱。孔凡华和他的同伴们，干脆扒掉上衣，只穿短裤，任凭热浪发狠似的浇袭。他们不时地按动操作杆，不时地挂挡倒挡，不时地前进倒退，不敢耽误一分一秒。

中原筑路队伍也是一支享有国际声誉的"铁军"。他们进军塔里木的时候，主要机械设备正在巴基斯坦筑路。沙漠专用设备不足，他们发掘内部资金潜力，同时从银行贷款，增添了近千万元的设备。又从正在南京、海南等地施工的队伍中选调了一批精兵强将，组成沙漠筑路的精锐部队。

中原队伍的推土机手堪称硬汉，拉运料石的翻斗车司机们同样十分剽悍。堆在料场的七八万立方戈壁石料和近万吨沥青拌合料，全要靠翻斗车运上路基，而铁马翻斗车和卡马兹翻斗车仅有10多辆。按照以往的施工车辆配置，30公里45天的施工任务需要30辆翻斗车运料，而现在只有10多辆，司机们面临严峻的考验。

确保设备工作效率，增加每天的运输车次 —— 只有这一条解决的办法！

每天，司机们开着车灯，刺破凌晨的夜幕出发，又开着车灯，伴着满天的星斗收车。铁马车班班长刘广田和卡马兹车班班长李延福，像两匹强悍的头马，总是跑在最前头。每天，他们穿梭往返于料场和路基施工现场10公里到20多公里的区间，拉运的车次由10趟增加到近20趟，确保砾石路面和沥青路面每天前进1.5公里。运输队完全保证料石和沥青；垫层队追赶路基队；路面队追赶垫层队；拌料队追赶路面摊铺队——他们只用了46天时间，就在茫茫的沙山上平平整整地托出30公里的黑色柏油路面。

1993年中标的30公里公路，中原人拼搏得痛快淋漓，仗打得干净利落。可是，1995年从民丰县的恰安向塔中4油田的修筑，中原人却历尽了重重困难……

从肖塘至塔中4油田的219公里沙漠公路于1994年6月竣工以后，在党中央和国务院的关怀下，新疆维吾尔自治区和中国石油天然气总公司积极运作，决定把沙漠公路继续南延，与沙漠南端的315国道连接，贯通塔克拉玛干大沙漠。沙漠公路南延工程是促进地方经济发展的基础工程，不仅是石油开发的专用路，也是连接南疆、北疆的重要大通道。经过踏勘选线以后，塔指决定：长庆筑路公司由塔中4油田向南承修122公里，中原筑路公司由恰安向北承修105公里；两家筑路公司必须于1995年9月20日以前，实现沙漠公路南北段的对接会合，从而贯通大沙漠。

中原筑路公司的人马冒着数九寒天，于1995年元月5日抵达民丰县的恰安。他们开工后的第一仗，就是攻克23公里的沼泽地。

这段沼泽地，密密麻麻的红柳丛夹杂着枯黄了的野芦苇和荆棘垛子，莽苍苍地看不到尽头。地面低洼处全是光如玻璃的厚冰凌。中原筑路人就是要趁元月份这段冰冻时间，推开冻土层和大冰块，垫上料石，整好路基。不抓住这段时间，解冻后遍地的水潭子就会变成稀泥塘，给施工带来极大的不便。

北京时间凌晨6点半，恰安依然群星闪烁，夜色正浓。筑路队临时基地的发电机一吼，大家立即起床。他们穿衣服时，发现衣服、被子与野营房的墙壁冻在了一起。摸黑吃过早饭，他们第一项工作就是烤车。

这里冬季气温零下30摄氏度，当地人讲这样的低温是多年罕见的。中原筑路公司把和田地区仅有的300多个喷灯全买了。每天凌晨，司机们手执喷灯烤车，几百辆车的车场上到处火光闪闪。

翻斗车到石料场拉料，单趟就是30多公里，每辆车每天合计要跑400多公里。所经之地全是戈壁便道，像搓衣板一样，颠得手脚发麻。大部分翻斗车里没有暖气，不少司机冻肿了手脚。铁马车班班长韩许岁右脚冻得像只烂红薯，就用棉花套子包上踩油门。一天清早出车前，公司经理刘广顺发现韩许岁的翻斗车没有发动，就赶到野营房，看见韩许岁靠在床上不吭声。刘广顺问："脚怎么样？"韩许岁说："脚脖子一跳一跳地疼，好像踏不到地上啦。"刘广顺说："那你今天不要出车了，好好休息吧。"刘广顺前脚走，韩许岁就拖着冻伤的脚从后面跟来了。韩许岁一直没有停工休息过。他每天仍然照常开着他的铁马翻斗车，同大家一样，一趟又一趟地拉料石。他的脚脖子被冻伤了神经，后来虽然治愈了，却没有能够恢复原来的功能，走路一瘸一瘸地拐。

十多辆推土机把掘出的冻土块、泥冰块一溜行压在通道两旁干枯了的芦苇丛和红柳丛。曾经好几次，推土机在推掘低洼处的冰块时，深深地陷入淤泥坑里不能自拔，他们就调来其他推土机，挂上钢丝绳拽出被陷的推土机。推土机的链轨和铲刀上粘满了冻结的泥冰，他们还得用十字镐一块一块地往下磕。刘广顺和两位总工程师坐在拉运粘土和料石的翻斗车里，在沼泽地与料石场之间来来回回地跑，随时随地解决各种各样的问题：遇到推土机陷入泥沼，他们一身泥一身水地同工人一道抢救；看到链轨上冻结了泥块，他们举起镐头同工人一起往下砍。工人们说："野外环境天寒地冻，干部都那么豁出命来干，咱们还有啥说的！"

2月下旬，中原筑路人提前打通了23公里沼泽地段的砟石路基，为解冻以后继续向沙漠深处的挺进奠定了基础。

塔克拉玛干的节日

1994年6月14日，沙漠公路黑色的柏油路面铺抵塔中4油田。从肖塘"0公里"算起，到塔中4油田止，平整顺畅的路面长达219.2公里。

1995年9月20日，塔中4油田至民丰县恰安乡的227公里沙漠公路南段又胜利竣工。有关方面郑重确定，这条南北贯通塔克拉玛干大沙漠的大道，"0公里"从轮南油田的南环路算起，终点为315国道经过的恰安，总长522公里。这条"塔里木沙漠公路"以无与伦比的宏大气势，向世界宣告了她的诞生。在漫长的522公里的戈壁、沙漠，沙漠公路穿越壮观的原始胡杨林区，跨越诱人的塔里木河，劈开神秘的塔克拉玛干沙漠，串起沙漠腹地令人神往的塔中4油田，仿佛是搭在天山与昆仑山之间的一座长桥。

1994年7月12日，在塔中4油田的沙漠公路上，举行了"塔里木盆地塔中4油田开工暨沙漠公路通车典礼仪式"（此时，沙漠公路通达塔中4油田）。中共中央政治局委员、国务院副总理邹家华来了，原全国政协副主席王恩茂来了，国家开发银行、财政部、中科院等有关部委的领导、中国石油天然气总公司领导、新疆维吾尔自治区党政领导以及南疆各地州及部分县市的领导也来了。

1995年10月4日，在轮南油田南环路的沙漠公路起始处，塔里木沙漠公路全线通车典礼隆重举行。一架彩门横跨平直宽阔的柏油路面。一座耸立在大理石基座，由5根直立的铁柱镶嵌着S模型的纪念碑，在沙漠公路的侧旁被葱茏的盆景花草点装一新。锣鼓喧天，彩球缀空。在新疆维吾尔自治区人民政府副主席张福森和中国石油天然气总公司副总经理邱中建等领导同志的陪同下，全国人大常委会副委员长铁木尔·达瓦买提，作为参加新疆维吾尔自治区成立40周年庆祝活动的中央代表团副团长，代表中共中央政治局委员、国务院副总理、中央代表团团长姜春云，来到塔里木，在这里为沙漠公路全线通车剪彩。

在沙漠公路隆重庆典的日子里，在轮南油田南环路沙漠公路"0公里"处，在肖塘，在塔中4油田，在沙漠公路与315国道的接口处，分别搭起了雄伟壮观的大彩门。彩门，本身并无新奇之处。但是，在一片浑黄、平野茫茫的塔克拉玛干沙漠耸立而起的彩门，却别有一番令人感奋的意味。长达522公里的沙漠公路，其莽莽的黑色沥青路面，平滑坦荡，横贯沙漠，在波涛似的沙丘之间，逶迤蜿蜒而去，时而平直，时而环曲，给人以优美流畅的感觉。而装点沙漠公路的高大凝重的彩门，更为人们优美流畅的感觉增添了庄严喜庆的色彩。这些，还只是人们对壮观的沙漠公路和妆扮沙漠公路的彩门的外在感受——彩门两面的粗体红色大字"只有荒凉的沙漠，没有荒凉的人生"，"献身塔里木视艰苦奋斗为荣，寻找大油田以无私奉献为乐"，才是沙漠公路精神内涵的真实写照。

1996年5月9日，国家科委在北京人民大会堂隆重召开'95国家10项重大科技成就颁奖大会。"塔里木沙漠公路工程"作为国家1995年受表彰的10大科技成就之一，受到了中外科技界的关注。

沙漠公路填补了世界沙漠工程的空白，是中国人治理荒漠化的一系列高新技术的成功实践，是中国、也是世界公路建设史上的骄傲。

沙漠公路是沙漠石油开发的希望之路，是新疆各族人民的造福之路！

【**作者简介**　郝贵平，中国作家协会会员，出版长篇小说、长篇报告文学和散文集多种。获中华铁人文学奖、中华之魂优秀文学作品一等奖等。多篇散文入选《中国散文大系》等散文选本。创作和作品研究载入《中国散文百家谭》（四川大学出版社）、《中国当代散文史》（百花文艺出版社）等理论著作。】

乌石化的峥嵘岁月

吴海燕

乌鲁木齐石化公司第一代创业者们顶着料峭的春寒，迎着肆虐的风沙，在被称作古牧地的戈壁荒滩上，展开建设石油城的大会战，启动了波澜壮阔的成长历程。

那是1975年初春。

至今，40余载的峥嵘岁月，乌石化从无到有，从小到大，不断求索、追求卓越，以服务全疆各族人民生活为核心，坚持"加油新疆、丰收新疆、美丽新疆、和谐新疆"为主线，为新疆维吾尔自治区的和谐发展做出了巨大的贡献。

1973年以前，乌鲁木齐使用的成品油要从两三百公里外运来，能源使用成本大大增加。新疆要发展，成品油就是最重要的基石。

新疆石油天然气储量丰富。可是黑色的原油不能直接加到汽车里。汩汩外冒的原油只能看不能用，这直接关系到新疆经济发展和百姓生活。

为了就近供应首府乌鲁木齐市的汽煤柴油，1973年，乌鲁木齐石油化工厂筹建处在米泉县古牧地正式成立。这里在清代曾是左宗棠率领的清军击败侵占新疆的阿古柏军的战场。

1975年4月5日，乌石化就在这样的戈壁荒漠、沙石满地的古战场破土动工。当时，生活和建设用水用驴车到几公里外去拉运；建设者没有地方住，就搭建窝棚，甚至连羊圈、菜窖都改造成宿舍，而后续参战的建设队伍，人一到第一件事就是每人发一把铁锹，向土山坡要"新家"，就是在山坡上挖地窝子。这样的地窝子门口，插个牌子就是计划科、生产科等部门的办公室，而且办公室、宿舍都合二为一，一室两用。

由于通往乌石化的铁路路基尚未完善，载运设备的列车无法到位，大批设备在远处"搁浅"。为了不误工期，献礼自治区成立20周年，乌石化建设者喊着号子，人拉手推，硬是把火车推到工地现场，依靠钢铁般的肩膀，在乌鲁木齐市的近郊撑起炼油厂的崛起。1978年10月5日，一期工程建成，试生产的汽油、煤油、柴油、沥青等产品达到国家规定标准。

化肥装置建设也不是一帆风顺。

1985年5月24日晚上8时，化肥厂空分装置冷箱爆裂，大量的珠光砂喷泄……宁静的生活区顿时沸腾了，人们纷纷自发赶向现场抢装珠光砂。

珠光砂很轻，清扫时直往人的眼睛、鼻子、嘴里钻，蒙上纱巾也没有用，一会功夫就开始流眼泪、咳嗽。抢险现场奋战的800多人没有一人退缩，大家齐心协力，用手一捧一捧地往尿素袋里装珠光砂，一袋袋珠光砂从地上、框架上、管廊上、屋顶上被集中起来送到装置部位。

在抢装现场，干群上下团结一致，真正体现了"爱厂如家，万众一心，众志成城"的集体主义精神。由于清理及时，大部分珠光砂都可以再回收利用。十天以后，空分装置一切准备就绪，再次进行开车。6月7日，空分装置一次打通全流程，生产出了合格的氧气和氮气。乌石化快速处理珠光砂喷泄事故仅用了13天。而在国外，遇到类似事故的企业往往停工时间达半年以上。

参与试车的外国专家对乌石化人伸出了大拇指。全体试车将士发扬"珠光砂精神"，于1985年7月31日终于打通合成氨装置和尿素装置全流程，生产出了合格的合成氨和尿素。从此，"珠光砂精神"在一代代员工心里扎下了根。

从建厂初到现在，乌石化炼油能力从150万吨上升到1000万吨。现在，乌鲁木齐70余万车主在加油站加到的汽柴油，大都是乌石化炼制出来的。建厂至今，乌石化累计加工原油及原料油1.2亿吨，生产汽煤柴油7849万吨。

"十三五"期间，乌石化公司踏上了第五次创业的新征程，新的发展建设蓝图渐次展开。他们充分利用国家促进新疆发展的优惠政策和有利条件，继续坚持以质量效益为中心，突出炼化主业，做精炼油，做强化工，全面落实低成本发展战略，为进一步实现质量效益双提升而奋进。公司以国家"一带一路"为动力，紧紧抓住把新疆打造成丝绸之路经济带核心区，打造成我国向西开放的桥头堡战略决策的机遇，为把乌石化打造成一流的炼化一体化石油化工生产基地而努力。

一个可持续发展的生态环境，是城市文明的重要体现。在40多年的发展历程中，乌石化始终坚持在发展中保护环境，在保护环境中发展，持续打造环境友好绿色名片，出良策，强管理，重点投资环保工程，大力发展低碳循环经济，全力构建青山绿水美好家园。乌石化先后被评为"全国环境优美工厂"（1987年）、"环境保护先进企业"（1991年）、"全国绿化模范单位"（2010年）、"全国文明单位"（2008年）。

秉承国家对清洁燃料的要求，公司积极推动产品质量升级。在保证供应的同时，按照国家对清洁燃料的要求，乌石化全力推进油品质量升级。从2000年起，乌石化就停止了70号汽油的生产，2003年至2014年，汽柴油产品实现了从国II到国IV标准的升级，2016年成功生产98号汽油，实现国V全面质量升级，并于2018年8月全部达到国VI标准。

"十二五"期间，国家新增氮氧化物、氨氮两项污染物总量控制指标，加大了污染减排的工作力度。乌石化公司按照国家新标准和清洁生产要求，在"十二五"期间共投资11.6亿元，实施环保隐患治理及减排工程，占公司项目建设总投入的30.8%。从废水、废气到噪音和废渣，全面加快标准升级速度。目前，乌石化"三废"全部达标排放。

清洁生产任重道远。2018年，乌石化公司举全公司之力严抓VOCs治理，组织各部门认真研究VOCs治理工作，同时列出红线项目，并由公司领导亲自挂牌督办，投资1.67亿元，进行系统性整改。6月30日，全面完成了"6·30"红线项目，创造了工程建设的"6·30"速度，形成了"忠诚、担当、实干、奉献"的"6·30"精神。

乌石化坚持清洁生产，不断加大环保治理力度，全力打造工业旅游基地，将生产、生态、生活有机统一，努力实现企业与社会、人与自然的和谐发展，走出了一条绿色可持续发展之路。创业至今，乌石化积极推进民生工程建设，持续改善员工生产生活条件，昔日的戈壁荒滩，已发展成为一座拥有2.5万常住人口，炼化供产销配套、经济持续发展、矿区和谐稳定、生态环境优美的现代化石油新城。1975年以来，乌石化实现营业收入4023亿元，累计上缴税费596亿元。

【作者简介　吴海燕（女），《中国石油报》乌鲁木齐石化公司记者站副站长，中国摄影家协会会员，获第五届全国石油和化工行业十佳记者。新闻作品获全国石油和化工行业新闻宣传奖、中国石油优秀新闻奖。】